幸福の密室

平野俊彦

The closed room of Happiness

Hirano Toshihiko

講談社

幸福の密室

主な登場人物

雨貝《あまがい》 愛子《あいこ》……栃木県芳賀野《はがの》村役場移住推進課職員
雨貝 ひかる……株式会社農業試験研究所研究員、愛子の四つ違いの妹
進藤《しんどう》 二三代《ふみよ》……長野県多幸《たこう》村役場移住推進課職員
進藤 真翔《まなと》……多幸村カフェのマスター、二三代の一人息子
岩目地《いわめじ》 勘右衛門《かんえもん》……多幸村村長
大豆生田《おおまみうだ》 浩《ひろし》……同村助役
谷合《たにあい》 良平《りょうへい》……同村役場警備員
久保田《くぼた》 清一《せいいち》……同村診療所医師
飯塚《いいづか》 園子《そのこ》……旅館「幸連館《こうれんかん》」の女将《おかみ》
川俣《かわまた》 裕也《ゆうや》……多幸村に移住した会社員
川俣 早苗《さなえ》……裕也の妻
日向《ひゅうが》 壱郎《いちろう》……栃木大学農芸化学部教授
桂木《かつらぎ》……多幸村駐在の巡査
羽崎《はざき》、熊田《くまだ》……長野県警刑事

目次

多幸村地図

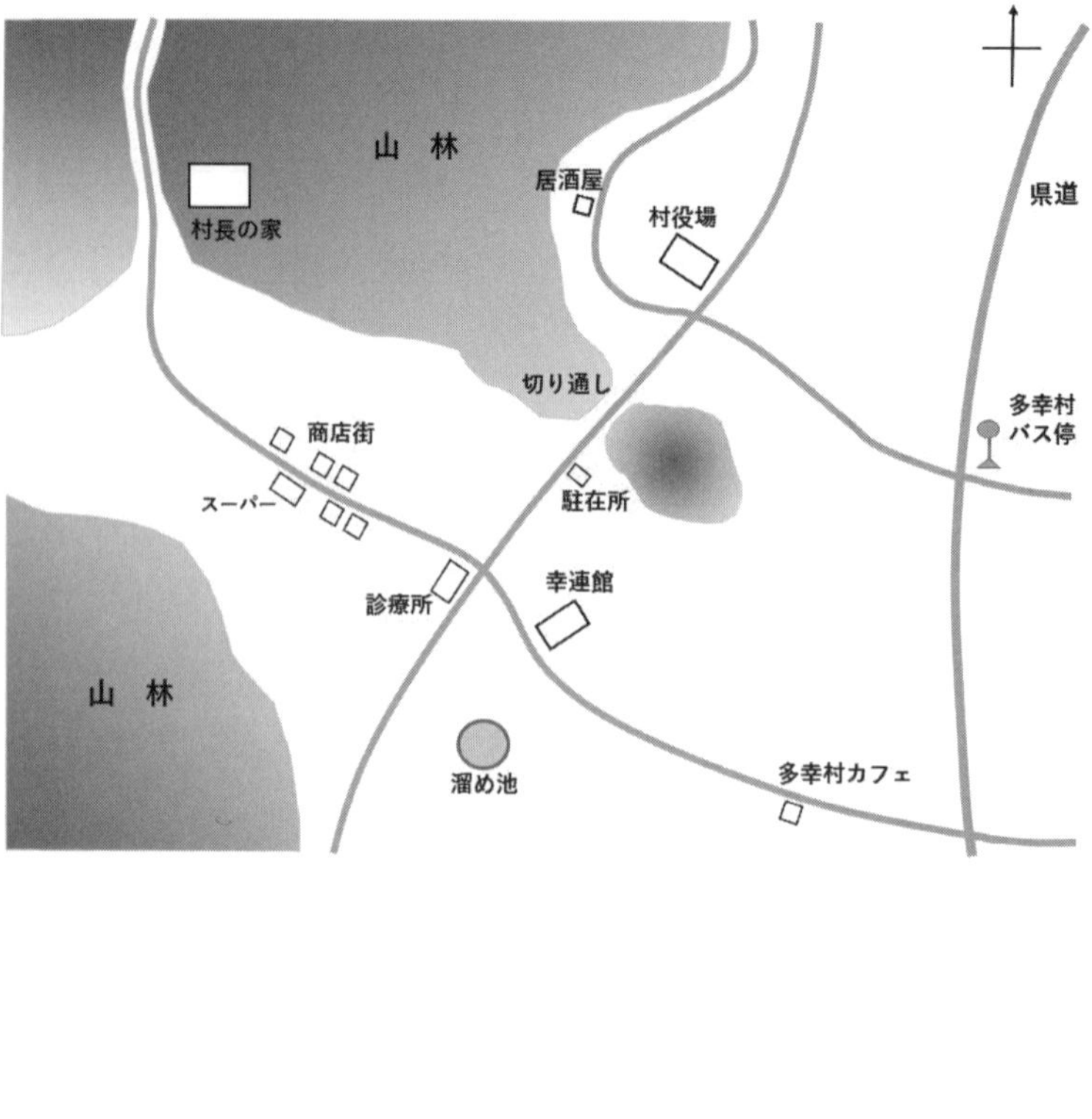
山　林
居酒屋
村長の家
村役場
県道
切り通し
多幸村
バス停
商店街
スーパー
駐在所
幸運館
診療所
山　林
溜め池
多幸村カフェ

第一章　幸せに憑《つ》かれた村

I

「なんでこんなところに来てしまったのだろう」

埃《ほこり》の舞うバス停に一人降り立った雨貝愛子《あまがいあいこ》は、走り去って行くバスを横目に灰色の空を見上げた。

曇天《どんてん》の師走の空は重い空気が垂れ込め、雲が地上に迫っている。愛子はスーツケースを引っ張りながら踵《きびす》を返した。

スマホの位置情報を見ると、求める村役場はバス停から北西の方角にある。ここから徒歩で約十分。愛子は今、何となく気が重かった。

栃木県北部の寒村芳賀野《はがの》村の移住推進課に勤務する愛子が、長野県多幸《たこう》村の、「入村者はみな必ず幸福になる。来たれ、多幸村へ」

というまやかし的なPR記事を新聞で目にしたのは、つい一週間前のことである。この村は以前、豊環永倉村《ほうわながくら》という長い名前の村だったが、平成の大合併の際に村名が変更されて現在の名となった。

都会から寒村に移住者を呼び込むのは容易なことではない。仕事柄《がら》、そんな情報には常に目を光らせていた愛子は、その記事を見た時少なからぬ憤りを感じた。

「多幸村の村民はみな幸せ」というキャッチコピーの背景には、必ずカラクリがある。人をだますようなキャッチコピーで都会から移住者を呼び込もうなど、自分の立場上看過できない。どうせすぐに底が割れるに決まっている。

しかし、もしかしたらそこに、移住推進の鍵《かぎ》が何か隠されていないだろうか。もしそんな秘密を探り当てることができれば儲《もう》けものだ。新聞記事に全くの虚偽を掲載するということもあり得なそうである。愛子がこの村に出張した動機はそんなところだった。

栃木県芳賀野村からここまでの三時間余りの道中、愛子は考えた。多幸村村民の「幸福」の背景にあるのは、きっと次のようなものだ。すなわち、
一、村民は、外部の者に対して「幸せ」なふりをしていれば、村から金がもらえる。
二、村民は、何らかの理由で「幸せ」を装うよう何者かに脅迫されている。
三、村民がみな新興宗教の信者で、教祖からその宗教を信ずるものは全て幸福になれると信じ込まされている。
四、村のどこかに、多幸感を湧《わ》き立《た》たせる成分を含む植物が生えている。もしくはそのような成分を含む湧き水やガスが湧き出ている。

五、人に多幸感を与える成分を含む秘密の食べ物や生薬が、村に伝承されている。
六、やくざが村内でドラッグを蔓延《まんえん》させている。
七、多幸感という特異な症状を呈《てい》する風土病もしくは伝染病が、村内で流行《はや》っている。

愛子は、思ったままに挙げてみたこれらの仮説の真偽を確かめるため、まず多幸村の役場へと向かった。

時折寒風の吹き付ける村道を行く道すがら、何人かの村人とすれ違った。

「こんにちは」

「どちらから来なさったかね」

腰の曲がった老婆に、赤く日やけした皺《しわ》だらけの農夫。みな幸せそうな笑顔で愛子にあいさつする。

「栃木県の芳賀野村というところから」

作り笑いしながら言葉を返す。

みんなやけになれなれしい。それが愛子には気に入らなかった。

「あんたどちらまで行くのかね」

鍬《くわ》を持った畑仕事中の男性が、畝《うね》の間に立って汚れた手拭《てぬぐ》いで汗をふきふき、愛子に声をかけた。八十歳は超えていると思われる農夫だが、仕事の手を休めてニコニコしながら愛子を見ている。

空はどんより曇って暗く、時折吹く風には枯れ葉が混じって肌を切る。それなのにこの老人は上機嫌のようだ。

演技だろうか。まさか？　だとしたらなぜ……

「村の役場まで」

おざなりな返事をすると、

「ああ、それならこの道をずっと先まで行けば、じき着くがな」

とていねいに右手で方向を指し示した。

「わかっているわ。こっちにはスマホがあるんだから」

心の中で言って、早々に歩き去る。なんだかみんな親切そうで愛想《あいそう》が良すぎて、かえって気味が悪い。

また少し行くと、今度は枯れ草を集めていた中年の婦人が畑からおもむろに立ち上がり、腰をさすりながら空を見やった。愛子はそのすぐ近くを通ったが、婦人はこちらには全く気づかず上の空の様子だ。

その顔に思わず目をやると、婦人はどこか恍惚感《こうこつかん》に浸っているような表情で、じっと空を眺《なが》めていた。

「何か見えるんですか」

不思議に思ってその婦人の視線を追いながら訊《たず》ねてみると、彼女はゆっくりとこちらを振り返った。そして何も言わず、愛子に向かってにたりと笑った。

背中をすっと冷たいものが走った。

愛子は役場に向かって駆《か》け出した。

村人たちの様子や村の風景は、はっきり異常とまでは言えないが、なぜか不穏な気持ちにさせるのだ。

確かにこの村の村人はみな、幸福そうと言えば幸福そうだ。でも何かがおかしい。一体何が……。

愛子には、忘れようとしても決して忘れることのできない悲愴《ひそう》な過去があった。

四年前のある晩、夫陽貴《はるき》と二歳の息子蓮《れん》が、近所のコンビニエンスストアまでちょっとした買い物に出た時のことだった。

その店から百メートルほどの車道に設けられた横断歩道を渡っていた時、一台の車が二人をはねた。だが車は止まることなく、そのまま走り去った。

その時、近くを歩いていた高齢の男性が、事故を目撃していた。しかし、現場周辺にはあいにく防犯カメラがなく、二人をはねた車が黒っぽい乗用車であったという目撃者の証言以外、ひき逃げ犯に結び付く手掛かりはなかった。

愛子が病院に駆けつけると、二人は霊安室に並んで寝かされていた。それが、愛子にとって最愛の家族との突然の別れであった。

さらに悪いことは重なった。

そのわずか半年後、愛子は当時勤めていた株式会社農業試験研究所の上司である中年の男性課長からセクハラが絡む嫌がらせを受けて、依願退職するはめになった。会社を相手に訴えを起こすことも考えたが、その労力と裁判にかかる費用を思うと断念した。

その後何とか現在の芳賀野村役場に職を得、移住推進課に配属されたものの、魅力が乏《とぼ》しく高齢化や過疎化が進む同村への移住者などいない。給与も前の会社の半分になった。

このように愛子は、これまでの人生うまくいったと思いきやすぐに転落するということの繰り返しで、だんだんと自分を不幸な人間とひねくれて考えるようになって来ていた。そして一方で彼女は、「幸福」という言葉にいつも人一倍神経をとがらせていた。

2

多幸村を訪れる一週間前に愛子が見た新聞記事の見出しには、

「入村者はみな必ず幸福になる」

とあった。

幸福の在り方や価値観は千差万別だ。入村者が全て幸福になることなどあり得ない。しかも長野県中部の山間にある多幸村は、何の特徴もないただの寒村なのだ。

新聞の見出しを一見して、どうせまた詐欺《さぎ》まがいの呼び込みだろうと突き放した気持ちで記事を読み出すと、そんな愛子の疑いを拭うかのような文面が連なっていた。

「多幸村の村民はみな幸せと評判だ。同村移住推進課が村のホームページを通じて発信している情報によれば、村民全てが幸福に満ちた毎日を送っているという。移住して来た人たちも、村に住むようになってからわずか一週間後にはみな表情まで変わって、幸せの頂点にいるような顔をしている。事実彼らは、村にいると不思議に幸福を感じるようになる、と口々に言っている……」

村のホームページを開いてみると、そこには村民たちが語り合ったり仕事をしたりしている写真が何枚か紹介されているが、確かにそこに写っている人々はみなニコニコしていて楽しそうだ。そんな幸せそうな風景がうわさを呼んで、今全国から多幸村に移住したいという人が増えているという。

満面に笑みを湛《たた》える村人たちの写真を見ていた愛子は、

「何なの、この人たちは」

と、最初は少し癪《しゃく》に障《さわ》った。

だが、過疎化に歯止めがかからぬ芳賀野村への移住を何としてでも活性化させたい愛子は、藁《わら》にも縋《すが》る思いで役場の上司に出張を願い出た。

「移住推進のヒントが多幸村に隠されているかもしれません。行かせてください」

渋《しぶ》る上司に我を張って迫り、三日間の出張許可を得ると、さっそく多幸村村民の実情を探るべく同村を訪問したのであった。「何も収穫がなかったら上司にどう落とし前をつけようか」などという危惧《きぐ》は、その時の愛子の中には少しもなかった。

村のバス停から役場まではほぼ一本道。

村のそこここに、合掌造りの藁葺《わらぶ》き屋根の古民家が点在していて、村道から見る風景には趣がある。民家の庭がみな広いので、家屋が密集しておらず、道を歩いていても四方にわたって眺望が良《い》い。

やがて前方やや右手に、役場の年代物の建物が見えて来た。

小さな門を抜け、こぎれいに整備された花壇を左右に見ながら敷地《しきち》内を進むと、役場の建物に突き当たる。それは、この村の歴史を感じさせる木造平屋建てであった。

まるで昭和三十年代の小学校の校舎のように、白いペンキが塗られた木製の壁が四方を覆《おお》い、そこにはやはり木製の桟で囲われた大きなガラス窓がはめ込まれている。こぢんまりとした正面玄関の入り口右手には、縦書きで「多幸村役場」と墨で書かれた一枚板の看板が掛かっていた。

役場の敷地内に入ってからは、門から建物の玄関に行き着くまで誰にも会わなかった。愛子は玄関の格子ガラスの引き戸をガラガラと音を立てて開け、中に入った。

そこでもやはり人の気配は感じられない。正面は板張りの廊下が真っすぐ奥まで続いている。その向かって右側には室名のプレートの掛かった扉が一定間隔で窺《うかが》えることから、小さい部屋が複数並んでいるようだ。

一方左側は、比較的大きな部屋が設けられているようで、入り口は手前の一ヵ所だけ。その上には「役場事務室」と読める表札が掛かっていた。

中へはそのまま土足で入れるようだ。ふと玄関のすぐ左手に目をやると、そこに受付らしき

引き戸のガラス小窓があって、窓脇《わき》には、

「ご用の方はここへ記帳してください」

と手書きの案内が画鋲《がびょう》で留めてあった。小窓の前には小さなカウンターがあって、その上に記帳用のノートと鉛筆が置いてあった。

愛子は小窓の引き戸を開けて中に声を掛けた。

「すみません。私、栃木県の芳賀野村から来ました雨貝という者ですが……」

すると、小窓の奥に設けられた部屋の中から、ややしわがれた男の声が返って来た。

「はいはい。役場のどなたかにご用ですかな」

現れた痩身《そうしん》の初老の男性は、愛想よく顔をほころばせて向こう側から愛子に目を向けた。男性は、よれよれになった警備会社の制服のようなものを着ていた。

「移住推進課の進藤《しんどう》二三代《ふみよ》さんを」

「進藤さんですね。ではそこのノートに記帳してください」

言われるまま記帳をすませ、指示を仰ぐように痩《や》せた男の額から前頭部が禿《は》げ上《あ》がった細い顔を小窓のこちら側からのぞき込むと、相手は黙ったまま相変わらずにこにこして愛子を見ている。

愛子はなんだか気味が悪くなって、視線を逸《そ》らそうとした。すると、警備員風の男はようやく自分の左手の方を指し示しながら、

「進藤さんなら隣の事務室にいます。どうぞお入りください」

と猫なで声で案内した。

愛子は礼を言って、男の視線を断つように小窓を閉めた。続いて、言われた方向へ廊下を進み、左手にある事務室の入り口の扉をノックしてから、返事を待たずにその引き戸を開けた。

途端に、中から数人の視線が飛んでくるのを感じる。

中は百平米ほどと広く、仕切りがない。机が二列に十脚並べられており、それぞれ椅子《いす》に着いた事務員と思《おぼ》しき男女四、五人が、ばらばらの方向からこちらを見ていた。

「あのう、進藤さんは……」

言いかけてひとりひとりの顔を順に見ていると、奥の方にいた比較的小柄《こがら》な女性が椅子から立ち上がった。中年ともいえる年齢だが、髪はまっすぐのセミロングでまだ娘のような艶《つや》があった。

「あなた……愛子さん」

「進藤さん」

愛子はその女性に微笑《ほほえ》みかけ、広い室内に足を踏み入れた。一方の進藤は、突然の愛子の来訪が意外だったらしく、歩み寄って来る愛子を無表情のままじっと見つめていた。

「久しぶりね。あなたとはもう何年ぶりかしら。どうしてこの村へ?」

自分のデスクのそばの椅子に愛子を着かせると、進藤二三代が言った。

「新聞記事と村のホームページを見たのよ。みんなが幸せになる村だって。あれ、あなたが書いた記事でしょ」

「ええ……。でも、愛子さんの目に留まるとは、思ってもみなかったわ。なかなか良くできていたでしょ、あれ《い》」

進藤二三代は変わっていなかった。

皮肉な笑いを秘めた涼しい眼差《まなざ》し。その目で相手をしっかりと見ながら、はきはきした口調でどこか冷めたようなものの言い方をするところ。

今までこの村で行き交ったり言葉を交わしたりした人々の、幸福ボケしたような虚《うつ》ろな顔つきや目つきとは異なり、彼女の視線は冷たい光を宿しながら、静かに愛子の瞳《ひとみ》を捉《とら》えていた。

かつて愛子は、進藤二三代と一緒に栃木県足利《あしかが》市にある株式会社農業試験研究所で研究員として働いていたことがある。その時、同じ研究所には愛子の妹のひかるもいた。

愛子とひかるの姉妹は、いずれも栃木大学農芸化学部の出身で四つ違いである。愛子が大学を卒業してから農業試験研究所に入所して四年後、妹のひかるも姉を頼って同じ研究所に入所した。

一方この農業試験研究所に、愛子が入所する以前から主任として勤務していたのが、進藤二三代であった。つまり進藤は、かつては愛子とひかるの上司であった。

だがその後、進藤二三代はこの研究所を辞め、長野県の多幸村役場の移住推進課に転職となった。進藤は、研究所の退職理由をはっきりとは明かさなかったが、周囲の噂《うわさ》ではそれも愛子と同じで、嫌がらせで悪評高い中年課長との不仲のせいとなっていた。

それからほどなく、進藤の後を追うように、愛子も研究所を退職した。

愛子は、研究所に残して来たひかるのことが気がかりだったが、それでもひかるは、

「私のことは心配しないで。あのセクハラ課長には私が仕返しをしておくわ。お姉ちゃんは芳賀野村で頑張ってちょうだい」

と、転職して行く姉を励《はげ》ました。

人を突き放したようなものの言い方をする進藤二三代を、愛子はあまり好きにはなれなかった。そうして意見を本音でぶつけ合っているうちに、十歳以上離れているこのかつての上司に対する愛子の口の利き方も、いつかため口になっていた。

今日の進藤の所作は、初め愛子をあまり歓迎していないようにも見えた。それでも、久しぶりに会った懐《なつ》かしさのせいか、二人はかつての職場や嫌がらせ上司のことでしばし話に花を咲かせた。周りの目が気になったが、他《ほか》の職員たちはみな来客を意に介さぬ様子で、表情もにこやかなまま各々の仕事を続けている。

「多幸村の村民はみな幸せ」

あのキャッチコピーがまた、愛子の脳裏をよぎる。

ふと愛子の目は、進藤のデスクの端《はし》に置いてある、五百ミリリットルペットボトルくらいの大きさのブロンズ製の聖母マリア立像に向けられた。聖母は、幼いイエスを胸に抱き穏《おだ》やかな表情であやしているようである。

金属製なのにその像を造形する全ての流れるような曲線は、作品全体の優しさを醸《かも》し出《だ》している。愛想のない進藤には何となくそぐわないその立像に、不思議な思いを抱きながらしばし

口を噤《つぐ》んでいると、進藤がぶっきらぼうに、

「で、一体こんな田舎《いなか》まで何しに来たの」

と、初めにした質問を繰り返した。愛子は我に返り、ブロンズ像から進藤に目線を戻すと、一息ついてから単刀直入に述べた。

「この村で、みんなが幸せそうにしている裏には、なにか村外不出の秘密があるんでしょ。あなたを含めた村の人たちからそれを聞きたいと思って、わざわざ芳賀野村からやって来たというわけ」

室内にいた事務員たちが、皆一瞬仕事の手を止めて愛子に目を向けた。愛子は平然と彼らを睨《にら》み返した。

「秘密なんてあるものですか」

進藤は、少しだけ眉《まゆ》を吊《つ》り上《あ》げながらあっさりと返した。愛子はすかさず続ける。

「うそよ。あなたや移住推進課の人たちの戦略なんでしょ。ホームページに写真が載っていた村人は、笑顔で『ここにいればとても幸せです』とインタビューに応《こた》えれば高額の謝礼がもらえるとか、そうでなければ、村の特産品の中に何か人に多幸感を湧き立たせるような成分を含む生薬があるとか……」

少しむきになって、自分が考えていたことを早口に話すと、進藤はそれを遮《さえぎ》るように鼻で笑った。

「ばかね。あるわけないじゃないの、そんなもの」

進藤の答えは相変わらず素っ気《そけ》ない。

事務員の若い女性が、お茶を運んできた。それを愛子に差し出してから、にっこり笑うと、彼女はまたもとの仕事に戻って行った。

手渡された濃緑色のお茶を、愛子はしげしげと見つめた。

「どうぞ。おかしなものは入っていないわよ」

進藤が横からからかうように口を出す。

そんな進藤にちらりと目をやりながら湯呑《ゆの》みを手にし、ちょっぴり口をつけてみる。おいしい。

さらに一口二口ずずっとすすると、緑茶の香りが口の中に広がった。やや濃いが甘みがあってあったまる。が、進藤の言うようにそれは何の変哲もない緑茶であった。

「昔から、この村に住む人たちは人懐《ひとなつ》こくて、人に親切にする風習があるのよ。貧しくてもころは豊穣《ほうじょう》。そんな人と人とのつながりがあれば、自《おの》ずとみんな幸福になれるのだわ」

進藤はやや得意顔で説明を足した。

その後も進藤は、多幸村の幸福の源についてさらに持論を展開した。だが披露された彼女の考えは、いずれも精神論や人と人とのコミュニケーションといった実体のないものばかりであった。

3

小一時間ばかり進藤二三代から話を聞いた後、愛子は村役場を出た。

役場で進藤を見つけた時には、彼女からもう少し踏み込んだ説明を聞けるかと思っていたのだが、村民の幸福の裏に隠された秘密に迫れるという最初の期待とは裏腹に、今愛子は気勢をそがれた気分になっていた。

「他の村人からも、話を聞いてみよう」

そう思い直し、まず予約していた多幸村で唯一の旅館にスーツケースを置いてから、聞き込みに出ようと気持ちを切り替えた。

幸連館《こうれんかん》というその小さな旅館は、村役場から南西の方向に徒歩で十五分ほどのところにあった。

役場を出て、スマホの地図を頼りにスーツケースを転がしながらてくてく歩いて行くと、両側から崖《がけ》が迫る切り通しがある。地震でも起きたら崖の上から岩が転がり落ちて来るのではないかと、思わず両脇を見上げながらその切り通しを抜けると、視界が開けて来る。

田んぼや畑の中に黒く点在する林は、農家の防風林のようだ。左手に駐在所があったが、そこで道を訊《たず》ねるまでもなく、もうしばらく行けばその先に幸連館がある。

間もなく愛子は、うっそうと茂る常緑樹に囲まれた、古民家のような味わいのある旅館の母屋に行き着いた。外は木枯《こが》らしの寒さに身が凍《こご》えるようであったが、引き戸の玄関を開けて入ると中は暖かかった。

「遠いところをよくおいでくださいました。私はこの旅館の女将《おかみ》で、飯塚園子《いいづかそのこ》と申します」

と言いながら、割烹着《かっぽうぎ》を着た世話好きそうな中年の女性が出て来て愛子を迎え入れた。荷物だけ預け、すぐに村の聞き込みに出ようとしていた愛子に、女将と名乗る女性はニコニコしながら話しかけて来た。

「何もない村ですが、みなで精一杯おもてなしさせていただきますので、どうぞご存分におくつろぎください」

飯塚が口にした、「何もない村」という言葉にピンときた愛子は、すかさず訊ねた。

「この村を紹介している記事と村のホームページを見ました。それによると、村の人たちはみんな幸せということですね。それで、ちょっとお伺いしたいのですけれど、それはなぜだと女将さんは思いますか」

すると、ふっくらと肉付きの良い顔に満面の笑みを浮かべながら、飯塚は返す。

「ええもうそれはそれは、お陰様《かげさま》でこの村はみなさん幸せでございますよ。でもなぜ、とお訊ねになられても、さあなぜなんでしょうかねえ。私どもも、ご覧のようにこんな流行らない旅館ですが、最近よくお客さんのように若い女性も来て泊まって行ってくださいますし、何とか楽しくやっているんでございますよ」

なんだか答えになっていないのだが、それは村役場で聞いた進藤の話と大して違いがなかった。

「あのう、もしかしたら、村の税金が安いとか、福利厚生が手厚いとか、子供や高齢者には特別の手当てが付くとか、そういった財政支援がこの村ではしっかりしているのでしょうか」

具体的な何かを聞き出したい愛子は、自分の村で改善したい点などを引き合いに出して飯塚の反応を窺った。

「さあ、私は村の財政のことには詳しくないものですから、はっきりとはわかりませんけど、特別にそういったことはないようでございますよ」

飯塚は愛子の顔を見つめながら愛想良く微笑んでいる。話し好きそうな女将を前に、丁度いい機会ととらえた愛子は、それからいろいろと探りを入れてみた。その結果新たに次のようなことがわかった。

まず村を何回訪れた人でも、多幸村に移住して来ない限り幸福感を味わうことはないようだということ。一方、かつて村を一度も訪れたことがない人でも、移住すればそのわずか一週間後にはこの上ない幸福を感じるようになるらしい。

このように、飯塚の話をつなげて考察すると、元から村に住んでいたか、もしくは村に移住を果たした、ということが「多幸村村民の幸福」のキーポイントとなっているようだ。

また飯塚は、役場の進藤二三代についてこんなことも教えてくれた。

進藤は、着任二年目にして多幸村の移住者を二倍に増やした功績で、村から表彰され、一躍村になくてはならない存在となったらしい。着任当初は多くの村人からよそ者扱いされ、村になじめなかった彼女であったが、その後実直に進めて行った仕事の成果が認められ、次年度は移住推進課の課長に昇進することも決まったようだ。

女将の飯塚からこうして一通り聞けるだけのことは聞くと、愛子はスーツケースを飯塚に預け、

「夕方までには戻ります」

と言い残して旅館を後にした。

左手に村の診療所を見ながら、道を北西へと進む。

ダウンコートに身を包み、厚手のマフラーを首に巻いていたが、それでも冷たい風が身を切る。愛子は背をこごめながら、藁葺き屋根の民家が左右に点在する村道を歩いた。

遠くでのんびりと野良仕事をしている人々の姿が目に入ったが、道では誰とも行き会わなかった。

「どうも胡散臭《うさんくさ》い。進藤さんといい幸運館の女将といい、みんな何かを隠しているような……」

眉をひそめ、独り言《ひとりごと》をつぶやく。

その時ふと、誰かに後を尾《つ》けられているような不安がよぎった。恐る恐る後ろを振り返って見る。だが今来た道には誰の姿もなかった。

「気のせい……?」

愛子は元の方向に向き直ると、さらに村道を北西へ歩き続けた。

特に目的地があるわけでもなかった。だがスマホの地図を見ると、今向かっている方角にスーパーマーケットや商店をいくつか見つけたので、そちらに行けば村人に会えるだろうと思った。

灌木《かんぼく》の茂みを抜けると視界が開け、小さな街並みが見えて来た。道の向かって左側にあるスーパーはすぐに分かった。

店先には、地元で採れた野菜や果物、タケノコやキノコなどが村道にはみ出て並んでいる。古くからある店とみえ、色あせた文字で横書きされた店の看板が、正面入り口の軒下いっぱいに場所をとって掛かっていた。間口もさして広くなく、店の奥の方には店主の生活空間と思しき畳の部屋がちらと見えた。

店の前で、夫婦らしき若い男女が、紺の前掛けをかけ鉢巻きをした大柄な店主と楽しそうに何か話している。愛子がそばへ寄ってみると、話が聞こえて来た。

「ネギ三本と白菜ひと玉で百五十円にまけちゃうよ。買った買った」

「マイタケも一パック付けてくれない？」

「それなら二百円」

「オーケー」

そんな会話を聞きながら、愛子はつぶやく。

「安い。それに新鮮でどれも大きい」

感心しながら、並べられた商品を思わず品定めしていると、不意に横から話しかけられた。

「お客さん。あまり見ない顔だけどどちらから」

さっきのがっしりした体格の店主だ。だんごっぱなにぎょろりとしたでかい目。店主は両手を大きく擦り合わせながら訊《き》いた。

背を起こし、店主を見上げる。もしこの男が仏頂面をしていたらとても怖い顔だろうなと思いながら、にっこり笑っている相手に作り笑いを返す。

「栃木県から、今日この村に観光に来たんです」

「へええ、そりゃあ物好きな人だねえ、あんた。この村には観光に向くような所なんて何もないよ」

言いながらも店主はなぜか上機嫌のようだ。すると脇から、夫婦らしき客の女性の方が愛子に声を掛けた。

「確かに名所旧跡は何もないけど、自然がいっぱいありますよ。それに、ここにいるととてもハッピーな気分になるんです。ねえ」

女性は、隣にいる夫らしきか細い男を見た。返事を強要する妻に対して夫はおざなりな答えを返すとみるや、小柄な男はむしろ顔をほころばせ、

「ほんとだねえ。こんな幸せな村は、日本中どこ探してもないよ」

とひっくり返ったような声で応じる。女性がすかさず愛子に向かって続けた。

「私たち、先週東京からこの村に引っ越して来たんですよ。ここへ移住すればみんなハッピーになれるというのでね。あ、申し遅れましたけど、わたし川俣早苗《かわまたさなえ》と言います。こちらは夫の

裕也《ゆうや》」

見知らぬ自分に自己紹介までするとは……。そんな違和感を覚えながら、

「まあ東京から」

と返すと、裕也と紹介された優男も補足する。

「最初は半信半疑だったんです。でも東京は家賃が高いし、僕の会社もリモート仕事が多くなったんで、思い切って田舎に引っ越そうと妻と話し合って決めたんです。店長の言うように、ここは何もないド田舎の村。自然だけはいっぱいありますけどね。でも来てみて良かった。今は心も体も、間違いなく幸せ」

「ねーえ」

二人は互いに見合って口をそろえる。

さすがにその恥じらいなきテンションの高さにはついて行けない。愛子は表情をゆがめて冷笑すると、彼らに背を向け、ひとり店の中に入った。

せいぜい六、七十平米の店舗内には、様々な日用雑貨がところ狭しと並んでいた。

愛子はその中から普段目にしないような食品、飲料、酒、大衆薬などの類を探した。だが目にする品々は、確かに特産品ではあるが、みなどこにでも売られているようなものばかりで、愛子の目から見て特に目立ったものは何一つなかった。

「お客さん。何かお探しかね」

振り返るとさっきの大柄の店主だった。東京から移住して来たという川俣夫婦は、もう帰っ

たようだ。愛子は思い切って店主に訊ねてみた。

「ねえご主人。この村には、何か幸福を呼ぶ秘伝の万能生薬とか、食べると気分がよくなるキノコとか、人の気持ちを幸せにさせるような飲み物とかないのかしら」

店主は日に焼けた赤い顔のほぼ中央にある二つの目を丸くし、しばし愛子を見下ろしていたが、すぐに、

「がっはっははは。そんなもんあったら俺が欲しいわなお客さん」

と大声で笑い飛ばした。

4

「全くどの人もみんな幸せそうにしている。そういうの嫌いなんだよ」

愚痴《ぐち》を言いながら、愛子は店を出た。

愛する夫と息子をいっぺんに失った自分の一方的な不遇から生じるやっかみなのだろうか、訳もなく楽しそうに笑う人を見ると絶望感にも似た嫌悪の念が湧き上がって来る。

相手には何の悪気もないばかりか、その人たちは愛子にどんな過去があるのか想像すらしない。無理からぬことなのだが、そんな時愛子は心の入り口にシャッターを降ろし、身を引く。

「それにしても……」と、愛子はまた気を取り直して考える。

どうもわからない。客観的に見れば、人に対して愛想がいいのは結構なことに違いないが、

一体みんな何が楽しいのだ。

そりゃあ春になれば山は明るい緑に彩《いろど》られ、村道の桜も見事な花を咲かせて人々の心を浮き立たせるだろう。

だがこの木枯らしの季節、色彩に乏しい山々は重く広がり、樹々は黒く枯れた枝を絡ませて突き立ち、どんより曇った空には不吉な黒い鳥が群れを成して飛び回っているというのに、村人たちのあの明るさはどこから生まれるのか。

うがったものの見方に慣れてしまっている愛子にとっては、どうしても彼らがどこかおかしいとしか思えなかった。

小さなスーパーマーケットを出てスマホの道案内を見ながら、さらに北西の方向へ道を歩き始めた時、いきなり後ろから声がした。

「あの、これ落としましたよ」

「え？」

振り返ると、そこにセーラー服の制服の上に紺のセーターを着た、お下げ髪の少女が立っていた。少女は右手に何か持ってこちらに差し出している。

「……ありがとう」

愛子はそれを受け取った。どこかの書店でもらったポイントカードだった。さっきスーパーの前で、コートのポケットからスマホを出した時に落ちたらしい。

少女はにっこり笑って踵を返すと、愛子の行き先とは反対の方角に走り去ろうとした。

「あ、ちょっと待って」

愛子が引き留めると、少女はすぐにまたこちらへ向き直った。

「何でしょうか」

「ねえ、ちょっと訊いてもいいかしら」

色白で聡明《そうめい》そうな額に大きな瞳、そしてイチゴのように赤い唇《くちびる》。何の悩みもないようなまぶしい笑顔に、愛子は一瞬言葉に詰まった。

「はい」

相変わらず明るい表情で返す少女に、我に返った愛子は、また村人たちの幸福の裏にある謎《なぞ》について質《ただ》そうとした。が、次に出た言葉は自分でも意外であった。

「あなた、今幸せ?」

「は……?」

少女は一瞬戸惑いの表情を見せたが、やがてまた相好を崩した。

「はい。この村にいると幸せなことがたくさんあるんです」

唐突な質問にも、少女は何の懸念も示すことなく、いかにも快活そうな口調で応えた。愛子は冷めた目で少女を睨んだ。

「どうして?　どんないいことがあるの?」

「……そうですね。村の人はみんないい人で親切だし、村は平和で食べ物もおいしくて、空気は新鮮で……」

「わかったわ。とてもいい村のようね」

うんざりして相手の言葉を中断する。

「どうもありがとう。ごめんね、引き留めちゃって」

愛子はあきらめたように言った。

「いいえ」

少女はもう一度破顔すると、丁寧にお辞儀をしてからもと来た道を引き返して行った。

「だめだわ。全く分からない。あの子は本当に幸せそうだった。実際幸せなのかもしれない。でも……」

愛子の胸の中のつっかえは消えなかった。

「私がこの村に来ることを知っていて、みんなが村ぐるみで私をだまそうとしているのではないのかしら」

そんな懐疑の念さえ湧いて来る。愛子は一つため息をつくと、気を取り直そうと面を上げた。


足利市にある農業試験研究所に勤めていたころの愛子には、度重なる不幸があった。突然夫と幼い息子をひき逃げ事故で失ったばかりでなく、さらに追い打ちをかけるような出来事があったのだ。

愛する二人の家族が亡くなってまだ半年も経《た》たぬある日、愛子は仕事で上司の浜中《はまなか》課長と二人、東京に出張した。日帰りだったので足利駅に着いた時には夜も遅かった。浜中課長がタクシーで送るというので、家が同じ方向だったこともあって愛子はタクシーに同乗した。

浜中はすでに妻子ある身であった。身長は愛子と同じくらいだが、中年太りの腹はたるみ、全体的に締まりがなかった。それでいて、部下に対してはさも自分が仕事のノウハウを一から指導し育ててやったといわんばかりの態度をとった。そんな課長と愛子がうまくいくはずもないのだが、仕事の上だけの関係と愛子は割り切って浜中と接して来た。

足利駅から当時の愛子の家までは、タクシーで十五分ほど。そして浜中課長の家はさらにそこから十分ほどのところにあった。

「ご主人と息子さんは気の毒なことをしたねえ」

街の灯《あか》りが途絶え、寂《さび》しい畑道に車が入ったところで、左隣に座っていた浜中が言った。浜中からそんな言葉を掛けられても何の慰めにもならない。愛子はただ黙ってうなずいた。

「独りで寂しいんじゃないか」

浜中は愛子の方を見て囁《ささや》いた。その言葉に何かおぞましいものを感じた愛子は、毅然《きぜん》とした口調で前を見たまま答えた。

「いいえ。時々妹も遊びに来てくれますから」

妹のひかるも浜中の部下のひとりである。そこで会話が途切れたと思った次の瞬間、膝《ひざ》の上に置いた愛子の左手に、浜中の右手が重なって来た。愛子は鋭い眼差しで浜中を見た。

浜中は、何もなかったように平然と前を見ている。だがその手は愛子の右手に覆いかぶさったまま離れなかった。

「やめてください」

低い声で抑揚《よくよう》なく吐《は》き捨《す》てたが、浜中はさらに強く愛子の手を握ると、それを自分の方に引き寄せながら言った。

「そんなに強がるもんじゃない。寂しいなら、僕がしばらく君に寄り添ってやってもいいんだよ」

「運転手さん。ここで止めて」

愛子が叫ぶと、驚いたタクシー運転手は、戸惑いながらも車を止めた。

「いや、このまま行ってくれ」

浜中が身を乗り出し、強い口調で運転手に指示する。言いながらその手は、愛子の左手から右肩へと移って来た。

間髪を容《い》れず愛子は、浜中の左頰《ひだりほお》に思い切り平手打ちを食らわせた。浜中は、「ひゃっ」と小さな声で悲鳴を上げた。

浜中の手が愛子の肩から緩《ゆる》んだすきに、それを強く振り切った。後部右側ドアを自分で開けると、愛子はタクシーから飛び出た。

出張用のバッグを抱《かか》えたまま、タクシーのヘッドライトに照らされた畑道を疾走する。夢中だった。後ろから「おい、ちょっと待て」と浜中の声が追って来たが、愛子は車が入って来られないような枝道に逸れ、そのまま林の中に駆け込んだ。

そうしてなおもしゃにむに走った。真っ暗な中を、樹々をよけながら、百メートルは行っただろうか。息が切れたところでようやく立ち止まり、後ろを振り返って見たが、追って来る様子はなかった。

翌日から、浜中は研究所内で急に愛子によそよそしくなった。同時に、どうでもいいような仕事をあれこれと押し付けたり、報告書や書類を何回も書き直させてなかなか上長印を押さなかったり、呼んでも聞こえないふりをしたりと、陰湿かつ幼稚ないじめを繰り返した。

堪え兼ねた愛子は、研究所内の誰もいないところに浜中を呼び出し、相手を睨みつけながら言った。

「いい加減にしてください。セクハラの被害者は、私の方です」

浜中は無言で自分のデスクに戻った。だがそれからも、態度を改めるどころか嫌がらせはますますエスカレートした。

訴訟も考えた愛子だったが、「こんなばかに付き合っていたら私の人生は本当に腐ってしまう」と、その職場に早々と見切りをつけた。

5

愛子は多幸村村長の家に向かって歩いた。

役場で進藤から話を聞いた後、愛子は彼女から多幸村村長の岩目地勘右衛門《いわめじかんえもん》を紹介された。

進藤から聞くところによると、岩目地は御年八十歳を超えているようだが、生まれた時からずっとこの村に住んでいるらしい。もし村のことで何か知りたいことがあったら、何でも村長に訊くがいいと、進藤は愛子に勧めたのであった。

スーパーや四、五軒の商店が並ぶさっきの村道から、道はさらに北へと右に曲がり、山に向かって傾斜を増して行く。道づたいにずっと山間まで上って行くと、小高い峠があるが、その少し右手前に、村を一望できる見晴らしの良い広い高台がある。村長の家はその一帯を占めていた。

そこは江戸時代から続く庄屋《しょうや》で、築百五十年を超えるという巨大な茅葺《かやぶ》き屋根の母屋は、両脇に台所棟、寝所、蔵群などを従えてさすがに風格があった。

一方、母屋から少し離れたところには、一台の黒塗りの車が停《と》まっていた。高級車と古民家との対照が、愛子には何となくアンバランスに映った。

「ごめんください」

母屋の入り口の引き戸を開けて、薄暗い家屋内に向かって声を掛けたが、何の返事もない。さらに声を張り上げて呼ぶと、その声にようやく気付いたのか、奥の方から「はあい」と応答があった。

出て来たお手伝いさん風の女性に案内され、愛子は長い廊下を右に左に進んだ末、離れの広間にまで連れて来られた。四枚並んだふすまの向こうから、話し声が聞こえて来る。

「旦那《だんな》様。お客人が来られました」

案内の女性がふすま越しに声を掛けると、ややあって、

「お入んなさい」

と、しわがれた男の声がした。

女性は愛子に目配せして中に入るように合図すると、そのまま引き下がった。愛子はそっと真ん中のふすまを引き開けた。

そこは二十畳ほどの畳の間で、右手奥の方に床の間を背にして真白い髪の老人が座っている。その対面にはスーツを着た四十がらみの小太りの男が、目の前の火鉢に両手をかざして正座していた。廊下は底冷えがしたが、室内は暖かかった。

「ほほう。これは驚いた。こんな別嬪《べっぴん》さんが、こんなど田舎に引っ込んでいる老人に、わざわざご用とは」

床柱の前に座っていた白髪の老人は、一瞬目を丸くして愛子を見た後、今度はにんまりと笑った。

火鉢の上で両手をこすり合わせていた小太りの男も振り返ってこちらに顔を向け、愛子ににっこりと笑いかけた。灰色になりかけた髪を刈り上げにし、今どき珍しい旧日本軍の将校がかけていたような丸い黒縁の眼鏡《めがね》を鼻の上にのっけている。

「突然失礼いたします。私は栃木県の芳賀野村というところからまいりました雨貝という……」

「まあまあいいからどうぞお入んなさい。そこじゃあ遠くて話もできん」

アポもなしに突然現れた正体不明の客を、屋敷の奥まで招じ入れ、ゆっくり話し相手になろうという姿勢の老人に、愛子はいささかの違和感を覚えた。

だが、ここは村の諸事情を探るまたとない機会ととらえ、構わず言われた通り座敷に入ると、畳の上に膝をつき両手でふすまを閉めた。

「わしが村長の岩目地勘右衛門です。この人は村の助役の大豆生田《おおまみうだ》浩《ひろし》さんじゃ。どっちも珍しい名前じゃろう。で、あんたは？」

火鉢からやや離れたところに愛子が正座すると、岩目地が訊いた。

「芳賀野村の役場に勤めております、雨貝と申します」

先ほど村長に中断された自己紹介を続けた愛子は、用意していた名刺を老人の方に両手で差し出した。岩目地村長からは少し距離があったので、二人の中間にいる「助役」と呼ばれた大豆生田がそれを取り上げると、岩目地に渡した。助役という役職は今はないが、村長は昔の感覚で大豆生田をそう呼んでいるようだ。

名刺を片手にとって、目から距離をおいて見ていた岩目地村長は、ちょっと顔をしかめてから、またにっこり笑った。

「ほう、栃木県芳賀野村の移住推進課の人かね」

「はい。実は、こちらの村が新聞に載って評判になり、そのことでお話を伺いに」

「うちの村が新聞に？」

頓狂《とんきょう》な顔をして岩目地が大豆生田の方を見る。

「幸せを呼ぶ村と評判になっている記事ですよ」

大豆生田が応えると、村長は「ああ」と得心した顔になり、愛子に向き直った。

「ご覧になったでしょうが、村のもんは、みんな幸せですよ。それを誰がどこから聞きつけたか、新聞の全国版にまで載っちまってね。あれ以来、東京や大阪からもこの村に移住したいという人が、ぞくぞくと出て来ている事態なんですわ」

「とうとうこっちは、移住して来る人たちを選抜する立場にまでなりました」

大豆生田が笑顔で補足する。愛子は相槌《あいづち》を打ちながら、

「驚きました。この村に着くまで、私はきっと村の幸福の裏に、何かカラクリがあるのではないかと疑っていました」

正直に心中を述べると、岩目地は声を立てて笑い飛ばした。

「何かカラクリでもあるんかいな、助役さん」

岩目地は助役の顔を見ながら、愛子の言葉を繰り返して訊く。

「なぁんもありゃしません」

助役もおどけた顔で笑う。

「それでは、失礼を承知で少し伺いたいのですが」

愛子は、ジャケットのポケットからメモ帳とペンを取り出した。

「最近この村に、原因不明の疫病《えきびょう》や流行《はや》り病《やまい》などが蔓延《まんえん》したことなどはなかったでしょうか」

「いいや、聞いたことないな」

唐突な質問にも、二人は揃《そろ》って首を振る。

「やくざまがいの人が村に侵入して、村人たちにドラッグを売りつけているといったことは？」

「まさか」

助役はそれも一笑に付した。愛子は質問を続けた。

「この村には、人の気持ちを変えるような気体や泉が湧き出ている、秘伝の岩場などはないのでしょうか」

「そんなものがありゃあいいがなあ。村のいい宣伝になる」

今度は岩目地村長が、滑稽《こっけい》な顔をして首を横に振った。

「それじゃあ、幸せ教みたいな教団が村の人たちに教えを施しているとか」

「ないない」

二人はまた同時に否定した。

「それよりあんたどうかね。芳賀野村から来たんじゃ、今日はこの村に泊まりなさるんだろう。わしは今晩この助役と飲むことになっているんだが、あんたもわしらと一緒に宴会としゃれ込まんかね。この助役と二人きりで顔を突き合わせて酒を飲んでいても味気ないでのう」

助役も複雑な表情でうなずいている。

何を訊ねても、全くらちが明かなかった。村長と助役の返答は、進藤からの説明や、幸運館の女将の話、スーパーの店主やその客の会話、それにあの女学生の感想と大した違いはない。

村長からの酒宴の席への誘いを断ると、愛子はあきらめてほどなく屋敷を辞した。

幸運館に戻ると、すでにあたりは暗闇《くらやみ》に包まれていた。

温泉のふろを浴び、質素ながら村の採れたての山菜、ウグイ、馬肉、蕎麦《そば》など新鮮な食材の夕食を堪能《たんのう》すると、愛子は炬燵《こたつ》に潜りこんで今日一日の出来事を回想した。

多幸村の移住推進戦略の実態はどのようなものなのか。そして多幸村の住民がみな幸せになるという眉唾《まゆつば》的な役場のキャッチコピーがどの程度本物なのか。さらには、もし本当に村人みなが幸福であるとしたら、その背景に一体どんな秘密が隠されているのか。

この度の愛子の出張目的は、それらを明らかにして自分の村の移住推進に役立てることである。

役場の移住推進課に勤める進藤の話によれば、多幸村の村人はみな親切で助け合い、お互いが信頼し合っているから幸福になれたのだというが、そんな性善説のような精神論だけではやはり自分としては得心が行かない。

だからと言って、村に来るまでに自分なりに考えて来た多幸村の幸福の背景にありそうないくつかの仮説は、今日の聞き込み調査に基づくところではどれも当てはまらない。

明日、明後日《あさって》と、予定していた出張期間の中で次に何を調べたらいいのか、今の愛子には具体的なあてや行き先などが思い浮かばなかった。

ふと耳をすますと、微《かす》かに雨の音がする。雪にならなければいいがと思いながら、明日の予定を考えているうちに、愛子は炬燵に入ったまま眠りに落ちた。

6

払暁の薄明かりに目覚めた愛子は、炬燵から這《は》い出《で》た。

室内は冷え冷えとしていた。旅館の女将がちゃんと布団を敷いていてくれたのに、結局それを使わず心地の良い炬燵で寝てしまったのだ。

窓際に寄ってカーテンを少し開けると、外はまだ薄暗く靄《もや》がかかっているものの、すでに朝《あさ》陽《ひ》が上りつつあった。昨夜降っていた雨ももう止んだらしい。幸い雪にはならなかったようだ。

愛子は、切っていたスマホの電源を入れた。

やがて現れた画面を見ていると、留守電が一本入っていた。メッセージを再生すると、妹のひかるからだった。

「お姉ちゃん、今どこにいるの。お母さんが大変。家で倒れたのよ。すぐ戻って来て」

そこで録音は切れた。

ひかるは現在、栃木県足利市にある株式会社農業試験研究所に勤める研究員で、愛子の四つ下の妹である。二人の実家は、今愛子が勤めている栃木県北部の芳賀野村にあるが、ひかるは大学の時から家を出て、大学卒業後は県南の足利市に移り住み、それからずっと農業試験研究所で勤務していた。まだ独身であった。

一方の愛子もかつては足利市近郊のアパートに夫や息子と住んでいたが、二人が事故で亡くなり、自身も農業試験研究所を辞めた後は芳賀野村に戻っていた。

こうして愛子は現在、親元の芳賀野村に住んでいるものの、結婚以来ずっと母親とは別居していた。父は十年以上前に亡くなり、母は一人暮らしであった。

愛子にとってひかるは、小さい時から可愛《かわい》い妹であることに変わりはない。だが高校生のころからひかるは姉に反抗することが多くなった。県内の大学や就職口がある程度限られ、結果的に姉妹は同じような道に進んだので、そのライバル意識がひかるにあったのかもしれない。

そんな時愛子は、妹と少し距離を置くようにしていた。

時計を見るとまだ七時前である。だがひかるに電話すると、すぐに出た。

「昨夜職場にも電話したのよ。芳賀野村役場にいると思っていたら、役場の人に訊くと今長野県だって？　どうして早く連絡してくれないの」

妹は怒っているようだ。それには答えず、こっちから訊き返す。

「お母さんは？　今どこ？　病院なの？」

「大変だったわ。昨夜お隣のおばさんが、『お母さんが家で倒れた』って私に連絡して来てくれて。お姉ちゃんが電話に出ないっていうから、仕方なく私が足利からタクシーでかけつけたのよ」

「お母さんの容体はどうなのよ」

訊いたことにひかるが答えないので、愛子はついイラつきながらまた同じことを訊ねた。

「何とか落ち着いているわ。救急車で芳賀野村共済病院に運ばれて、今そこの循環器内科に入院している」

「……そう。あなたにはお世話になったわね」

「いいえ」

少しとげがあった姉妹の会話は、そこでやっと普通になった。

母親には慢性心不全の持病があった。血圧が高く心臓に負担がかかっているようで、降圧薬や強心薬で病状をコントロールしながら芳賀野村共済病院に通院している。だがこれまで、倒れて救急車で病院に運ばれるようなことはなかった。

「何の出張だか知らないけれど、早く切り上げてお母さんを見舞ってあげてよ」

「ひかる、あなたは今どこに？」

「昨夜は夜遅く病院から実家に寄って、結局実家に泊まったわ。まだ芳賀野村の実家にいる」

「今日はどうするの」

「午前中病院に行ってお母さんの様子を見てから、足利に戻るわ」

「もう少しそこにいられないの」

「無理よ。私だって仕事があるんだから」

「わかったわ……」

間もなくひかるとの電話を切ると、芳賀野村共済病院に電話を入れてみた。すると病院の内線で、病室の母親とつながった。

「お母さん。今話ができるの？」

「愛子かい？　大丈夫よ。昨夜ちょっと胸が苦しくなったので、丁度その時家に寄ってくれたお隣のおばさんに言ったら、おばさんが救急車を呼んでくれたのよ。薬を飲んで少しすれば治まったのにね」

「だめよ。心筋梗塞《しんきんこうそく》だったら、ほっとくと命がないわ」

「そんなんじゃないわよ」

「私もすぐそっちの病院に行くわ」

「いいったら。あなた今、遠くに出張に行ってるんでしょ。先生がさっき回診に来て、軽い発作だから新しいお薬を出しておきますって。今日もう一度検査して何もなければ午後には退院だって」

「でも……」

「大丈夫よ。それよりあなたのことの方が心配よ。ちゃんと一人でやっているの？」

突然事故で夫と幼い息子を亡くし、一時は絶望のどん底に沈みこんでいた娘を、母はいつも心配していた。同じ村に住んでいながら、愛子はここ一週間余り実家に寄っていないので、母の顔もしばらく見ていない。

「私のことは心配しないで。それじゃ、また電話するね。無理しちゃだめよ」

通話を終えてからも、愛子は予定を早めて今日中に多幸村の出張を終え、入院中の母を見舞うことを考えていた。

窓のカーテンの隙間《すきま》からまた外を見ると、東の低い山間から陽がすっかり姿を現していた。

カーテンを開け、日の光を取り込むと、愛子は使わなかった夜具をたたみだした。

するとその時、旅館の玄関の方から何やら騒がしい会話が聞こえて来た。一人は幸連館の女将の飯塚の声、そしてもう一人は甲高《かんだか》い男の声だ。

何を話しているのかは分からなかったが、多幸村の村人がいつもする、まったりした調子での話し方ではなく、何かただならぬことが起きたような緊迫した様子がこの客間にも伝わって来た。

ところがしばらくすると、部屋のドアが控《ひか》えめにノックされ、向こうから女将の飯塚の声がした。

「お客さん、起きてらっしゃいますか」

「はい……」

訝《いぶか》しく思いながら、部屋の中から返事をすると、飯塚は続けた。

「朝早くからすみません。あのう、村の駐在さんが、何か雨貝さんにお話があるそうで」

「駐在さんが?」

愛子は訊き返した。

「ええ。今朝早く、この先の溜《た》め池《いけ》で何かあったようです」

ドアを開けると、飯塚が青い顔をして立っていた。

「どういうことですか」

訊いても飯塚はそれに答えず、

「起こしてしまってすみません」

と頭を下げる。

「で、駐在さんはまだ待っているのですか」

なおも訊ねると、飯塚はようやく顔を上げ、

「はい。あちらで」

と玄関の方を見た。

「わかりました。もうちょっと待ってもらってください」

言って飯塚を帰すと、早々に着替えてから向かった。

駐在は旅館の玄関で立ったまま待っていた。

「多幸村駐在の巡査で桂木《かつらぎ》と申します」

巡査は気をつけをすると、三十度くらいの角度で前傾姿勢を取り、また機敏に気をつけに戻った。

まだ三十歳そこそこの若い巡査だ。ひょろりと背が高く瘦身で、頰もこけて頰骨が突き出ていたが、愛子を安心させようとしてか、表情には不自然な笑みを作っていた。

「私にどのようなご用で」

すると巡査は早口に説明した。

「この先の溜め池で、村の女学生がおぼれて亡くなっているところを、今朝早く近くを通りかかった男子高校生が見つけましてね。先ほどようやく村の青年団が遺体を池から引き上げたところなんです。それで、実はその亡くなった女学生のことでお話が」

あまりのことに言葉を出せずにいると、巡査は続けた。

「おくつろぎのところ大変申し訳ないのですが、あなたにちょっとご遺体を見てほしいのです」

「私に……？」

「ええ、訳は後でお話しします。今外に出られますか？」

愛子はまだ身を固まらせていたが、そこでようやく気を取り直して一つうなずくと、

「ちょっと待ってください」

と断って、部屋にコートを取りに戻った。

第二章　幸せな死

I

桂木巡査の言う溜め池は、幸連館から南西に数百メートルのところにあった。

この辺一帯は一年を通して雨が少なく、水不足に陥《おちい》ることがしばしばあるので、このような溜め池を設けて雪溶け水や雨水を溜めて、乾期の田畑の水不足に対応しているとのことである。

そんな話を桂木から聞きながらその溜め池に連れて行かれた愛子は、池の近くに村の青年団とおぼしき五人の男たちが集まっている姿を目にした。

またその集団から少し離れて、二人の男が寄って話をしていた。その二人には見覚えがあった。白髪の岩目地村長と、丸縁眼鏡をかけた小太りの大豆生田助役だ。

池は直径三十メートル程の大きさでほぼ真ん丸の形をしており、周りは緩やかな傾斜のある高さ二メートルくらいの土手で囲われている。土手は一面芝でおおわれていた。さらにその土手の周りには、ドーナツ状の道があって、池をぐるっと一周できる。

五人の男たちは、池の周りの道の、池から遠い方の側に集まって、足元に横たわっている遺体を見ていた。遺体にはゴザがかけられ、顔は見えなかった。

村長と助役が愛子に気付き、軽く手を上げた。愛子も彼らに会釈する。

「村長と助役とはもう御目通りを？」

桂木巡査が訊ねる。

「ええ。昨日村長のお宅に伺った際に」

愛子が応じると桂木は小さくうなずいた。

桂木に続いて二人の前を通り過ぎると、愛子はゴザがかけられた遺体の手前で立ち止まった。

遺体の周りに立っていた男たちが、巡査と愛子に道を空けた。桂木巡査は前に進み、黙って遺体に掛かったゴザを半分だけ持ち上げた。

「この少女に見覚えがありますか」

桂木が訊く。愛子は半歩前に出て、遺体の顔をこわごわのぞき込んだ。

お下げ髪にイチゴのようなかわいらしい唇……だったはずが、今の彼女は蒼白《そうはく》な顔に紫色の唇をしていた。水にぬれ、額に数本の前髪が絡むようにへばりついていた。

少女の顔を確認した愛子は、しばし口を噤んだのち、

「あります」

と言いながらゆっくりとうなずいた。

「あなたが昨日、村のスーパーマーケットの近くでこの子と話をしているところを見たという者がいましてね」

桂木はちらっと男たちの集団を見やった。愛子もそちらに目線を送る。

すると五人の男たちの一人が愛子に向かって小さく目配せした。

よく見るとそれは、昨日スーパーの店先で会った若い夫婦客の夫の方であった。確か名前は、川俣裕也……。

「はい。昨日確かにこの子に話しかけられて、少し立ち話をしました。まさかこんなことになるなんて……」

愛子は声を詰まらせる。

自殺だろうか……？

昨日の少女との会話は他愛《たわい》もないものであったが、あの時の少女に死の影などみじんもなかった。むしろ少女の瞳は、何かいいことがあった時のように、きらきらと輝いていた。

いまもその顔は穏やかで、微笑みさえ浮かべているようである。池で溺死《できし》したにしては、苦しんだ様子がない。

桂木はゴザを元通り少女の顔にかぶせた。

人の死は忽然《こつぜん》と訪れる。自分の死が一年後か、一月後か、一時間後か、人は知らない。そして人の死に遭遇した時、その人を亡くした周りの身近な者たちは、愛する人を失ったというこの上ない不幸の現実を知る。

だが、死んだ当人は不幸だったのだろうか。それはその人にしか分からないが、死と幸不幸の問題は、死んでしまった人にとってはどうでも良いことなのかもしれない。

人の死は極めて身近な出来事であり、いつ誰にでも起こり得る。だからそれが起こったからといって、大騒ぎするようなことではない。

夫と息子を失って以来、愛子はそんな風に自分を納得させ、自分に降りかかった不幸の恐ろしさから逃れて来た。そして、どんな人であれ人の死を知るたび、愛子の中にはそんな冷ややかな気持ちが湧き起こった。

ふと愛子は、池の方角に目をやった。するとそこに、一組の足跡を見つけた。

昨夜の雨で、池を囲む道の地面が柔らかくなっており、通った者の足跡がはっきりとそこに残ったのだ。足跡は小さく、そしてこちら側からまっすぐ池に向かっている。

一方その足跡から、向かって左側に四、五メートル離れた位置に、救助の男たちが行き交ったとみられる大きめの足跡が散乱していた。少女が付けたらしい一組の足跡は、発見者や遺体を引き上げた男たちが気を利かせて、その上を踏まないようにわざとそのまま残したものと思われた。

その足跡をぼんやり遠目に見ていた愛子は、耳元に桂木巡査の声を聞いて我に返った。

「あなたが昨日この少女と話をした時、この子に何か変わった様子はありませんでしたか」

「何か、って……?」

愛子は巡査を見た。桂木は続ける。

「そら、例えば悩みを抱えているとか、誰かの悪口を言っていたとか」

「いいえ。私がこの少女に会ったのは昨日が初めてです。この子は、私が店先で落としたカードを拾って渡してくれたのです。そのあと二言三言立ち話はしましたけれど、ただそれだけですよ。

もとより私がこの村を訪れたのも、今回が最初です。そんな私に、この子が悩み事など話すはずがないじゃありませんか」

憮然《ぶぜん》とした調子で言い返すと、桂木は二つ三つうなずいてから、なだめるような口調で補足する。

「ごもっともです。しかしこの子が自殺するなんて全く訳が分からないと、そこにいる村の者がみんな言うものですからね。

暁美《あけみ》ちゃん、というのがこの子の名前なんですけど、暁美ちゃんは村でも評判の明るく活発で成績のいい子で、来年の春には東京の大手銀行に就職が決まっていたのです。そんな子が、池に身を投げるなんて、どうしても思えないと」

愛子は黙った。そう言われても、お気の毒としか言いようがない。

大体自殺する人は、普段そんな気配を全く見せず、周りのみんなの前では明るく見せている人も少なからずいると聞く。

それにあの一組の足跡。あれはどう見ても、少女が一人で池にまっすぐ進んで行って、そのまま自分で池に入って行ったとしか思えない状況だ。警察関係者でなくとも、そんなことはあの池の周りの足跡で一目瞭然《いちもくりょうぜん》だ。

ふと遺体を取り囲んでいた男たちの様子に目をやった愛子は、突然冷水を浴びせられたような恐怖を覚えて視線を固まらせた。そのうちの一人が、ぼんやり空を見上げて笑っているのだ。

それは、昨日スーパーの店先で会ったあの男、川俣裕也だった。彼は、声にこそ出してはいなかったが、その表情には明らかににんまりとした薄ら笑いがあった。

「こんな時に何で笑っているの！」

愛子は心の中で叫びながら、ぞっとして川俣から目を逸らすと、遺体にも背を向けた。そうしてまた静かな戦慄《せんりつ》が背筋を走る。

「この村は、何かが歪《ゆが》んでいる……」


それから間もなく、愛子は巡査から解放されたが、少女が亡くなった時間や死因がはっきりするまでは村にとどまっているようにと言われた。

なんともやるせない気持ちを胸に、仕方なく旅館に戻ろうとすると、

「雨貝さん」

と、岩目地村長に引き留められた。愛子の顔はまだ血の気を失っていた。

「昨日は突然お宅にお伺いしてしまい、失礼しました」

目線を落としたままにあいさつを返すと、不意に村長は近くに寄って来て耳打ちした。

「ありゃあ、自殺なんかじゃありゃせんよ」

愛子は眉をひそめ、岩目地村長をにらんだ。

「あの子は自殺するような子じゃあない」

岩目地は繰り返した。

「じゃあ、事故？」

「いいや。この寒い朝に、あんな池のそばになど誰が好んで行くものか。事故でもありゃあせん」

「それでは一体……」

だが村長の口からその先までは出なかった。

「でも、ご遺体が発見された時、足跡はあの子が池に歩いて行った時のものだけだったのでしょう」

愛子が質すと、それには助役がやはり声を落としながら応じた。

「そこが不思議なんですがね。遺体を発見したのはこの村の男子高校生です。その子は朝学校に通う時、いつもこの池の周りの道を使っているんです。その方が学校には近道なんです。で、その子が言うには、今朝は池の周りの道が昨夜の雨で少し緩くなっていたので、その道を横切ると池に近い芝生の土手の上を歩いたと言うのです。

そうして池を半周ほどした時に、池の中にうつ伏せに浮いている暁美ちゃんの遺体を発見したという訳なのですが、その男子学生が言うには、確かに彼が行くまで池の周囲の道には暁美ちゃんが付けたと思われるもの以外は誰の足跡もなかったらしいんです」

池の周りの道の幅は、ゆうに五メートル以上はある。もし暁美以外の者がいたとして、その者だけが周りの道に足跡を付けぬまま池のそばまで行くことは不可能であろう。

仮に、暁美がその者をおぶって池のそばまで行ったあと、そいつが暁美を池に突き飛ばし、暁美がおぼれたとする。

だが今度は、その者が池から逃げ去る時には、どうしても周りの道に足跡が残る。しかるに発見者の証言では、道には暁美が付けたと思われる一組の足跡しかなかったのだ。

「だとすれば、やっぱり自殺以外に考えられないでしょう」

愛子が返すと、小太りの助役はずれ落ちそうになった丸い黒縁の眼鏡を右手の太い指でずいと持ち上げ、さらに何か言おうとした。

するとその時突然、遺体の方から女性の叫び声がした。

「あけみ、あけみ。なんで……なんでこんなことに……あけみ……」

少女の母親と思しき女性が遺体に縋《すが》り付《つ》いて泣き叫んでいる。周りを取り囲む男たちは、さっき空を見上げて薄笑いを浮かべていた川俣裕也も含めてみな凍《こお》り付《つ》いたように押し黙り、女性の背中を見つめていた。

溜め池の近くには、騒ぎを聞きつけた七、八人の村人が集まって来ていた。彼らは、少女の亡骸《なきがら》に縋って泣いている母親の様子を、遠巻きにじっと見守っていた。

ふと愛子はその中に、進藤二三代の姿を見出《みいだ》した。

するど進藤も愛子に気付いたのか、こちらに目を向けた。

が進藤は、愛子と目が合うとすぐに視線を逸らし、やがて背を向けるとそのまま役場の方に去って行った。

不意に愛子は息苦しさを覚えた。

今目の前に現れている恐ろしい光景に、彼女は見覚えがあった。

病院の霊安室で、夫の陽貴と一人息子の蓮の冷たい亡骸と対面した時、愛子も大声で泣き続けた。あの時の自分と、眼前で泣き叫ぶ女性の姿が重なり、愛子は思わず目を瞑《つぶ》ってうつむいた。

2

旅館に戻ると、玄関で女将の飯塚に声を掛けられた。

「可哀《かわい》そうに、あの子は本当にいい子だったんですよ。私に会うといつもニコニコしながらあいさつしてくれましてねえ。しかしお客さんも間が悪かったですね。初めて来たこの村で、まさかこんなことが起こるなんて」

愛子は気分がすぐれなかったので、適当に相槌を打って部屋に引き下がろうとした。だが飯塚がはずみで続けた話に、驚愕《きょうがく》する。

「……実は、三月ほど前にもこの先の切り通しの道で、こんなことがあったんですよ。村はずれで一人暮らしをしているおじいさんが、あの切り通しの崖の下で倒れて亡くなっているところを発見されたんです」

村役場とこの幸連館をつなぐ村道の途中に、切り通しの崖があることを、愛子も思い出した。愛子は面を上げ、相手を見た。飯塚は続けた。

「その時にも警察の捜査が入ったんです。その結果おじいさんは、切り通しの崖の上から誤って落っこちて亡くなった、ということでその事件は一応解決したのですがね。でも、おじいさんの死に顔はにっこり笑っていて、何か楽しそうな様子だったというのです」

そこで飯塚は息をついでから、

「聞くところによると、おじいさんは顔と胸を路面で強打して即死したそうです。だから、崖から両手を広げてダイビングするようにして落ちたんじゃないかって。

でも楽しそうに死ぬなんて、自殺にしてはやっぱりおかしいし。もしかしたら、何かふざけている時に不意に崖の上から誰かに突き落とされたんじゃないかと、一時村で噂になったんです」

「誰かに突き落とされた？」

愛子が飯塚の言葉を繰り返すと、飯塚は調子に乗ってまたしゃべり出す。

「ええ。でもそれにしても、おじいさんが笑ったまま死んだなんてやっぱり説明がつかないじゃありませんか。崖から落ちる途中でも笑っていたなんて、どう考えても変ですよね。

おじいさんは認知症でもなく、異常行動を起こす可能性のある薬も飲んでいませんでした。ましてや、様子がおかしかったという話も一切聞かないし。それに」

飯塚はごくりと生つばを飲み込むと、すぐに話を継ぐ。

「崖の上にはそのおじいさんの足跡が残っていたのですが、それ以外には誰の足跡もなかったというのです。あの切り通しの崖は登るのも大変だし、普段あの上に行く人はほとんどいません。あの足腰の弱そうなお年寄りがなぜ一人でそんなところに行ったのかも、未《いま》だに謎なんです」

溜め池の中と崖の下という違いはあるけれど、今朝の女学生の水死事件と三ヵ月前の老人の転落死事件にはどこか共通点がある、と愛子は思った。

あの女学生の死に顔にも、確かに笑みがあった。そして、現場に残されていたのは、いずれも怪死した者の足跡だけ……

愛子の青白い顔を見て、飯塚ははっと我に返ったように老人の転落死事件の話をそこで止め、また持ち前の明るい表情に戻ると、言った。

「あら、余計な話をしてごめんなさい。たまたまそんな事件が重なったものですから、私もちょっと不思議に思いましてね。でもお客さん、この村を嫌いにならないでくださいね。みんないい人ばかりだし、普段村人は、それはそれは幸せに暮らしているのですから……」

そんな飯塚の言い訳めいた言葉も上の空で聞き流しながら、ようやく愛子は自分の部屋に戻った。

愛子がうっかり落としたカードを拾って渡してくれた、あの時の少女の明るい表情と、さっき溜め池の周りの道の脇に寝かされていた彼女のうすら笑いを浮かべたような顔が交錯し、愛子はめまいを覚えながら部屋の広縁の籐椅子《とういす》に身を沈めた。その脳裏にはさらに、川俣裕也のあの意味不明な笑い顔が、現れては消えた。

笑顔、笑顔、笑顔……

野良仕事をしていても、空を見上げていても、人と話をしていても、悲しい出来事があっても、そして死んだ後でさえも、この村の者はみんな笑っている。

なぜ……？　一体この村に何があるというのだ。

右手の親指と人差し指で両の目頭を押さえ、うつむいたまま愛子はしばし動かなかった。その時スマホが鳴った。

出ると、妹のひかるからだった。

「お姉ちゃん、あの後病院にいるお母さんに連絡した？」

愛子は重い頭を上げた。

「……うん。あなた、今どこから」

「芳賀野村共済病院を出て、これから職場に向かうところよ。お母さん、お姉ちゃんには何か言ってた？」

「別に。普通に話をしていたわ。私が、すぐ芳賀野村に帰るって言ったら、いいって」

「お母さん、結構意地っ張りだからね。お姉ちゃんが帰ってあげれば、きっと安心するよ」

「わかってるわ。でも丁度こっちでも大変なことが起こっちゃって」

「何よ、大変なことって」

「村の女学生が、池で溺《おぼ》れて亡くなったのよ」

「池で溺れて……?」

ひかるは愛子の言葉を繰り返して呟いた。

「そう。できれば私も今日芳賀野村に帰って、お母さんの顔を見て安心したいんだけど、こっちの駐在さんから、亡くなったその子の死因がはっきりするまで村に留まるように言われているのよ」

「何でお姉ちゃんが?」

「わからないけど、その女学生、自殺や事故死でない可能性もあるって」

「でもお姉ちゃんは関係ないでしょ。なんで引き留められなきゃならないの」

そこで愛子はイラつくように声を荒らげた。

「そんなこと私に訊いてもわからないって」

愛子の剣幕に、ひかるは黙った。

「ごめん……。とにかく、もうしばらく村に留まることになりそうだわ。お母さんには、また私から電話してみる……」

愛子が謝ってからそう伝えると、電話は切れた。

少し頭痛がしたが、そのあと旅館の食堂で焼き魚や新鮮な生卵、納豆などの朝食を摂《と》ると、幾分生気が戻った。

ダウンコートを羽織《はお》ると、愛子は部屋から幸連館の玄関に出た。

特に行くあては決めていなかったが、もう少し村の隅々《すみずみ》まで見てみようと思い立ったのである。このまま芳賀野村役場に帰ったのでは、一体何しに貴重な三日間を使って出張したのかと上司にどやされかねない。

母親のことは気になったが、さっき病院に電話をしてみたところ、昨日と同じように母は元気だった。きょう午前中もう一度検査をして、何もなければ午後には退院できるらしい。母には、

「なるべく早く帰るから」

と電話で伝えた。

3

愛子は、幸連館から見て村の東側に当たる県道方面へと歩き出した。昨日スーパーへ行った道とは逆方向である。スマホの地図には、その方角に一軒の喫茶店が示されていた。

出がけに、わざわざ玄関まで見送りに出て来た女将の飯塚に対して、

「村のみんなが集まる、評判のお店などはないでしょうか」

と訊ねたところ、飯塚は、

「このすぐ先にある多幸村カフェという喫茶店が評判で、村の者はみな週に一度はそこに行ってコーヒーを飲んでいますよ」

と教えてくれた。さらに飯塚は、こんなことも言っていた。

「それに、あの店のコーヒーを飲むと、どうしたわけかみんなとても幸せな気分になるんです」

その言葉に刺激され、今日はまずそのカフェの調査に行こうと決めた。

十分ほど歩くと、村道の右側に「多幸村カフェ」と書かれた看板が見えた。小さな古民家を、なるべく大幅に改築することなくカフェに作り替えたその店には、人を呼び込むようなどこか優しい趣があった。

まだ午前十時前であったが、店は営業していた。

上方にガラス窓がはまった木のドアを押し開けると、深煎《ふかい》り焙煎《ばいせん》コーヒーのいい香りがした。

「いらっしゃい」

カウンターの向こう側にいた若いマスターらしき男性が、控えめな声で愛子を迎え入れた。

その声に促《うなが》され、愛子は店の奥まで進むとカウンター席に座った。

ざっと店内を見渡してみる。

店は六十平米ほどで、さして広くはない。

五席のカウンターに四人掛けのテーブル席が三つ。そして今、その一番奥のテーブル席に、いずれも七十代と思しき二人の男性が向かい合わせに着いて談笑していた。南側と東側の木製の壁には、それぞれ大きめの窓が採ってあって、そこから入って来る日の光が暖かかった。

「ブレンドコーヒーください」

愛子が注文すると、マスターは小さな声で、

「かしこまりました」

と返事した。

髪を短く刈って、細い銀フレームの眼鏡をかけている。まだ二十歳そこそこだろうか。赤いセーターの上にデニムの生地《きじ》のエプロンを付けていた。

その時愛子は、マスターの表情を見ていてふと気付いた。

「この人の目はどこか憂《うれ》えていて寂しそうだけれど、まともだわ。この村に来てから、まともな目をした人に会ったのは、これが二人目。一人は、村役場に勤める進藤二三代。そしてもう一人がこの若いマスター……」

そんなことを思いながら、注文の品を待つ間、後方から聞こえて来る老人たちの会話に耳を傾けた。

老人といっても、その声には張りがあって元気だ。何を言っているかもよくわかる。

人に聞かれても少しも構わない様子で、盛《さか》んに今朝の少女の溺死事件の話をしている。話の内容は、大方愛子が今朝入手した情報の範囲内であった。

「お待ちどおさまでした」

愛子の前のカウンターに、湯気の立つブレンドコーヒーを湛えたコーヒーカップとお冷やが並べられた。

愛子はマスターに微笑みかけると、差し出された品々をとって自分の前に置きながら訊ねた。

「このお店はいつごろから？」

マスターは即答せず、しばし下を向いてカウンターを拭《ふ》いていたが、ややあってから返答した。

「そうですね。二年ほど前から……」

「マスターは、この村の方？」

「いいえ。母と一緒に、栃木県から引っ越して来たんです」

「へええ。私も栃木県の出身なんです。あなたは栃木県のどちらから？」

マスターはまた少し黙った。ぽんぽんっという調子で会話のキャッチボールをするのが苦手のようである。

「北の方の村です」

しばらくして、彼は答えた。

「まあ、私のところと近いかも。芳賀野村なんです、私」

「そうですか……」

マスターは愛子の方を見ず、言葉少なに返す。

「どうしてこの村に？」

さらに訊くと、今度は少し口ごもりながらの答えが返って来た。

「母に付いて来たんですよ」

そこで愛子はピンと来た。マスターの顔がその人に似ていたこともあった。

「ねえ、お母さんって、もしかして進藤二三代さん？」

「……ええ、ご存じですか」

「もちろんよ。足利の農業試験研究所に勤めていたころの、私の元上司」

マスターはおざなりな笑顔を作ると、黙ってうつむいた。

「そう。進藤さんにはこんな大きな息子さんがいたんだ」

感心したように言ってさらに話題をつなごうとしたが、若いマスターは煩わしそうに愛子に背を向け、白い布を手に取ってコーヒーカップを磨《みが》き出した。

会話は途切れた。

気がそがれた愛子は、ひとり小さくため息をつくと、おもむろに肩掛けバッグの中からプラスチック製の小箱を取り出した。蓋《ふた》を開けると、そこには塩ビのスポイトと小さなサンプル採取管が入っていた。

愛子は、マスターに気付かれないようカップのコーヒーにスポイトを差し込むと、中の液体を数ミリリットルそれに吸い込んだ。コーヒーの熱がスポイトを通じて指に伝わる。

そうして採取したコーヒーをサンプル採取管に移すと、採取管のキャップをしっかりと閉め、小箱に戻してからそれをバッグにしまった。

幸連館の女将の飯塚は、多幸村カフェでコーヒーを飲むと、なぜかみな幸せな気分になると言っていた。

「もしやコーヒーの中に、何か気分を高揚《こうよう》させ、幸せな気持ちにさせる成分が含まれているのではないか」

そんな風に考えた愛子は、あらかじめ用意して来たサンプル採取セットを利用して検体を採取したのであった。

後ほどそれを持ち帰り、妹のひかるに頼んで農業試験研究所で成分分析をしてもらうつもりである。もしコーヒーに何か薬物や生理活性物質が含まれていれば、結果はすぐに明らかとなるであろう。

サンプル採取が済むと、さっそくコーヒーカップを手に取って、香りをかいでみた。深煎り焙煎コーヒーの、強い香りが鼻腔《びこう》を刺激する。

何回かゆっくり吸い込んで香りを堪能してから、今度は一口二口すすってみた。それは愛子の好きな、ほろ苦く酸味の薄い深煎りコーヒーのしっかりとした味わいであった。

そうしてじっと自分の体の変化を待ってみる。もしこのコーヒーに、何か多幸感を与えるような成分が入っていたら、それが徐々に効いて来ることだろう。

後ろでは、相変わらず二人の老人が甲高い声で話している。

二分、三分……。

何も変わらない。

さらに二口、今度は少し多めにすすってみた。カップを置いて、一つ深呼吸した。

だがいつまで経っても、気分は変わらなかった。

今朝、少女の溺死体の検分に立ち会わされた時からさっきまで、軽い頭痛を覚えどうも体調がすぐれなかった愛子だが、確かに今はリラックスもできたせいか、このコーヒーを飲むと頭がすっきりしてきた。だがそれが幸福感かと問われれば、そうではない。

若いマスターの進藤が、ちらとこちらを見た。それを目ざとく捉えると、愛子はまた声を掛けた。

「おいしいわ。特別の豆を使っているのかしら。それとも焙煎の仕方？」

進藤は小さく微笑んだ。

「いいえ。何も特別なことはありません。焙煎の仕方にはお客さんによって好みはありますが、今の寒い季節であれば、やはり深煎りを好む方が多いので、ブレンドにはこの深煎りをお出ししています」

「村でも評判のようね、このお店。ここのコーヒーを飲むと、みんな幸せな気分になれると聞いて来たのよ」

愛子はさらに突っ込んで訊ねようとした。すると後ろから声がした。

「ああ、あんた。それは本当だよ」

振り返ると、先客の老人の一人がこちらを見て笑っていた。

「こんなうまいコーヒーはないし、第一これを飲むとなんだか若いころに戻ったようで、天にも昇るような幸せな気分が腹の底から湧き上がって来るのさ。もう、酒なんかやめたくなるほどだ」

「全くだわな。俺なんかもこれ飲むと、すっかり若返ったような心持ちになる。あんたみたいな別嬪を見ると求婚したくなるくらいだわ、うわっははは」

「ばか言うんでねえ、このエロじじい」

一人が身を乗り出して、テーブルを挟んで座っているもう一人のじいさんの頭を平手でぺしゃりと叩《たた》くと、今度は二人で大笑いの大合唱。愛子はあきれて苦笑を返すばかりだ。

普段だったらこんなハイテンションのじいさんたちを相手に一分とはもたぬ愛子だが、ここは彼らから村の情報を得る丁度いい機会と開き直り、老人たちに対して今度はにっこりと笑った。

「あのう、一つ訊いてもいいですか」

「いいさ、何でも訊いてくれ」

愛子は二人のいる方に体の向きを変えた。

「この村に住んでいる人は、みんな幸せになるって本当ですか」

するとすかさず、愛子に求婚したいと先ほどのたまったじいさんが応じた。

「あんた、そんなことも知らねえのか。そういえばあまり見ねえ顔だと思ったが、あんたどこから来なさったんだ」

愛子が答えようとするとその返事も聞かずにじいさんは続ける。

「もしやあんた、この村に移住を考えているのかね。んだったら、一日も早く越して来るのが得ってもんだ。そうしたらあんたも、とびっきり幸せになるさ。俺が保証する。この村に来たら俺が毎日デートしてやっから。なあに任せな、遠慮はいらねえ」

「止めといた方がいい。このおやじの財布の中身は空っぽだ」

「何言うかおめえ。財布の中身は関係ねえ。愛があればな、愛が。うわっはははは……」

放っておくと、じいさんたちはどんどん横道に逸れる。それを引き戻すように、愛子は続けて訊いた。

「この多幸村では、村のみんなで一緒に集まって何かやる機会などありますか。例えばお祭りとか、新年会とか」

「ああそれだったら、新顔の歓迎会があるぞ」

「エロじじい」の頭をひっぱたいたもう一人のじいさんが答えた。

「新顔の歓迎会？」

「ああ。新顔が来ると、村のみんなで集まって宴会を開いて歓迎するのが、この村のしきたりなんだ。近頃ではこの村に移住して来る人が増えてな。年に三度は歓迎会をやっとる」

「その時は、村長さんとか助役さんも一緒ですか」

「もちろん。村長は酒好きでな。必ず出て来る」

昨日自宅を訪問し今朝も溜め池で会った、白髪の岩目地村長の顔が目に浮かぶ。

「歓迎会はどこで開催するのですか。村にはそんな場所なんてないんじゃ……」

「幸運館という、村で一軒だけの旅館だよ」

愛子は「ああ」と首肯した。自分もそこに泊まっている。

「歓迎会の主催は誰が」

「主催？」

「そのう、スポンサーというか幹事さんというか……」

すると、愛子をデートに誘うと言ったじいさんがそこで口を挟んだ。

「幹事は村長だが、実際に運営しとるのは村役場の連中だ。村には金がないから、酒や料理は役場の連中や村人がみんなで持ち寄るんだ」

愛子はうなずいて続ける。

「ところで、新顔の人たちは、村に移住することで何か義務が生じるのでしょうか」

「ぎむ？」

「ええ、例えば村の宗教団体に加入しなくてはいけないとか、村長や助役のお説教を聞いてそれに従わなくちゃならないとか」

すると老人たちはまた笑い出した。

「あんな、呑ん兵衛村長の言うことなんか、誰が聞くもんかね。義務なんてものは何にもないから、あんたも安心して移住しておいで」

二人は一笑に付した。愛子はさらに突っ込んで訊ねた。

「で、その歓迎会で出されるお料理やお酒には、ちょっと村外では手に入らないような村の特産品とか秘伝の生薬などは含まれていないのですか」

「そんなものは聞いたこともねえな。おめえはどうだ」

もう一人の老人も首を横に振っている。

「お土産はどうです。移住して来られた方々は、歓迎会が終わった後でそういった珍しい品をお土産に持たされるとか」

老人たちはまた、二人合わせてかぶりを振る。

宴会に、変わった食べ物や飲み物が出るわけでもない。宴会後の土産物もない。歓迎会の後、移住者は干渉されることもなく、それぞれ自分たちの生活を始める……。

なおもあれこれ訊いてみたが、移住者が取り立てて村の行事や役員の仕事に駆り出されることもないようだった。

「お二人は、いつごろからそんなに幸せになったんですか」

今度は話の方向を変え、半《なか》ばからかいながら訊いてみた。すると思わぬ答えが返って来た。

「二年ほど前だったかなあ。俺だけじゃない、みんなそうだ。うん、たしかに二年くらい前から、この村の者はみんな一斉に元気になったんだ」

もう一人もうなずいている。

「二年前から？」

意外に最近のようだ。愛子が確認すると、二人はまた首をこくりこくりと縦に振った。

村の者には、先祖代々引き継がれて来た「幸福遺伝子」のようなものがあるのではないか。ややもすればと、そんなことまで考慮に入れてみたが、しかし二年前から突然始まった幸福ということであれば、継承されて来た遺伝子が原因という可能性も考えにくい。

「その時、村では何か特別な出来事でもあったのでしょうか」

なおも訊ねると、今度は二人同じような格好をして腕を組み、首を傾《かし》げながらそれぞれ視線を遠くの方にやって考え込んでいる様子であった。が、しばらくして一人が呟《つぶや》くように答えた。

「別にこれと言って何もなかったなあ」

「お祭りも？」

「ない」

「村の神事や行事も？」

「ないない」

そこで愛子の質問も尽きた。

店を出たら村でデートしようというナンパじいさんたちの執拗《しつよう》な誘いを振り切ると、愛子はコーヒー代を払って多幸村カフェを出た。愛子が店を後にしても、じいさんたちはコーヒーのお代わりをしながら、まだ店で油を売っていた。

「アルコールもないのに、昼間からまるで酔っぱらってるみたい。全くいい気なものだわ」

腕時計を見ると、結構長居をしたようでもう昼近くになろうとしていた。あのカフェに、正味二時間余りいたことになる。

昼食をどうしようかと思いながらいったん幸連館に戻ると、玄関で女将の飯塚に呼び止められた。飯塚は帰館した愛子を捕まえると、怪訝《けげん》そうな顔をしながら一通の郵便封筒を差し出した。

「さっき気が付いたのですけれど、こんなものが当館の郵便受けに入っていました」

広告の文字を一つ一つ切り抜いてから貼《は》り付けたと思われる封筒の宛名《あてな》は、確かに愛子の名前になっていた。

封筒に切手は貼られていなかった。誰かが直接郵便受けに投げ入れたものと思われる。裏返すと何も書かれていない。差出人の名はなかった。

「……ありがとう」

渡された封筒を持って、愛子は早々に自分の部屋に戻った。その後ろ姿を、飯塚が不審そうに見ていた。

部屋の入り口のドアを閉め、さっそく封筒を開けて見ると、中には一枚の紙きれが入っていた。そこに記された一文も、やはり広告からの切り貼り文字でできていた。

「多幸村の調査を止めよ。さもなくばお前に禍が降りかかる」

どこかありきたりの文面だが、内容は脅迫状か警告状のようである。

「一体誰がこんなものを……」

多幸村に来て以来、昨日今日で出会った何人かの村人の顔が頭に浮かんだが、差出人が誰かは思い至らなかった。

これはいつ郵便受けに入れられたものだろう。

飯塚は「さっき気が付いた」と言っていたから、恐らく昨日の深夜から今朝十一時半ころにかけての時間帯に、放り込まれたのだろう。

愛子は感慨に沈む。

この村に住む者はみな幸福だと誰もが言い、事実みなとても幸せそうな顔をしている。

だが昨日この村に来てから今まで、ずっと感じていたどこか不穏な空気。多幸村の村民たちが示す笑顔や恍惚感の奥に潜む、理由のわからない違和感。そして差出人不明のこの警告状は、一体何を物語るのか。

お前に禍が降りかかる……

この警告状は、「これ以上村の調査を続けるなら、お前に危害を加えるぞ」と暗に言っている。だがこの警告状から愛子が感じ取ったものは、不思議に恐怖感や危機感などの緊迫したものではなく、むしろ村の謎に迫る一つの光明であった。

村民の幸福についてはまだわからないことだらけだが、受け取った警告状から愛子は今、一つのヒントを得ていた。

多幸村には確かに何か秘密がある。そしてそれが暴《あば》かれることを好ましく思っていない人物がいる。この警告状はその証拠……。

愛子は面を上げると、にわかに湧き上がって来る憤りと闘志を抑えられず、警告状を封筒と一緒に両手でひねりつぶした。

5

幸連館の食堂で遅い昼食を摂ってから部屋に戻り、次に見ておきたいと思った村道の切り通しに向かおうとコートを取った時、肩掛けバッグに入れていたスマホが着信のコール音を発した。スマホを取ると、電話は妹のひかるからだった。

「お姉ちゃん、まだ帰らないの」

「どうしても今村を抜けられないのよ」

「お母さんが心配じゃないの」

「そりゃ心配よ。でも今朝電話したら、午前中に検査をして、その結果いかんで午後退院できるって」

「もう退院したわよ」

「え、ホント？」

「ほんとう。全くこんな時だけ私にお母さんを押し付けて」

「そうじゃないったら。でもそれは良かったわ。お母さん、どんな様子だった」

「普段と変わりない」

「そう。私も後でもう一度電話してみる。すぐに芳賀野村に戻りたいところなんだけど、実はこっちの村で起きた事件のことで、まだ足止めを食っているのよ」

「少女の溺死事件のこと？　一体どうなったの」

「うん。まあそのことは後で詳しく話すわ」

もらった電話ではあったが、愛子は丁度いい機会だと思って、ぶっきらぼうな口調を少し丁寧な調子に改めると、電話口で言った。

「ところで、あなたに分析してもらいたい検体があるのよ」

「え、分析？」

ひかるは訝しそうな声で訊ね返す。愛子は続けた。

「そう。検体というのは、この村のカフェの看板メニューとなっているコーヒーなんだけどね」

「…………」

「その成分をあなたに調べてもらいたいのよ。もちろん正規の分析料金を、芳賀野村の予算から支払うわ。

要点としては、そのコーヒー検体の中から普通のコーヒーには含まれていないような成分が検出されないかどうか。もしそういったものが入っていたとしたら、それは人体にどういう影響を及ぼすか」

「ちょ、ちょっと待ってよ、それどういうこと」

そこで愛子は、自分が多幸村に密《ひそ》かに調査に来たことや、多幸村カフェのコーヒーを飲むと村人がより幸福を感じることなどを説明した。

聞いていたひかるは、今忙しいからそんな検体を分析している時間などない旨文句を言ったが、そういった外部からの分析依頼に応えるのがひかるの研究所の仕事である。芳賀野村から研究所を通した依頼となれば、一所員がそれを断ることはできない。

「検体はすぐ送るから頼んだわよ」

言って愛子は、電話の向こうでまだ何か叫ぶ声が聞こえているのにも構わず、スマホの通話をオフにした。

こうして多幸村カフェのコーヒーの分析をひかるに押し付けると、愛子はさっそく幸連館を出た。

まずは、村のスーパーマーケットまで歩いて行ってから、そこで小箱に入ったコーヒー検体をひかるの研究所に宅配便で送った。スーパーに行く途中で母に電話したが、母は家にいた。心配ないからちゃんと仕事をして来なさいとのこと。愛子は申し訳ないと思いながら、母に謝ってその身を案じた。

次に愛子が向かった先は、幸連館の女将の飯塚が話していた独居老人の墜落死体が見つかった村道の切り通しであった。

昨日村役場から幸連館に向かう途中、愛子はその切り通しを通った。そこは左右の崖の上から岩がすぐこちらまで迫っていて、地震でもあったら危ないなとあの時愛子は思ったものだ。

独居老人は、その切り通しの道端で倒れていたという。死に顔に微笑みを湛えながら……

老人はどんな状況で、あの崖から転落したのだろう。もう一度あの場所を検分してみよう。何か新たに気付くことがあるかもしれない。愛子はそう考えた。

日は傾きかけていた。

冬の信州は、陽が沈むのが早い。暗くなってしまってからでは、ほとんど街灯のない村道は心もとない。愛子は道を急いだ。

間もなく切り通しの崖が見えて来た。そこまで誰にも会わなかった。

切り通しの狭間《はざま》に立つと、上を見上げてみる。日が陰《かげ》り、黒い闇《やみ》と化した崖の上には、夕焼けに赤く照らされた空が見えた。

飯塚の話では、独居老人が倒れていたのは大体このあたりだ。道から崖の上までの高さはおよそ十メートル。

その距離からすると、もし老人が上から突き落とされたとしても、自分の身を守ろうと足の方から落ちるなりすれば、骨折程度のけがを負ったにしろ命は助かったかもしれない。

だが飯塚の話では、老人は顔面から胸部を路面で強打し即死した模様だ。その顔には笑みさえ浮かべて……。

やはり自殺だろうか。

そんなことを思った次の瞬間、頭上でごろりと音がした。

愛子の足元にパラパラと砂が舞い、それに間髪を容れず数メートル先の路上にドーンという地響きと共に、直径一メートル位の大きな岩が落ちた。

岩はごつごつとしていたがほぼ丸く、落ちた後もごろごろと転がって、愛子の足元にまで迫って来た。

すんでのところで身をかわすと、愛子は咄嗟《とっさ》に頭上を見た。

その時愛子の眼《め》は、真っ暗な崖の上にさっと走り去る黒い人影を捉えた。影はこちらに背を向け、すぐに崖の向こう側へ消えた。

それはほんの一瞬であったが、確かに人だった。

愛子の心臓は、まだ激しく脈打っていた。

第三章　雪の密室役場

I

多幸村は、翌日の朝から降雪に見舞われた。

この辺の地域は、一年を通してそれほど雪は多く降らないのだが、その日の雪は徐々に勢いを増し、昼過ぎにかけて積もる気配を見せていた。

芳賀野村から出張して来て三日目。

愛子は今日帰る予定でいたが、幸連館の部屋の窓から旅館の庭に積もりゆく雪を見つめているうちに、段々と不安に駆られてきた。このまま村道や県道が雪に埋もれたら、今日は村からの脱出が困難になるかもしれない。

愛子の不安をかき立てる理由は他にもあった。それは昨夜の切り通しでの出来事である。

あの時確かに誰かが、切り通しの崖の上から岩を転がして落とし、愛子を殺そうとした。愛子はその人物の後姿を、一瞬だがその目に捉えた。男か女かまでは分からなかったが、それは確かに人だった。

あの大きさの岩を転がして落とすには、相当な力がいるだろう。だが、例えば太めの木の枝などをてこのように使って岩を動かせば、一人でも不可能ではない。

あの人物は、幸連館の郵便受けに愛子宛の警告状を入れた者と同じ犯人だったのだろうか。そう考えるのが自然だと、愛子は思った。もちろん共犯ということも考えられるが、いずれにしてもその目的は、この村に潜んでいるに違いない「万人幸福の秘密」を愛子が探るのを阻止することだ。

だがなぜそうまでしてその秘密を守ろうとするのか。それが分からない。

身の危険を感じながらも、愛子は自分を牽制《けんせい》したり殺そうとしたりする正体不明の人物に対し、強い憤りを覚えた。今日このまま多幸村を去ったら、まるで脅されて尻尾《しっぽ》を巻いて逃げて行く負け犬のようではないか。そんなみじめな後姿はたとえ犯人に対してでもさらしたくはない。

芳賀野村にいる母のことは気になっていたが、こうして愛子は、出張目的を達成せぬまま今日村に帰ることに逡巡《しゅんじゅん》していた。

多幸村の駐在所の巡査からは、溜め池で亡くなった暁美という女学生の死因がはっきりするまでは、村を出ないでほしいという要請があった。また積もり出している雪のせいもあって、愛子はもうしばらく多幸村にとどまって調査を続ける意思をだんだんと固めつつあった。

すると不意に部屋のドアがノックされ、続いて女将の飯塚の声がした。

「雨貝さん。駐在さんがみえてます。昨日の暁美ちゃんの事件のことで、何かお話があるそうです」

溜め池で亡くなった少女の死因などを報告に来たのだろうか。愛子も昨夕の切り通しでの事件のことで駐在の巡査に話しておきたいことがあったので、丁度良い機会ととらえた。

「女将さん。私の部屋に上がってもらうように伝えてください」

「お部屋にお通ししてもいいんですか」

飯塚が確認したが、愛子は躊躇《ちゅうちょ》なく「はい」と返事した。

間もなく、駐在の桂木巡査がドアの外から声を掛けた。

愛子はドアを開け、ひょろ長い痩せた桂木巡査を部屋に招じ入れた。桂木のオーバーコートの表面には、まだ溶けていない雪の結晶がそこここに見受けられた。

愛子は座布団を差し出し、巡査に座るよう促した。桂木は恐縮しながらひざを折った。

「お休みのところすみません。昨日溜め池にて、ご遺体で発見された少女のことで」

「なぜ亡くなったのか結論は出ましたか」

すかさず訊ねると、桂木は座布団の上で正座の足を正してからうなずいた。

「長野県警の刑事さんと刑事調査官の方が来て検視を行った結果、亡くなった少女の死因と死亡推定時間帯が割れました。ご遺体に外傷はなく、死因は溺死と判明。死亡推定時間帯も昨日の早朝と結論されました」

「そうですか……。ということは、やはり暁美さんは自殺」

「県警の結論では、そういうことになります」

「彼女の体内から、薬物や幻覚物質などは検出されなかったのですか」

「私からは、それ以上のことは詳しく申し上げられませんが、今のところそのような報告はありません」

「遺書は？　暁美さんは遺書を残してはいなかったのですか」

桂木は黙ってかぶりを振った。

精神を病んでもおらず、薬物も使用していない快活な少女が、冬の早朝に一人で池に入って行って溺死するなど、愛子にはその状況がまだ信じられなかった。だが、それ以上訊いても桂木から返って来る答えは同じであろう。

愛子はそこで視点を変えた。

「ところで、この旅館の女将さんから聞いた話なのですが、三ヵ月ほど前、村の切り通しの道で一人暮らしのおじいさんが崖から落ちて亡くなっていたそうですね」

「ええ、それが何か」

「聞けばそのおじいさんの死に顔には笑みがあったとか。それって、昨日の溜め池で亡くなった暁美さんという少女の死に顔と、どこか共通していませんか」

桂木は眉をひそめた。

「死に際で苦しんだり、恐怖を味わったりした自殺者の表情は、笑い顔に似ていることもあります。それだけで二人の死に共通点があると思われるのは、ちょっと筋違いでしょう」

桂木は愛子の疑問を一蹴《いっしゅう》すると、彼女からの次の質問を待たず幕引きに掛かった。

「何にしても、あなたをこれ以上村に引き留めておく必要はなくなりました。とりあえずあなたのご連絡先を聞いたうえで、芳賀野村にお帰りになって結構です」

その言葉が愛子にはなんとなくしっくりこなかったが、警察の見解に抗《あらが》って文句を言う理由もない。

愛子は自分のスマホの番号を桂木に伝えた。桂木はそれを手帳に控えると、

「それでは私はこれで……」

と立ち上がりかけた。だが、愛子はすかさずそれを引き留めた。

「駐在さん。実は私の方からも、ひとつお話がありまして」

桂木は訝しそうな顔をして愛子を見たが、仕方ないというように小さくため息をつくと、またゆっくりと座布団の上に座った。

「何か、他に気が付かれたことでもありましたか」

「いいえ、そうではないのですが」

続いて愛子は、昨日旅館に届いた差出人の名が書かれていない警告状を受け取ったことと、駐在所と役場の中間にある村の切り通しを通った際、崖の上から何者かに岩を落とされたことを話した。

それをだんだんと真剣な顔つきになって聞いていた桂木は、愛子が話し終わるとびっくりしたような大きな目で彼女を見つめた。そしてこちらに身を乗り出しながら言った。

「その、警告状か脅迫状かわかりませんが、今私に見せてもらえますか」

だが、愛子はかぶりを振る。

「握りつぶして捨ててしまいました」

「おやおや、そうですか……」

巡査は顔を曇らせる。確かに、あれは証拠品だったのだからすぐに捨ててしまうことはなかったな、と愛子は心の中で舌打ちした。

すると桂木が、思い直したように続けた。

「ところで、切り通しの岩の方ですが、実は岩が切り通しの道を塞《ふさ》いでいたのは、今朝私も気付きました。自然に落ちたのかなと思っていたのですが……。

その後すぐに、青年団の連中の力を借りて切り通しの道からどけましたが、まさかあの岩が人の手で落とされたものだったとは。あなたにはけががなくて良かったですね」

「ええ。でも一体誰が何のために私を狙《ねら》ったのでしょう……」

「あなたはほんとうに、崖の上に人影を見たのですか」

「間違いありません」

「何かその人物の特徴などを覚えていませんか」

「それが……ほんの一瞬でしたので、男か女かも……」

「ふーむ。では、そんなことをする人物に、誰か心当たりはないですか」

「いいえ」

愛子は首を横に振って、声をひそめる。

「昨日も申し上げましたが、私がこの村を訪れるのは今回が初めてですし、私は進藤さん以外村の人たちともみな初対面です」

桂木は困ったという顔をして首をひねると、一旦《いったん》愛子から目を逸らした。が、やがて思い返したようにまた愛子に視線を向けると、言った。

「この村に住む人たちはみな善人ですよ。あなたを狙う人なんているはずがない。くどいようですが、切り通しの崖の上にいたのは確かに人だったのですね」

「間違いありません。あの時私は、誰かが崖の上から向こうへ走り去るのを確かに見たのです」

愛子はむきになって訴えた。しかし桂木はらちが明かぬという顔でまた首を傾げると、今度はゆっくりと立ち上がった。

「分かりました。とりあえず、崖の上の足跡などは私が調べておきましょう。ともかくも、先ほど言いましたようにあなたをこの村に引き留めておく理由はなくなりましたから、まずは速やかに芳賀野村へお帰りになるのが無難《ぶなん》かと思います。しかしそうは言っても、この雪じゃあ今日は無理ですかね……」

桂木は窓越しに外を見やり、勢いを増して来た降雪をぼやきながら、

「お邪魔しました。何かありましたら駐在まで連絡ください」

と言い残して帰って行った。

2

それから実家の母に電話して、病状が安定していることを確認した愛子は、次に役場の進藤二三代に電話を入れた。

明日は土曜日で、役場は休みである。どうしても今日中に進藤に会って、もう一度話を聞きたかった。

同時に愛子は、今日芳賀野村に帰ることを断念した。雪が降り止まぬうえ、このまま宙ぶらりんな情報だけ摑《つか》んで芳賀野村に帰っても、今回の出張の目的は何も達成されたことにはならない。

明日あさってのこの村での滞在は当初の出張予定にはなかったが、いざとなったらこのままあさっての日曜日まで滞在を粘《ねば》ることも考えていた。

進藤は役場にいた。行って話したいことがあるが、時間は取れないかと電話口で迫ると、進藤は迷惑そうな声で何かぶつぶつ言っていたが、最後には会見を承知した。

さっそくダウンコートを羽織ると、愛子は持って来た折りたたみ傘を開いて旅館の玄関から外に出た。

畑や山野は、降り続く雪にもううっすらと白く覆われている。かざした傘を逸れて落ちて来る雪の結晶が、頬に付いて冷たい。

愛子は身をこごめ、村道を役場に向かって急いだ。

道にはまだ雪は積もっていなかったが、それも時間の問題と思われた。

間もなく右手に駐在所が見えた。通り過ぎながらガラス窓越しに中をのぞいたが、桂木巡査の姿はなかった。

やがて切り通しの崖が眼前に現れる。

昨夕ここで、落ちて来た岩につぶされそうになったあの瞬間が、脳裏によみがえった。桂木が言ったように、路上に居座っていた大きな岩は道端にどけてあった。

愛子は傘を閉じ、落ちて来る雪片に顔をさらしながら、用心のため崖を見上げたまま切り通しを通った。

昨夕は、確かにあそこに黒い人影が見えたのだ。だが今は、崖の上に人の気配は全くなかった。

進藤は、一昨日に愛子を招じ入れた大部屋の事務室ではなく、そこから廊下を隔《へだ》てた対面にある役場の会議室に愛子を導いた。

寒い会議室に暖房を入れると、進藤は一脚の机と四脚の椅子以外何もない、十畳間くらいの部屋の窓際の席に愛子を着かせた。

「この寒村に、三日間もあなたを引き留めるような何かがあって？」

進藤は冷ややかな眼差しで愛子を一瞥《いちべつ》すると、向かいの席に座った。

「昨日の朝、多幸村カフェであなたの息子さんに会ったわ」

「真翔《まなと》に？」

進藤はやや驚きの表情を見せた。

「ええ。真面目そうな、いい息子さんね。あなたにあんな大きなお子さんがいたなんて知らなかったわ」

「息子が何か……？　この雪の中を、わざわざ息子の話をしに来たわけでもないでしょう」

進藤は皮肉っぽい笑みを口元に浮かべ、上目遣いに愛子を見た。

愛子は構わず続けた。

「村では評判のお店のようね、多幸村カフェ。私もコーヒーを頂いたけれど、確かにおいしかったわ。焙煎の仕方も私の好みに合っていたし」

「ありがとう。息子に伝えておくわ」

そう返してから進藤は、遠くの方を見るような目つきでやおら愛子から視線を逸らし、続く言葉に少しためらう様子を見せていた。が、やがて彼女は、仕方ないといった口調で話をつないだ。

「あの子は中学高校と引きこもりがちだったのよ。母一人子一人の家庭だったから、ろくに面倒も見てやれなかった私の責任だわ」

「そうだったの……。あなたも苦労したのね。でもあなたの転職に伴って、息子さんは一緒にこの村に来たわけだし、そのうえカフェを村の人たちに人気の憩いの場に創《つく》り上げたのだから立派だわ」

「……引きこもりになった理由は、私にもよくわからない。今でも人と面と向かって話をするのは避けているようだわ。でもあのころのあの子に比べたら、今は落ち着いていて、本当に夢のよう……」

感情を表に出さない進藤も、その時ばかりはしんみりとしてうつむいていた。この人にもいろいろとつらいことがあったに違いない。愛子は、亡くなった夫と幼い息子のことを思い出した。

やがて進藤は小さく息を吐くと、面を上げて愛子を見た。

「で、お話は何？　こう見えてもこの役場の仕事は結構忙しいのよ」

愛子もしばし黙ったまま目線を下に置いていたが、進藤の催促に思い切ったように顔を相手に向けると、まっすぐ訊ねた。

「進藤さん。やっぱりあなた、私に何か隠しているでしょ」

唐突な問いに、進藤は細い目を吊り上げて愛子を睨んだ。

「何かって？　私が何を隠しているというの。多幸村の村民の幸福のこと？　だったら一昨日言ったように……」

「とぼけないで。昨日の朝、幸連館の近くの溜め池から溺死した少女が引き上げられたあと、あなたあそこに来ていたでしょ。私と目が合った時、あなたは私の視線を避けるようにして踵を返すと、現場を去って行ったわ」

「なんだ、そんなこと」

進藤は憮然とした表情で続けた。

「だからどうだって言うの。亡くなった少女とそのお母さんのことは私もよく知っていたから、あの現場は正視に堪えなかったわ」

だが愛子は引き下がらなかった。

「いいえ、あなたはあの少女の死の秘密を何か知っている。あなたのあの時の様子から、私はそう確信したの。そしてあの少女の死と、この村の人たちに憑依《ひょうい》している幸せとは、何か深い関係があるのだわ」

愛子の眼は、進藤の表情を捉えて離さなかった。二人はしばし黙って見つめ合った。

だがほどなく進藤は、こらえきれぬという顔で声に出して笑い出した。

「何がおかしいのよ」

愛子が睨むと、進藤はまだ笑いを抑えきれぬという調子で、下を向いたまま肩を震わせていた。

「憑依している幸せ……？　ばかなこと言わないでよ。あなた考え過ぎだわ。なんであの子の自殺と村の人たちの幸せが関連するわけ」

ようやく笑いを止めた進藤は、今度はきっと眉の間にしわを寄せて愛子を睨み返した。だが愛子はなおもひるまず続けた。

「それが分からないからあなたに訊きに来たのよ。池で溺死した少女の死に顔には、うっすらと笑みがあったわ。私はこの目ではっきり見たのよ。

それに、幸連館の女将さんから聞いた話だけれど、三ヵ月前に切り通しの崖の上から飛び降りたおじいさんも、笑って死んでいたというじゃない。なぜみんな笑っているの。この村の人は、本当にそんなに幸福なの？」

訴えるように訊くと、進藤はしばし黙ったまま愛子と視線を戦わせていた。が、やがて疲れたように短くため息を吐くと、彼女は一ことで言った。

「今日は帰って」

愛子は返事をせず、再び相手を睨んだ。

しばらくしてから、進藤はまた力が抜けたような声でポツリと言った。

「話せる時が来たら話すわ」

そして、やるせないといった苦悩の表情を作りながら窓の外の雪を見やった。

「話せる時が来たら……」

愛子がそう繰り返すと、進藤はそれには応えず、やおら椅子から立ち上がった。続いて部屋の入り口に歩み寄り、黙って愛子を見つめながらドアを開けた。

「今日はこれまでよ。さあ、このままお帰りになって」と、進藤の態度は言っていた。有無を言わさぬ進藤の所作に急《せ》き立《た》てられ、愛子は仕方なくゆっくりと腰を上げた。

役場を出ると、村道にはもう雪が積もっていた。

空にはどんよりと雪雲が垂れ込め、動く気配がない。折りたたみ傘をかざし、愛子は滑《すべ》る足元に気を遣いながら、幸連館の方向に一本道を引き返した。

「話せる時が来たら話す」

進藤のその言葉は決定的であると愛子は思った。

やはり進藤は何かを隠している。それは、村人の幸福の裏に、人には言えないような大きな秘密が隠されている、ということを暗示している。

そして進藤は、時機が来たらそれを話すと告げた。

「話せる時が来たら……」

それはどんな時なのか。なぜ今ではいけないのか。くらいついてでも、今それを聞き出すべきだったのではないか……。

愛子は役場を振り返って見た。平屋の建物や、白いペンキが塗られた板塀が、勢いを増して降り続ける雪の中に埋もれて行く。

そうして、生きた進藤二三代の姿を愛子が見たのは、それが最後となった。

3

翌十二月二十日の朝のことである。

多幸村の滞在予定を一日延ばし、幸連館で三回目の朝を迎えた愛子は、部屋の暖房を入れてから着替えをすませると、窓越しに外を見た。

すでに雪は止んでいた。

朝陽が、真っ白に降り積もった雪にはねて眩《まぶ》しい。雪は昨夜半より前には降り止んでいたようだが、それでもやはり相当な量降ったとみえて、今外はどこもかしこも一面銀世界である。

時計を見ると七時を少し過ぎていた。朝食までには一時間近く間があったので、洗面、歯磨《はみが》き、髪の手入れ、化粧などを施している時、部屋に備え付けの館内電話が鳴った。

「もしもし、雨貝です」

「おはようございます。もうお目覚めでしたでしょうか。また朝早くからお騒がせしてすみません」

女将の飯塚の声だった。様子がおかしい。

「実は……」

「どうかしたのですか？」

すかさず訊き返すと、飯塚はどこかためらいがちに続けた。

「駐在さんから、雨貝さん宛に電話が入っています」

「駐在さんから？」

あのひょろりと背の高い桂木の、頬がこけた顔が目に浮かぶ。

「お繋《つな》ぎしてよろしいでしょうか」

申し訳なさそうに飯塚が言う。

「わかりました」

そのまましばらく待っていると、桂木巡査の声がした。

「ああ、雨貝さん。どうもたびたび朝っぱらからすみません。まだお休みでしたか」

「いいえ、いつも今頃の時間には起きていますから」

やや憮然とした調子で返すと、桂木は無遠慮に言った。

「実は今朝、村役場で大変な事件が起きましてね」

「事件？」

「ええ、役場職員の進藤さんが、事務室内で遺体となって発見されたのです」

「えっ、進藤さんが……」

驚いて訊ね返す。

「それで今役場は大騒ぎなんですが、聞くところによるとあなたは進藤さんとお知り合いだそうですね」

一瞬愛子は言葉に詰まった。なぜ自分にそんなことを訊くのだろうか。

ややあって愛子は応えた。

「知っています。以前、栃木県の足利市にある農業試験研究所で一緒に勤めていたことがありますから」

別に隠す必要もないので事実を手短に述べると、桂木はどこか命令口調になって告げた。

「雨貝さん。しばらく幸連館から外に出ないで、そちらで待機していてください」

「は……？　どういうことですか」

「今申し上げた通りです。後であなたに訊きたいことがあります。いいですね」

電話は切れた。

「何というふざけた巡査かしら」

一方的な電話に愛子は口をとがらせ、受話器に向かって呟いた。

進藤二三代が亡くなった？

昨日の午後会ったばかりだったのに、あの後一体彼女に何があったのだろう。

昨日村役場の会議室で、進藤と話したことについて思い返してみる。

進藤の息子のこと、多幸村村民の幸福のこと、溜め池で溺死した少女のこと、切り通しの崖から転落死した独居老人のこと……。

そして彼女は最後に言っていた。

「話せる時が来たら話す」

「話せる時」とは一体いつのことだったのか。それを聞くことなく、昨日愛子はもどかしい思いを胸に役場を後にした。そして意味あり気なその言葉の真意が謎のまま、進藤は亡くなった。

どうして進藤は亡くなってしまったのか。自殺？

昨日愛子と会話を交わしていた進藤の言動は、自殺を前にした人のそれではなかった。少なくとも愛子自身は進藤の自殺の気配を全く感じなかった。

では事故？

桂木は電話口で、「村役場で大変な事件が起き、進藤が事務室内で遺体となって発見された」と言っていた。あの言い方は、事故ではなく進藤が殺害されたことを暗示していなかったか？

「まさか……」

愛子は言葉を失う。

ふと耳を傾けると、何やら外の方が騒がしい。

窓際に寄って外を見やると、丁度県警の警察車両が二台、じゃりじゃりとチェーンの音を響かせながら、旅館の門の前を通り過ぎるところであった。旅館の従業員や数人の宿泊客が雪の庭に出て、立ち話をしながらその様子を見ていた。

愛子はいてもたってもいられなくなり、上着を羽織ると旅館のロビーに向かった。

ロビーで女将の飯塚を見つけると、声を掛けた。向こうも愛子を見て近寄って来た。

「女将さん。役場で一体何があったのですか」

すると飯塚はかぶりを振りながら、

「役場の職員の進藤さんが亡くなったということなのですが、まだ私どもにも何がどうなっているのやら全く……」

そこへ、源《げん》さんという、旅館の下足番や何やらのこまごまとした仕事を仕切っている、中年の男が飛び込んで来た。スポーツ刈りの気風の良さそうな男で、法被姿の肩を怒らせている。

その源さんを捕まえて、飯塚がすかさず訊ねた。

「源さん。役場はどうなっているの？」

「いやあ女将さん。あっちは今県警の刑事や鑑識やらが来ていて大変な騒ぎだよ」

「進藤さんが殺されたんだって？」

飯塚が蒼白な顔で源さんに訊くと、

「殺されたかどうかはまだ分からんが、どうもそうらしいな」

「やっぱり？」

「県警の刑事を四、五人は見ましたよ。鑑識の服を着た連中も何人か……。ありゃあ自殺だの事故死だのというもんじゃあなさそうだ」

こうして源さんは、見聞きして来たことを、飯塚と愛子の前で早口にしゃべり出した。

源さんは役場の警備員の谷合良平《たにあいりょうへい》と知り合いであった。谷合は事件の第一発見者で、駐在の巡査が県警刑事らの到着まで現場維持を行っている間、役場の建物の外で待機するように命じられていた。

そこへ野次馬根性の源さんが、役場で何かあったらしいという噂を聞きつけて現場にすっ飛んできた。そして源さんは、寒さに震えながら手持ち無沙汰《ぶさた》で待っている谷合警備員と、役場の表門付近で顔を合わせたという訳であった。

警備員の谷合は、丁度いい相手ができたとばかりに、そこで自分が知っていることを源さんに詳しく話したらしい。その内容は、大方次のようなものであった。

4

昨夜谷合は、当直で多幸村役場に泊まった。

午前中から降り続いていた雪のため、役場の職員も早く帰る者が多く、午後七時には一人を置いて職員全員が役場からいなくなった。最後に事務室で一人残っていたのが、進藤二三代であった。

谷合が、持参した弁当の夕食を済ませ、ポータブルテレビを見ながらコーヒーを飲んでいると、番組が九時のニュースに切り替わった。それで、その時の時刻が午後九時だったことを、谷合は覚えていた。

コーヒーは谷合の好物だそうである。そもそも、多幸村の村人にはコーヒーが好きな者が多い。食後のコーヒーは、村民の習慣にもなっていた。

さて、そうして谷合がくつろいでいたところ、警備員室内から見て役場の玄関側にある、受付のガラス小窓がガラガラと引かれ、向こう側から女性の声がした。

「鍵お願いします」

小窓から白い手が入って来て、受付テーブル上に鍵を置いた。事務室のドアの鍵であった。

「ああ、進藤さん。お疲れさまでした」

言いながら谷合は立ち上がり、受付の小窓から首を突き出して、コートを着込んだ彼女の後姿を見送った。

「雪の中、お気をつけて」

これで役場の職員はようやく全員が帰った、と谷合はほっと一息つき、役場玄関のドアを施錠した。

玄関の入り口ドアはガラス戸で、

「丁度、雪景色の中を役場から去って行く進藤二三代さんの後姿が、ガラス戸を透かして見えました」と、後に谷合は証言している。そしてその時雪は、すでに止んでいた。

続いて谷合は、役場の各部屋の戸締まり確認に向かった。

廊下の灯りはだいぶ旧式のもので、廊下全体は照明を点《つ》けていても薄暗い。谷合は、最初に廊下の向かって左側にある事務室の前まで行って、入り口の状態を確かめた。ドアはしっかりと施錠されていた。

「いつも用心深い進藤さんのことだから間違いない」

一人呟きながら、今度は廊下の向かって右側に並んでいる四部屋のドアの施錠を、一つ一つ確認して行った。

給湯・ロッカー室、会議室、助役室、そして村長室と、全てちゃんと施錠されていた。これらの部屋の鍵はいずれも事務室の鍵とは異なるもので、すでに帰宅した役場の職員らがこれらの部屋のドアを施錠し、鍵を警備員室に返却していた。

なお村長が役場に来るのは週一回程度なので、村長室はほとんど使われていない。その日も

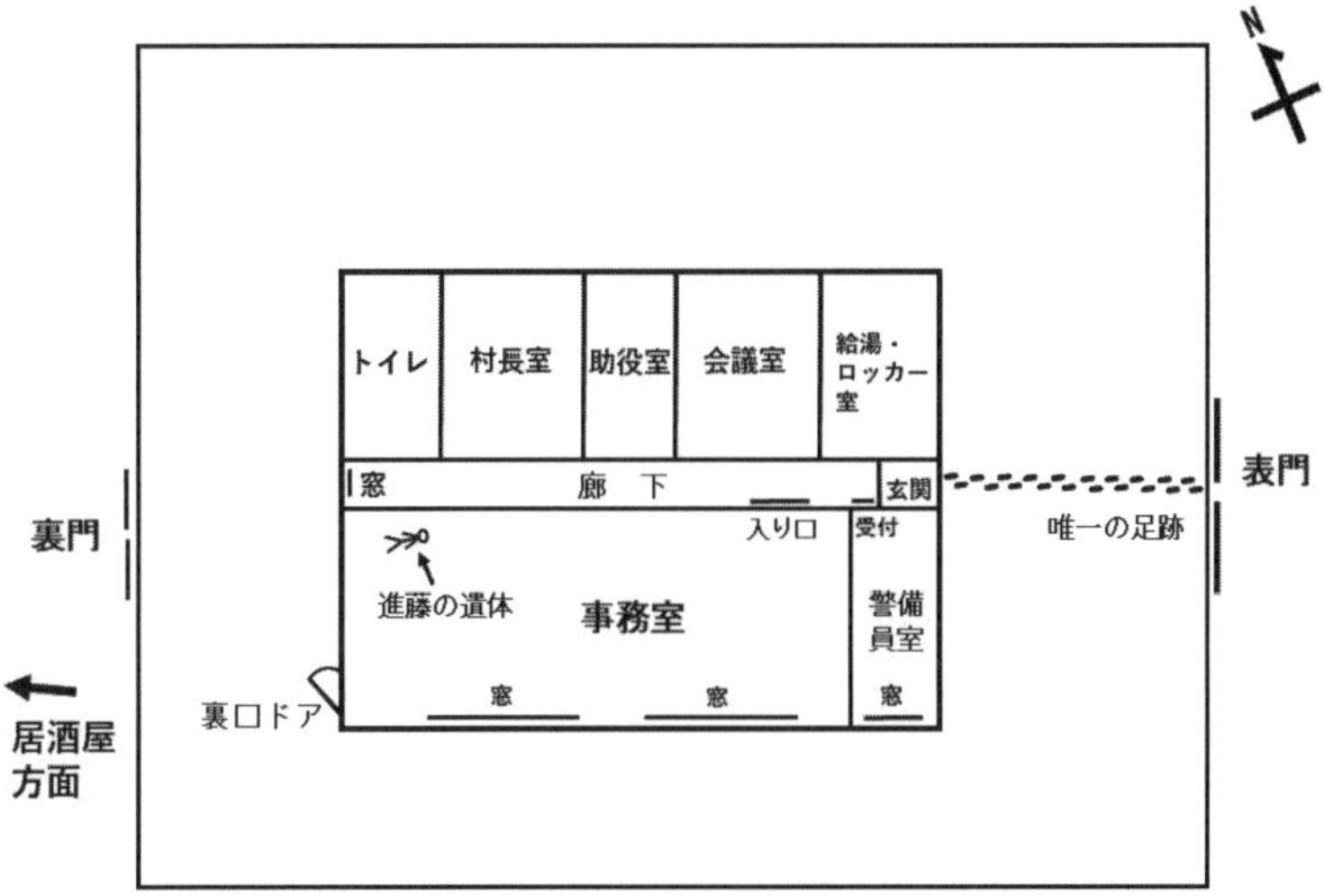

多幸村役場見取り図

雪のせいか、村長は役場には現れておらず、村長室はずっと施錠されたままであった。

ふとその時谷合は、廊下の突き当たり、つまり警備員室から見て一番奥にある役場の西側の窓から、点滅する赤い光が漏れ入っているのを目にした。谷合が窓に近寄り、そこの窓ガラスを透かして外を見ると、役場の庭は一面雪景色であった。

さらに目を凝《こ》らしてよく見ると、役場の裏門から七、八十メートルほどの位置で営業している居酒屋の前に、一台のパトカーが停まっていた。明滅する赤い光は、そのパトカーから発せられていた。

居酒屋の前には何人かの人だかりができている。

「酔っぱらいの喧嘩《けんか》でもあったのかな」

谷合は一人呟いて、しばらくそちらを見

ていたが、廊下があまりにも冷えて体も凍えそうになっていたので、部屋に戻ることにした。ちなみにこの窓も内側から鍵が掛けられていた。

こうして、役場内の全室がちゃんと施錠されていることを確認し終えた谷合は、寒さに震えながら廊下の明かりを消して暖かい警備員室に戻った。

点けっぱなしのポータブルテレビから流れるニュースは、その日の長野地方に降った雪の状況を伝えていた。多幸村周辺の地域では、二十センチメートルを超える降雪に見舞われたところもあったらしい。

この村も、恐らくそれくらいの雪は降ったに違いない。しかしニュースの報道は、この周辺地域の降雪が、午後九時には大方収まっていた旨を伝えていた。

谷合は何気なく、警備員室内の、外に面している南側の窓に歩み寄り、カーテンの隙間から外を見やった。

役場の敷地を、まるで静かな湖のように降り積もった雪が一面きれいに覆っていた。だが、確かに雪は止んでいた。

飲みかけの冷めたコーヒーを飲み干した谷合は、何だか気分が良くなって警備員室内に置かれた簡易ベッドにもぐりこむと、そのまま寝てしまった。

そうして朝を迎えた。

その日は土曜日で、役場は休みであった。

だが、いつも何人かの職員は、たまっている仕事を片付けるために役場に出て来る。特に仕事熱心な進藤は、土曜日でも必ず出勤して来た。

役場には二つの出入り口があった。一つは表門に向かう玄関口、そしてもう一つは役場の西側にある事務室裏口、この二つである。

役場敷地内に降り積もった雪を放っておくと、ガチガチに固まって手が付けられなくなる。そこで谷合は、誰かが出勤して来る前に玄関口と裏口の両方面の通路を確保しておこうと、除雪作業に入る準備をした。

玄関口の方は、役場内からでもガラス戸を透かして大方外の様子が見えた。きれいに敷き詰められた雪の上に、一組の足跡がこちら側から表門に向かって続いていた。

「昨夜、進藤さんが帰る時に付けた足跡だ」

谷合は一人呟いた。

それ以前に帰宅した役場の職員の足跡は、その時点でまだ降り続いていた雪に全て消されていたので、今目に入る足跡はその一組しかなかった。

次に谷合は、一応裏口の方の降雪具合も見ておこうと思った。

事務室西側にある裏口ドアは開き戸で、外側に開くようになっているため、もし戸外に深く雪が積もっていたら、ドアが開かなくなっているかもしれない。

谷合は警備員室から事務室の鍵を持ち出し、廊下側から事務室に入ろうとその鍵で入り口ドアを解錠した。

そうして事務室内に足を踏み入れ、西側にある裏口の方へ進んで行った時、谷合はギョッとして立ち止まった。そこで、床にうつ伏せに倒れている進藤二三代を発見したのである。

驚いた谷合は、倒れている進藤に歩み寄り、声を掛けたが返事はなかった。

進藤の脇にひざまずき、体に触れてみたが、それは固く冷たかった。亡くなってからだいぶ時間が経っていることは明らかであった。

頭部から頸部《けいぶ》にかけてよく見ると、左側頭部に血糊《ちのり》があり、また頸部には二筋の索条痕が窺えた。

「殺されている」

咄嗟にそう思った谷合は、腰が抜けそうになって進藤の死体から離れようと後ずさりしたが、そこで、

「自分は警備員である」

と自身に言い聞かせて立ち上がった。そして、がくがくする膝を押さえながら、裏口ドアに歩み寄った。

「賊は裏口から逃げたに違いない。なぜなら、廊下側の入り口には錠が掛かっていた。もし進藤を殺した犯人がいたとしたら、そいつが逃げる道は裏口しかない」

そう判断した谷合は、裏口ドアを押し開けようとした。

しかしそこで彼ははたと気付いた。事務室の裏口のドアには、室内側から閂《かんぬき》錠が掛かっていたのだ。

その閂錠は、ドアにしっかりと固定されており、ドア側から閂を真横にスライドさせて、壁側の錠受けに差し込むタイプのものである。従って、このドアの解施錠は室内からしかできない。

そうであれば、進藤を殺害した犯人は、こちらから出たとしてもそれを外から施錠することは当然できない。

裏口ドアと壁の間には全く隙間がなく、また閂錠はかなりきつく壁側の錠受けにはまっていたので、万が一ドアの外側からひもなどの類を操作して閂錠を差し込もうとしても、到底不可能に違いない。

谷合は、事務室の南側にある二か所の引き違い窓の施錠状態も確認した。だがそれらも全て、部屋の内側から鍵が掛けられていた。

この不合理な状況に、谷合は緊張を高めた。犯人はまだこの事務室内にいるかもしれない。裏口のドアには触らず、谷合は急ぎかつ注意深く、事務室内を見て回った。

机の下はもちろん、スチール製の書類棚の引き戸も全て開けて確認したが、そこには何者の姿もなかった。

にわかに恐ろしくなって来た谷合は、逃げるように廊下側の出入り口から事務室を出ると、持っていた鍵でそのドアを施錠し、警備員室に飛んで行ってそこの電話から駐在に連絡した……。

以上が、谷合が源さんに語った事の顚末《てんまつ》である。

5

その後源さんは、女将の飯塚につかまってさらに根掘り葉掘り事件のことを訊かれていた。

一方、源さんの話から大方情報を聞き取った愛子は、やや呆然《ぼうぜん》としながら自室に戻った。

「幸せなはずのこの村に、やはり何かよからぬ事態が起きている」

不安に駆られながら、愛子は先ほど源さんから得た情報を復習し、頭の中でまとめてみた。


今朝早く、多幸村役場の事務室内で、移住推進課職員進藤二三代の惨殺死体が発見された。

進藤二三代は側頭部を硬いもので殴られた後、紐《ひも》かロープのようなもので首を絞められ窒息死したものと思われた。

進藤の遺体が発見された当時、役場の建物の周辺は前の晩に降り積もった雪にすっぽりと覆われており、事件はいわゆる「雪の密室殺人」の様相を呈していた。

遺体を発見した谷合の証言によれば、進藤二三代は昨夜九時ごろ、いったん役場を退勤している。その時刻には、他の役場職員は皆すでに帰っていて、その時役場にいたのは進藤と谷合だけであった。

進藤二三代は、事務室の入り口ドアを施錠しその鍵を谷合のいる警備員室に返却した後、新雪を踏んで表玄関から役場を出て行ったという。その姿を、警備員の谷合が目撃している。

その後谷合は、役場の玄関と各部屋の戸締まりを確認してから、警備員室で仮眠を取った。その日谷合は役場に当直であった。従って、事務室の鍵は翌日朝まで警備員室から出ていない。


進藤二三代が退勤する前に丁度雪が降り止んでいたので、役場には彼女が去った時に付いたと思われる足跡が一組だけ、雪の上にきれいに残っていた。しかしそれ以外、進藤二三代が戻って来た時の足跡も、また犯人が出入りしたはずの足跡も、役場の周辺には一切ない。

さらに進藤二三代の遺体は、ドアに鍵が掛かった事務室の中で発見されている。

事務室には二つの入り口があり、一つは受付に通じる廊下側のドア、そしてもう一つは裏口である。廊下側のドアは前述の通り進藤自身が鍵で施錠したものと思われる。また裏口のドアの閂錠も、事務室の内側からしっかりと施錠されていた。事務室の引き違い窓も、全て部屋の内側から鍵が掛けられていた。

部屋の二つのドアが完全にロックされ、しかも周りを雪に覆われた孤島のような村役場の事務室に、夜勤についていた警備員に知られず被害者の進藤二三代はなぜ、そしてどうやって新たな足跡を残すことなく戻って来たのか？

さらには、進藤を殺害した犯人は、警備員のいた役場にどのようにして雪の上に足跡も残さず出入りできたのか？

谷合は多幸村の村民だが、警備会社からの派遣社員でもあり身元は確かである。旧知の源さんに対して、彼が嘘《うそ》の証言をする理由もない。

不可解なこの殺人事件がなぜ起きたのか、そして進藤殺害犯はどうやって雪の密室と化した現場に出入りできたのか……。愛子はもう一度頭の中でその問いを繰り返した。

三ヵ月前に切り通しで起きた独居老人の死。その時にも、崖の上には、崖縁まで続く、老人が付けたと思われる足跡が一組あったという。

また一昨日の朝、溜め池の中で溺死していた少女の事件でも、池の周りの道には池へと続く一組の足跡が残されていた。しかし遺体が発見された時、それ以外の足跡は一つもなかったという。

そして今度の進藤の事件。

殺害現場は降り積もった雪の中の密室で、周囲には進藤が帰る時に付けたと思われる足跡が一組だけ残っていた。

自分の足跡だけを残して死んで行ったこの三人には、何か共通点があるのだろうか。老人と少女、それに役場の女性職員……。

全く脈絡がない。考えれば考えるほど、愛子は分からなくなった……

旅館の客室内電話が、内線のコール音を発した。すぐに出ると、相手は女将の飯塚であった。

「雨貝さん。今、駐在さんと一緒に県警の刑事さんが来られています。何か雨貝さんにお訊きしたいことがあるとかで、お部屋に伺いたいとおっしゃっているのですが、お通ししてもよろしいでしょうか」

拒《こば》む理由もないので、愛子は承諾した。

間もなく飯塚が、二人の刑事と桂木巡査を連れて部屋にやって来た。

愛子が彼らを部屋に招じ入れると、飯塚は引き下がった。飯塚は部屋のドアをピタリと閉めて行ったが、外で立ち聞きしているかもしれないと、愛子はふと思った。

「おくつろぎのところ突然お邪魔しまして申し訳ありません」

年配の方の刑事が言った。

がっしりとした体格で、顔は野球のホームベース形で厳《いか》つく、髪は五分刈り。一方もう一人の刑事は、桂木巡査と同年代の三十歳そこその感じで、こちらは中肉中背の普通のサラリーマンといった風体だ。

「県警の刑事さんです。こちらが羽崎《はざき》警部補、そしてこちらが熊田《くまだ》刑事」

桂木が簡単に紹介すると、二人はほぼ同時に警察手帳を愛子に提示した。愛子はちらとそれに目をやったが、ほとんど確認する間もなく二人は手帳を引っ込めると、畳の上に勝手にひざを折って座った。その後ろに桂木も正座して控える。

羽崎と紹介された年配の警部補が、あいさつを続けた。

「多幸村役場の事件で、こちらの桂木巡査から県警に通報があり、我々は今朝長野市の本部から駆け付けた次第です」

真向かいの刑事たちに、愛子もかしこまって正座すると、「はい」とうなずく。

「で、その件であなたに……ええと、雨貝さんとおっしゃいますか……に、二、三お訊ねしたいことがありましたので、こうして旅館のお部屋にまで失礼して上がらせてもらったという訳でして」

羽崎は、愛子の姓を手帳に書き留めていたようで、その姓を言う時だけ手帳をちらと見ていた。

「私に何か……」

緊張した面持ちで訊くと、羽崎はこちらの気持ちを慮《おもんぱか》って安心させるつもりか、いかつい顔でぎこちなく笑って見せた。羽崎は、

「いや、大したことではありません」

と断ってから続ける。

「今朝、役場の事務室で移住推進課職員の進藤二三代さんが遺体で発見された件はご存じですね」

「ええ。そちらにいらっしゃる巡査の桂木さんから、ここの旅館を通じて私の部屋までお電話があり、その時に初めて知りました」

愛子は、県警の刑事たちの後ろに控える桂木巡査の方に目をやった。羽崎はゆっくりと首を縦に下しながら、質問を継ぐ。

「進藤さんとはどのようなご関係ですか」

それはすでに桂木巡査に話したことであったが、愛子は同じ事を繰り返し刑事たちにも伝えた。

聞き終わると羽崎は、よくわかったというように愛子を見つめて微笑んだ。色白の熊田刑事は、黙ってメモ帳にペンを走らせている。

「で、あなたがこの村に初めて来られたのはいつでしたか」

羽崎は質問の矛先を変えた。

「三日前の午後です」

手短に答える。

「三日前ね」

羽崎は繰り返すと、さらに踏み込んで訊いて来た。

「だがわずかその三日の間に、この村では立て続けに、溜め池で少女が溺死しそして役場の職員が事件に巻き込まれて亡くなっている……。雨貝さん。あなたはこれら二つの事件に何か心当たりはないですか」

羽崎の言い方はあまりに唐突であった。まるで、愛子が両事件に関《かか》わりがあるのではと疑っているような口吻《こうふん》である。

愛子は憤慨《ふんがい》し、眉根《まゆね》の縦皺をあらわにした。

「私が？　どうしてそんな風に訊くのです。初めて来た村で、ほとんど右も左も分からないのに、その村で起きた事件になんか、私が心当たりあるわけないじゃないですか」

「まあ、そうむきにならずに……」

鼻息を荒くした相手を制するように、羽崎は小さく右手を上げて愛子に掌《てのひら》を見せた。宥められて愛子も我に返り、顔を赤らめる。

そこで、ずっとメモを取っていた若い方の熊田刑事が初めて質問した。

「あなたが昨日の午後進藤さんに会った時、進藤さんは何かあなたに言っていませんでしたか」

その声は意外に甲高く、まるで変声期の少年のようであった。

愛子は気を取り直すと、熊田の方を向いて訊ね返した。

「何か、とは？」

「いつもとは違うようなこと、という意味です。例えば、誰かに付きまとわれているとか、最近おかしな電話がかかって来たとか」

「いいえ。そんな様子は何も……」

言いかけて口を噤む。進藤のあの言葉を思い出したからだ。

「話せる時が来たら話すわ……」

熊田はじっと愛子の様子を観察していた。そしてその様子がおかしいと見ると、すかさず訊ねた。

「何か思い出していただけましたか」

だが愛子は、熊田に対する答えを飲み込むと、継ぐ言葉を失って押し黙った。

「雨貝さん。思い当たることがあったら、何でもお話し願えませんか。どんな些細《ささい》なことでも結構です。進藤さんは殺されたのです。ご遺体の検視はまだですが、そう申し上げていいでしょう。とすれば、進藤さんを殺害した犯人を、我々は何としてでも検挙せねばなりません」

羽崎が穏やかな口調で説明を促したが、実のところ愛子にも昨日進藤が呟いた言葉の意味が分からず、刑事たちの懸念にも応えようがなかった。

「特に思い当たることはありません」

言い張ると、熊田はまだこちらを見つめていた。が、やがて彼は一つ小さくため息をつき、またメモ帳に視線を戻した。

「時に雨貝さん。あなたは昨夜八時から十時ごろまでどちらにいらっしゃいましたか」

再び羽崎が質した。

「私のアリバイをお訊ねになるのですか」

愛子は面を上げた。

「ああ、いやこれは一応皆さんに……」

「皆さんに訊いている形式上の質問、という訳ですか」

相手がまだ言い終わらぬうちに、愛子はその言葉を遮ってまた声を荒らげた。

桂木が、刑事たちの後ろで心配そうに眉根を寄せながら、じっと愛子を見ている。愛子は桂木の視線を無視すると、今度は努《つと》めて冷静に質問に応じた。

「ずっと旅館にいました。八時には食事を済ませ、この部屋に引き下がったのですが、そのあと九時ごろになってお風呂《ふろ》に行く途中に、廊下で源さん……ここで働いている男の人ですけれど、その源さんに会ってお風呂の混《こ》み具合を訊ねたので、源さんも覚えてくれていると思います」

羽崎はうなずくと、隣に座る熊田にちらと目をやった。

熊田は愛子の発言内容を、全て漏らさずメモに控えているようであった。後ほど旅館の女将と源さんから、ウラを取るつもりなのだろう。

そのあと羽崎は、昨日愛子が切り通しの崖の上から岩を落とされて殺されそうになった件について訊いて来た。そのことはすでに、桂木巡査が刑事たちに話したに違いない。

愛子は、桂木巡査に報告した通りのことを、羽崎と熊田にも説明した。

6

愛子は、その日の午後には芳賀野村に帰る決心をしていた。多幸村の村人の幸福にまつわる謎を解けぬまま、少女の変死事件や進藤の殺人事件に巻き込まれてしまい、調査は中断を余儀なくされた。どうにも後ろ髪を引かれる思いではあったが、やはり今は母のことが心配だった。

役場で起こった殺人事件が解決しないと、村を離れることを警察から許可されないかもしれないと愛子は危惧した。そのことを刑事たちに訊ねると、彼らはこのままこの部屋で少し待っていてくれと愛子に告げ、桂木巡査を連れていったん部屋を出た。

県警に電話で確認を取っていたのだろうか、そうして三十分ほどすると、彼らは再び愛子の部屋に戻って来た。そして愛子の今後の連絡先だけを訊いてから、あっさりと彼女を解放した。

芳賀野村の住所とスマホの番号は、すでに桂木巡査にも伝えてある。進藤の死亡推定時間帯におけるアリバイについては、旅館の女将さんや源さんが証言してくれたのだろうと考えた愛子は、心の中で彼らに感謝した。

午後一本だけあるバスに乗るべく、愛子は旅館の女将の飯塚にいろいろ世話になった旨、ねんごろに礼を述べてから、幸連館を出た。

バスの到着時刻までにはまだ一時間近くあった。

だが愛子には、村を離れる前にもう一人だけ会っておきたい人物がいた。村で唯一の診療所を守る久保田《くぼた》清一《せいいち》医師である。

診療所は、幸連館から見てバス停とは反対側に位置していたが、それでも幸連館のすぐ近くにあった。村道はまだ一面雪に覆われていたが、雪の中をスーツケースを転がしながら、愛子は診療所に向かった。

幸連館を出る前に、電話で面会をお願いしておいたので、久保田医師はその日休診ではあったが診療所の診察室で愛子を待っていた。そこへ招じ入れられ、医師を前に丸椅子に掛けさせられると、患者になったような気分である。

診察室は、雪にはねた陽の光が南側から入り込んで、白く明るかった。役場の建物に似て板張りで、十二畳ほどの室内は床や天井までみな白っぽい色の塗装が為されていた。

久保田医師は村長と同じくらいの相当な年配と見受けられ、白い髪の毛はもうほとんどなく、丸い顔の額はてかてか光っていた。穏やかな輝きの瞳を、長く白い眉毛が半分覆っている。鼻の下には漱石《そうせき》ばりの髭《ひげ》があった。

「わざわざ栃木県の芳賀野村からこの寒村においでか。一体何のためにこの村へ。御知り合いでもおられるのか?」

医師は、落ち着いた口調の中にも興味津々といった様子で訊ねた。これまで何人かの村人からも訊かれたその質問に対し、愛子はいつも通りの答えを返した。すると久保田は続けて質す。

「ほう。あなたの目から見ると、この村の人たちはそんなに幸福そうに見えるのかね」

「間違いなく、皆さん幸福そうです。愛想はいいし笑顔を絶やさないし、私にも優しく接してくれました。でも……」

「何か……?」

愛子がためらっていると、久保田は催促した。

「どこか私には違和感があるのです」

「違和感？　どんなところに」

「それは……うまく言えません」

愛子はうつむき、診察室内にはしばしの沈黙が漂った。老医師は、口髭を右手の親指と人差し指でしごいていたが、そこでゆっくりと足を組み替えると、じっと愛子を見てから言った。

「で、今日は私にどのような用件で来られたのかな」

久保田医師から来訪目的を訊ねられ、愛子はゆっくりと面を上げた。その時初めて、真っ向から久保田と目が合った。

愛子は心中呟く。

「この老医師の眼差しは、他の村人たちのそれとは違う。これは、進藤二三代やその息子でカフェのマスターである真翔の瞳と同じだ……」

つまりまともであった。

「村の人たちが幸福になった背景に何があるのか。それを先生からお聞きしたいと思って来ました」

そのことについては、他の村人や進藤に対し重ねて訊ねている。しかし未だに納得のいく説明が得られていない。

科学的なものの見方ができる医師であれば、違った答えが返って来るかもしれない。そう思って、帰り間際にもかかわらず、診療所を訪問したのである。

しばし目線を宙に向けていた久保田は、やがてそのしっかりした眼光をまた愛子に戻してから、訥々《とつとつ》とした調子で述懐を始めた。

「あんたの感じていることを、実は私も疑問に思っておった。そう。確かにみんな目つきが違う。

以前この村の人々は、貧しさ故《ゆえ》にみんな明るさを失い、瞳の輝きもなくなって口数も少なかった。だがあれは二年ほど前だったか……」

久保田は、記憶を辿《たど》るような仕草《しぐさ》で黒目を上方に動かしながら、

「にわかに、村のみんなの目が輝き出したのだ。表情にも変化が見られ、みな笑顔になった。私は嬉《うれ》しさよりも、驚きの方を先に感じたものだ。

そうして村人たちは、誰彼ともなく楽しそうに話しかけたり、大声で笑ったり、はしゃいだりもするようになった。本当に驚くべきことだ」

「二年前……ですか」

医師の話に、愛子はあのカフェにいた元気な老人たちの会話を思い出した。

そう。彼らも同じことを言っていた。村は、二年ほど前から変わったのだと……。

「先生。二年前、村に一体何があったのでしょう」

なおも訊くと、そこで医師は押し黙った。視線は再び遠くの方を見ている。

「……さあ、私にはわからん」

やがて医師はぽつんと呟いた。が、その目はまだどこかを彷徨っていた。

愛子は思い切って訊ねてみた。

「先生。この村では、移住者が引っ越して来た時、村のみんなを集めて歓迎会を開くそうですね。その時、何か特別なお料理やお酒などが振る舞われた、ということはなかったのでしょうか」

しかし医師は物憂《ものう》げな表情のまま愛子を見つめると、「ふっ」と一つ、鼻から息を漏らした。その様子からは、あまり思い当たることがなさそうである。

「確かに、そのような会を催してはいるらしいが……」

久保田の返答はあいまいだった。

「それが始まったのが、丁度二年前だったのではないですか」

久保田の記憶の覚醒《かくせい》をけしかけると、それが功を奏したのか医師は突然何かを思い出したように両眼を見開いた。

「うん。そういえば、あれは役場の進藤さんの声掛けで、二年ほど前から始まった慣習だったな」

的を射たりと愛子は意気込む。

「だとすれば、やはりその歓迎会で何かが……」

「だが実は、私はその歓迎会に一度も出たことがないのだよ」

「一度も……？」

「ああ。私は酒も飲めんし、大勢でワイワイやるのも嫌いなもんでな。それにこの村では医師が私一人しかおらん。万が一、食中毒患者などが出たら大変なことになるから、村で何か行事がある際には、私は待機していなくちゃならん」

もっともなことだと愛子は首肯する。

歓迎会には出たことがないという久保田医師の目は、まともな人間の目である。それはたまたまかもしれないが、何かそこにつながりはないだろうか。つまり、多幸村村民に謎の幸福感が生まれるのは、その歓迎会に出るからではないか……

愛子は質問を続けた。

「先生。それでは、ちょっと唐突なのですが、この村では集団検診のようなものは、やっていますか」

「ああ。毎年春になると、県から看護師と検査技師に来てもらい、手伝ってもらいながら、村人の検診を実施しているが」

老医師は淡々と応えた。愛子はさらに踏み込んで訊いた。

「村の人たちの臨床検査値の中で、何か皆さんに共通して突出しているものはありませんか」

「検査値の中で突出しているもの？」

「ええ、つまり異常値という意味ですが。血糖値とかコレステロール値といった生活習慣病に係るようなポピュラーなものではなく、もっと何か特別なもの……」

「さあな。血圧が高い者は結構いるが、大体は塩分の摂りすぎだ。それ以外には、多くの村人に共通して見られる異常な検査値など、私の記憶にはない」

ある長寿の村で、長生きの高齢者の遺伝子を調べてみたところ、多くの人でサーチュイン遺伝子というものが活発に働き、それに伴ってサーチュインという酵素タンパク質が多量に産生されていた、という話を以前愛子は聞いたことがある。サーチュインはDNAとヒストンとの結合を変化させることによって、リボソームRNA遺伝子の発現を調節し、細胞の寿命を延ばすと考えられている酵素である。

もしや、それと同様のことが多幸村の村人に起きてはいないだろうかと、愛子は勘ぐってみたのだ。

だが久保田の答えは素っ気なかった。

愛子の質問はそこで途絶えた。

そろそろバスの時間も近づいて来ている。この辺が潮時と愛子は腰を上げかけた。

その時医師が大きなあくびをした。ほとんど笑顔も見せない久保田の丸顔が大変締まらない顔になったので、愛子は失笑してしまった。

すると久保田はバツが悪そうに言い訳した。

「……失敬。昨夜は急病人の診療で、ほとんど眠れなかったもんでな。寝不足は年寄りには応える。今日はもうこれくらいでよいかな」

「すみません、お疲れのところ。あの、急病人って、どちらで？」

何気なく訊ねると、久保田は続くあくびをかみ殺しながら、

「役場の西側に一軒だけある居酒屋だよ。昨夜あそこで飲んでいた客の一人が、急に胸が苦しいと言い出したらしく、居酒屋の主人から突然電話で呼ばれてね」

「それは何時ごろでしたか」

「電話を受け、急いで診療所を出て、居酒屋に着いたのが九時前だったかな。あの雪の中を、車を走らせるのには苦労した。なんせ私ももうこの年だ」

老医師は額に手をやった。

「その時は、駐在さんも一緒だったのですか」

なおも訊ねると、久保田は首をひねりながら、

「いいや。居酒屋の店主はあわてて駐在にも連絡をしたらしいが、駐在さんの方が私より先に居酒屋に来ていたな」

「先生。その時役場の西側にある裏門の周辺で、だれか怪しい人影を見ませんでしたか」

昨晩の九時前というと、丁度雪が降り止むころで、もしかしたら役場の進藤を殺害した犯人がそのあたりの時刻に、役場の周りをうろついていたかもしれないのだ。

そんな含みもあって、愛子は久保田の返答を期待したが、当の老医師はかぶりを振りながらそれを否定した。

「警察にも同じことを訊かれた。だがそんな者を見た覚えはない。第一、私はその時居酒屋で出た急患の治療に専念していたから、役場の方を見る余裕などなかった」

言いながら久保田は、「もうそろそろ帰ってくれ」というサインのあくびを連発した。その様子を見て、愛子は久保田に礼を言うと、急いで診療所を出た。

時計を見ると、もうあと十分ちょっとでバスが来る時刻だった。

愛子はスーツケースを引っ張って、村道の雪を蹴散《けち》らしながらバス停へと走った。

すんでのところで、午後一本だけのバスに間に合った愛子が飛び乗ると、間もなく車両はじゃりじゃりとチェーンの音を響かせながら、上田《うえだ》方面へと走り出した。

第四章　コーヒーが語ったこと

1

多幸村周辺を覆っていた雪も、バスが上田駅のバスターミナルに近づくころには、もうほとんど溶けてなくなっていた。

バスに揺られながら、愛子は、多幸村での濃密な三泊四日の出張を思い返していた。出張の目的を達せられぬフラストレーションが残っている一方、そのこととは離れてあまりにもいろいろな事件が愛子に降りかかった。

芳賀野村に帰ったら、役場には出張報告書を提出しなくてはならないので、これまでの出来事はその都度手帳に記録してある。だがそれらの関連が分からぬままでは、何をどう報告すればよいのか混沌としていて、全くまとまりが付いていなかった。

こうして愛子は今、多幸村村民の幸福の背景にある納得のいく科学や、進藤殺害事件現場で生じた雪の役場の二重密室の科学的解答を手繰《たぐ》り寄《よ》せるヒントはないかと、車窓の景色を横目に長い思考に耽《ふけ》っていた。

するとその時、脳裏に忽然と一人の研究者の顔が現れ出た。

それは、自称「サイエンス探偵」を名乗る日向壱郎《ひゅうがいちろう》教授であった。

日向は、栃木大学農芸化学部教授で、愛子が大学時代卒業研究で師事した恩師でもある。確か今年度いっぱいで定年だが、今はまだ大学に教授として籍を置いているはずだ。

日向教授は薬学博士号を持つが、その専門研究領域は食用となる植物の含有成分の微量分析や、植物あるいは微生物細胞の品種改良と遺伝子工学である。

日向は話し好きの気さくな人柄で、飾らずに誰とでもすぐ話したがる性格の持ち主だ。有名人から子供まで、知人は数知れない。

十八歳の時、つまり四十七年前に、不幸にも急性糸球体腎炎《じんえん》から慢性腎不全を患い、父から右腎をもらっていわゆる生体腎移植を受けている。当時は日本の移植医療も、本当の意味ではまだ黎明期《れいめいき》。移植免疫抑制薬もプレドニンとイムランというたった二種類の薬物しかなかったから、腎移植のレシピエントの一年生存率も六十パーセントそこそこであった。

しかし、今は亡き父親の腎臓のお陰《かげ》で幸運にもこれまで何事もなく生きて来られた日向は、もし自分が死んだらその腎臓をまた別の人に移植してほしいと公言している。レシピエントをドミノ倒し的に次々に換えて行けば、人の臓器は百五十年は生きる、というのが日向の口癖《くちぐせ》だった。

それはともかく、愛子が日向の研究室に卒論生として在籍していたころ、教授は愛子にちょっと色目を使っていた。だから、きっとまだ自分のことを良く覚えてくれているに違いない、と愛子は思った。

バスは間もなく上田駅のロータリーに到着した。そこでバスを降りた愛子は、スマホの電話帳に日向教授の電話番号を見出すと、懐かしさも手伝ってさっそくかけてみた。教授はすぐに出た。

「ほーう愛子君か。こりゃ珍しい。しばらくだな。何年ぶりかな。で、どうだね、卒業後は元気にやっとるかね」

そんな調子でポンポンと質問が飛んでくるので、愛子はとりあえず、

「先生、大変ご無沙汰しております。ずっとご連絡もせずに申し訳ありません。地元の村役場に転職してからいろいろとありまして……」

と挨拶《あいさつ》してから、すがる思いで早々に要件を口にした。

「実は、先生にご相談がありまして」

「ウンウン。何だい、話してごらん。ただし、金のことと彼氏にまつわる相談はお断りだ」

「違います、先生。もっと真面目な話です」

「ふん。それ以上に真面目な話などなかろう」

それから、また近況報告と世間話のどうどうめぐりに十分ほど付き合わされてから、やっと要件に戻れた。

芳賀野村移住推進課職員として多幸村村民の幸福の謎を探りに行ったことから、進藤二三代

密室殺人事件まで、長々と伝えたのだが、日向は愛子からの長電話を少しも迷惑がることなく、熱心に聞いていた。そうしてようやく愛子が話し終わると、日向は、

「ふうむ。そいつは面白い」

と、電話の向こうで声を弾ませた。

「多幸村役場職員殺人事件はテレビのニュースでも盛んにやっているが、まさか君がその村に出張で行っていたなんて、思いもよらなかったよ」

日向は、そんな前置きをして一呼吸置くと言った。

「で、君の用件とは」

愛子はスマホを持ち替えると、気持ちの高揚を隠すことなく日向に伝えた。

「……先生。私、どうしたらいいか、分からなくなってしまったのです。芳賀野村の移住推進課職員に採用されながらずっと実績は上がらず、多幸村村民の幸福のからくりを探り出して私の村の移住推進に役立てようと藁にもすがる思いで村を訪れたのですが、からくりを明らかにするどころか、とんでもない事件に遭遇してしまって……」

そこまで言って、愛子は言葉を詰まらせた。

これまでに自分に降りかかったどんな不幸や不遇も、誰の手を借りることもなく全て自分で解決しようとずっとやせ我慢していた。だが今図らずも日向の声を聞いて張りつめていた気持ちの糸が切れ、ほっと肩の力が抜けた愛子は、思わず自分らしくない弱気な言葉を口にしていた。

日向はしばし何かを考えている様子であったが、やがておもむろに言った。

「……君の立場や今置かれている境遇についてはよく分かった。だが、そんなに深刻になるな。

私の研究室で卒論の研究に没頭していた時のことを思い出してみなさい。あの時も、君の前には先の見えない研究の問題が山積していたはずだ。しかし君はそれらの問題を、持ち前の冷静な思考と判断力と正確な実験で、見事に解決したではないか」

「……でも先生。あの時私の後ろには、必ず先生がいました。私は……」

愛子が最後まで言い終わらぬうちに、日向はそこで言葉を挟みこれまでの愛子の報告に対する自分の考えを述べ出した。

「いいかね、愛子君。一つの村の住人がほぼおしなべて幸福になるという現象の背景には、必ずサイエンスがある。私はそう思うね。これは、宗教や村の政策の問題ではないよ、君。それから雪の密室殺人事件だが、むろんその謎もサイエンスベースで解けるはずだ」

「本当ですか、先生」

日向が言ったことは、実のところ愛子には理解不能であった。だが愛子はうつむいていた顔を上げた。

そして密かな期待を胸に、スマホの向こうで少年のように研究者の瞳を輝かせているであろう、あのちょっとお茶目なおじさん先生の顔を懐かしく思い描いていた。

日向は続ける。

「今すぐに解答を示せとなると困るが、私も考えてみよう。どうだ。一度大学に来ないか。もう少し詳しい話を聞きたいし、君の顔も見たい」

「ありがとうございます。今、母の具合があまり良くないので、少し病状が落ち着きましたら、折を見てきっとお伺いします」

「そうか。ではお母さん、お大事に。待っとるよ」

長い電話を切ると、愛子は消えたスマホの画面をしばし見つめていた。

夫と息子がひき逃げ事故で亡くなり、その後農業試験研究所を辞めてから芳賀野村役場に転職する過程において、愛子の心は殴られ、引っかかれ、傷つけられた。多幸村への出張でも、村民の幸福の謎を握る進藤二三代という旧知の存在を亡くした。

そんなすさんだ気持ちでいた愛子にとって、恩師の日向の変わらぬ話し声は泣きたいくらいに温かくそしてなつかしく響いた。愛子はスマホに向かって小さく一礼すると、それを大事にバッグの中にしまった。


それから間もなく愛子は、上田駅で大宮《おおみや》方面に向かう北陸新幹線「はくたか」に乗り、車上の人となった。

多幸村での足掛け四日間の出来事が、再び彼女の脳裏に浮かんでは消えた。

初めて多幸村のバス停に降り立ち、すれ違う幸福そうな村人たちの様子にどこか違和感を覚えた愛子。そして役場で進藤二三代に会い、多幸村の幸福の秘密を聞き出そうとしたが、進藤からは期待した情報は得られなかった。

そのあとスーパーマーケットの店主や客から話を聞き、また村長の家まで行って村長の岩目地と助役の大豆生田に会ったが、やはり聞き込み調査の結果は同じであった。

続いて多幸村投宿二日目の朝、駐在の桂木巡査に、あの暁美という少女のショッキングな溺死体を検分させられる。また、それ以前にも独居老人が崖から飛び降りて死亡する事件が起きていたことを、幸連館の飯塚から耳にする。そして差出人不明の警告状……。

さらに、あろうことか愛子は、老人が飛び降りた崖がある切り通しで、崖の上から落ちて来た岩につぶされそうになったのだ。あの時自分を狙ったのは、一体誰だったのか。そのこともまだ謎のままだった。

最後に、多幸村で四日目の朝を迎えた今日、役場の進藤二三代が、雪の中の密室と化した役場の、さらに入り口ドアを施錠された事務室内で殺されていた。

一体何がどうなっているのか……

もしかしたら自分が多幸村を訪れたことが、全ての事件の引き金になっているのではないか。

愛子が多幸村を訪問した目的は、村人がなぜみな幸福になれるのかを知り、その情報を芳賀野村の移住推進に役立てることであった。だが今思い返してみれば、まるで多幸村という誘蛾灯に幻惑され、そこへふらふらと入り込んだ迷い蛾のような自分の姿があった。この度の訪問が、奇怪な事件を多幸村に呼び込むきっかけになったとしたら、それは全く不本意なことであった。

愛子は日向教授が言っていた言葉を思い出した。

「謎はサイエンスで解決できる」

心が折れそうになっていた時、自信をもってそう述べてくれた日向教授を、愛子は改めて頼もしく思った。

2

佐久平《さくだいら》を過ぎ軽井沢《かるいざわ》の声を聞くと、車窓からの景色にはまたちらほらと雪が混じり出す。林や田畑の日陰には、凍り付いた残雪がそこここに点在していた。

だが軽井沢を過ぎると、その先は山野の雪もほとんど消え、高崎《たかさき》が近づくころには目に映る風景は民家とビルだけになった。

高崎で、新前橋《しんまえばし》・小山《おやま》方面へ向かう両毛《りょうもう》線の電車に乗り換え、そこから足利駅へと向かう。妹のひかるが勤める株式会社農業試験研究所は、高崎―小山間の丁度中間地点にあたる足利市の郊外にあった。

母のことが心配なので、宇都宮《うつのみや》からまっすぐ芳賀野村に帰ろうかとも思ったが、それにもまして愛子は、先日ひかるに依頼した多幸村カフェのコーヒーの分析結果が気になっていた。それで途中の高崎駅から足を延ばし、足利まで行ってみることにしたのだ。

ひかるとはすでに連絡を取り合っていたので、愛子が足利駅からタクシーで十五分ほどの開けた土地に立っている農業試験研究所に着くと、その入り口あたりで白衣姿のひかるが待っていてくれた。

日はすでに落ち、あたりは闇と化していたが、ひかるの白衣と白い顔が研究所の玄関のLEDライトに照らされて、ますます蒼白《あおじろ》く浮き出て見えた。

「わざわざ来なくてもよかったのに。依頼された分析結果は、報告書として郵送するのが習いなのよ」

ひかるは、姉を研究所に招じ入れながらも、ぶっきらぼうに言った。仕事が忙しいところへやって来た姉のことが、なんとなく迷惑そうである。

「あなたの口からじかに報告を聞きたかったのよ。あなたの顔も見たかったしね」

「それはどうも」

ひかるは苦笑しながら愛子をちらと見やるとすぐに背を向け、前を歩いて所内の自分の研究室に向かった。

ひかるは姉よりやや背が低く華奢《きゃしゃ》な感じがするが、肢体はしなやかで均整も取れている。肩まで伸ばした髪はまっすぐでつやがあり、やや栗色《くりいろ》だ。愛子はショートカットにまとめていたが、ひかるの髪の色は愛子のそれに近かった。

小学校のころまでは仲の良い姉妹であったが、中学高校にかけ二人は意見が合わず仲たがいすることがしょっちゅうだった。ひかるの自分の主張を曲げない性格は愛子に似ていて、それがかえって二人の間に不協和音を生んだ。

それでもひかるは高校卒業後、愛子と同じ栃木大学に進学し、また就職先も姉の後を追うように株式会社農業試験研究所とした。そのころから、ひかるとの仲も普通の姉妹に戻ったのかなと、愛子は勝手に思っていた。

八十平米ほどの広さの研究室は、白い光に照らされて眩しいほど明るい。中ではまだ作業している白衣の人たちが五、六人いたが、ひかるに続いて愛子が入って行くと、皆一様にこちらを見てあいさつした。

かつてはこの研究所で働いていたこともある愛子は、研究室にいた何人かの顔にも見覚えがあった。

「こんにちは、お久しぶり、お邪魔します……」

ひかるがお世話になっているので、所内の人たちにも一応の愛嬌《あいきょう》をふりまく。

「皆さんで召し上がれ」

と、上田駅で買ったそば饅頭《まんじゅう》をひかるに渡すと、愛子はひかるのデスクの周りに設置されている簡易クリーンベンチ、インキュベーター、シーケンサー、サーマルサイクラー、液体窒素タンクなどの研究機器を珍しそうに眺めた。

「遺伝子組み換え実験やリアルタイムPCRなんかもやってるの?」

設置されている機器類を見れば、大体どんな研究をやっているのかも想像がつく。愛子が訊ねると、ひかるは口元だけ微笑んで、

「分析だけじゃ事業が伸びないでしょ。遺伝子改変による品種改良や、新種の創生もやり出したのよ」

「それは、微生物？　それとも食用の植物？」

愛子が興味深そうに訊ねると、

「だめ。いくらお姉ちゃんでも、それ以上は企業秘密よ」

と、ひかるは突っぱねた。

ひかるは愛子に椅子を勧めると、自分はデスクの前の専用椅子に掛けた。

他の研究所員たちは、皆自分たちの仕事に専念していて、愛子には無関心の様子だ。彼らの姿をぼんやり見ながら、四年前までこの研究室で尽きることのない依頼検体の分析を昼夜問わずやっていたことを思い出す。そういえば、あのセクハラ上司の姿が見えないがどこへ行ったのだろう。あいつの顔だけは二度と見たくない。

「浜中課長は東京の本社に転勤になったわ」

愛子の心中を見透かしたようにひかるが言った。

そうそう、浜中課長だったな、あの嫌なやつ。あいつがいなければ私はまだここで分析・研究をしていたかもしれない。

そんなことを思い返していると、ひかるはおもむろにデスクの引き出しから、クリアファイルに入れた数枚の文書を取り出して、愛子に差し出した。

「はい、報告書。分析代金の請求書も一番下に入れておいたわ」

「忙しいのに悪かったわね」

「仕事だから、気遣《きづか》いは無用よ。ただし、おねえちゃんの依頼だからといって、値引きはしていないわ」

「わかってるわよ」

愛子はもどかしそうにさっそくファイルから文書を取り出し、それに目を通し出した。その様子を見やりながら、ひかるは、

「コーヒー淹《い》れるね」

と言って席を外した。

3

文書の一枚目には、依頼された内容と分析方法、それに結果が、日本語の横書きで詳細に記載されている。

それにざっと目を通し、続いて二枚目を見ると、そこにはコーヒーをガスクロマトグラフィーで分析したデータが、クロマトグラム（各化合物の分析結果を曲線ピークとして示すグラフのこと）、および各ピークの定量値を示す別表として、それぞれ記録、表示されていた。

クロマトグラムは二つ並べて示されていた。一つは一般的なコーヒーを分析したデータ、そしてもう一つが愛子が多幸村カフェで密かに採取したコーヒーを分析したデータであった。

そこにはカフェインの他、クロロゲン酸、カフェ酸、トリゴネリン、ニコチン酸など、コーヒーに含まれる常成分の化合物名とその含有量が記載されていた。また参考値として、コーヒーを浅煎りした時と深煎りした時のそれぞれの成分の平均値も添えられていた。

ひかるがデスクに戻って来た。

淹れたてのコーヒーが入った二つのマグカップを持っている。ひかるはそのうちの一つを愛子に差し出した。

「はい、コーヒー」

マグカップに湛えられた湯気の湧き立つコーヒーを、「ありがとう」と礼を言って受け取ると、愛子はさっそく報告書に関する説明をひかるに求めた。

「表を見れば分かるように、コーヒーの成分量は、焙煎の仕方によって違ってくるわ。例えばクロロゲン酸は浅煎りコーヒーに多く、一方でニコチン酸は深煎りした時に多く抽出されて来るのよ」

「ふうん……」

ひかるの説明を聞きながら、愛子は報告書の結果の項に目を移し、今解説にあったニコチン酸の量に注目した。

ニコチン酸は深煎りコーヒーに多く検出されるが、それでも十グラムの豆の中から三～五ミリグラム検出される程度である。一ミリグラムは千分の一グラムだ。

ところが、愛子が依頼した多幸村カフェのコーヒーには、通常の深煎りコーヒーに比べて約三倍の量のニコチン酸が含まれていた。

一方それ以外の成分であるカフェイン、クロロゲン酸、カフェ酸、トリゴネリンなどは、通常のコーヒーに含まれる量の範囲内だ。愛子はそのことでひかるに訊ねてみた。

「ねえ。多幸村のコーヒーには、このニコチン酸という成分がやけに多いような気がするんだけど、これは何?」

姉の質問にひかるは微笑むと、

「そのようね。この検体には確かに通常のコーヒーの三倍はニコチン酸が入っているわ。ニコチン酸はビタミンの一種で、煙草《たばこ》のニコチンとは関係ないのよ」

「わかったわ、思い出した。ニコチン酸は、ビタミンB3つまりナイアシンの一種ね。生体には必須《ひっす》の成分でしょ」

ナイアシンは、ニコチン酸とニコチンアミドという二つの化合物の総称である。

愛子もひかるも、農芸化学部の出身なので、当然ビタミンの知識にもたけているはずだ。だが、大学時代に教わったことなど、今の愛子の頭からは完全にどこかへ飛んでいた。

愛子はふと、農芸化学部の学生時代に、卒論の研究室で昼夜を問わず研究に励んでいたころのことを想《おも》い出《だ》した。

そこで愛子は分子食物化学教室に所属し、日向壱郎教授の指導の下、「各種健康食品に含まれるビタミン類に関する研究」で卒論を書き上げ、大学を卒業した。

この間電話で話したばかりの、小柄で顔が大きく良くしゃべる白衣の日向教授の姿が、再び目に浮かぶ。体型の割に大きめの白衣を着ているので、教授の白衣の裾《すそ》が床に付きそうだったのを、愛子はよく覚えていた。

そんな思い出と共に、愛子の脳裏には昔勉強した生化学の知識が、一つ一つよみがえって来た。

ナイアシンは、糖質、脂質、あるいはタンパク質を代謝してエネルギーを産生する酵素や、アルコールを分解する酵素などの働きを助けるビタミンの一種である。ビタミンであるため基本的には人の体の中では合成できず、従って人が健康を維持するには食品等から必要量摂取しなくてはならない。そのナイアシンの一種がニコチン酸なのである。

だがニコチン酸を含めてナイアシンは、魚、マイタケ、レバーなど人が比較的良く食べている食品に多く含まれるうえ、体内に生息する腸内細菌によってもトリプトファンというアミノ酸から生合成されるので、普通人体内で欠乏することはない。

「ねえ。ニコチン酸には、人に多幸感を与えたり幻覚を導いたりする薬理作用はなかったかしら」

唐突に訊くと、ひかるは「あれっ」という頓狂な顔をして、視線を愛子に向けた。が、やがてひかるは思い出したように続けた。

「ないわよ、そんなもの。ニコチン酸って、たかがビタミンじゃないの」

「まあ、確かにそうだわ。でもたくさん摂りすぎると体に良くないんじゃ……?」

愛子は怪訝そうな顔をして訊いたが、ひかるはそれを一笑に付した。

「ビタミンよ。しかも水溶性の。ちょっと摂りすぎたからといって、どうってことないわ」

「……でしょうね」

水溶性ビタミンには、C、B_1（チアミン）、B_2（リボフラビン）、B_3（ナイアシン）、B_6（ピリドキシン）、葉酸、シアノコバラミンなど多々あるが、たとえこれらを規定量の数倍摂取したからといって、人体に有害なものはない。これらはビタミンサプリメントなどの商品にもてんこ盛りだが、よほど用量を無視する乱暴な飲み方をしなければ、副作用の心配はまずない。そのことは愛子も認めた。

愛子はもう一度クロマトグラムに目を移した。

コーヒーには数千の化合物が含まれているが、それを分析したクロマトグラムには、様々な含有成分があるいは重なりあるいは一つ一つのピークとなって現れていた。ニコチン酸のピークは他の成分ときれいに分離されていたので、はっきりそれと分かった。

愛子はまたおもむろに訊ねた。

「その他《ほか》コーヒーの常成分以外で、何か見つかった物質はないの」

「常成分以外？」

「ええ。例えば、ドラッグや覚醒剤《かくせいざい》の成分とかアヘンアルカロイドの類は？」

「ないわ。報告書に挿入したクロマトグラムもよく見てちょうだい。どう？ そんな疑いのある成分のピークはどこにもないでしょ」

言われて再度クロマトグラムとにらめっこをしてみる。

だが、多幸村カフェのコーヒーに含まれている成分の中で、通常のコーヒー成分と異なるのはニコチン酸に相当するピークの高さのみである。その他のピークは、その数および高さ共に、どちらのクロマトグラムもほぼ同じだ。

通常のコーヒーにドラッグ、覚醒剤成分、アヘンアルカロイドなどが含まれているはずはないので、つまりは多幸村カフェのコーヒーにもそういった物質は入っていないことがわかる。

こうして愛子は、懸念したような薬理作用を持つ成分が、多幸村カフェのコーヒーに含まれていないことを確認した。

4

「ねえお姉ちゃん」

多幸村カフェのコーヒーの分析結果に関する話が途切れたところで、やおらひかるが言った。

「え？」

愛子が報告書から面を上げると、ひかるはどこか虚ろな目で愛子の視線を捉えながら続けた。

「どうして多幸村なんかに行ったのよ」

「どうしてって……。だってあの村は今、全国的にも有名でしょ。村人や移住して来た人たちは、みな幸福になれるって。そこに何かヒントがあると思ったのよ。

私たちの芳賀野村への移住は、全然進んでいないわ。多幸村と同じように芳賀野村に住む人たちもみんな幸福になれたら、私たちの村にも移住したいという人が増えるでしょ」

「そううまくいくかしら」

ひかるは姉を見て冷笑した。

「何よ。あなた何も知らないくせに。あなたは芳賀野村を見捨てて足利市に移り住んだのでしょう。そんなあなたには、移住推進課の私の気持ちなんて分かるわけないわ」

愛子はややむきになってひかるに迫った。

「見捨ててって……」

すぐに反論が来ると思いきや、ひかるは言いかけて口を噤んだ。

他の所員の様子が気になるのか、その目は愛子を通り越してその後ろでめいめいの作業を続けている所員らの方に向いていた。

だが、やがてまた愛子の方に視線を戻したひかるは、声のトーンを落とすと囁くように言った。

「ニュースで聞いたよ。多幸村では不審な自殺が相次いでいるらしいね。そして今朝の進藤二三代さんの事件……。

お姉ちゃんは、そんな怪しい事件が相次いで起こっているところに足を踏み入れちゃったんだわ。私、お姉ちゃんが心配なのよ。もう多幸村のことに首を突っ込むのはやめた方がいいんじゃない？」

自分がひかるをなじったことに対し、ひかるが激しく言い返して来るのではないかと身構えていた愛子は、妹の言葉にふと我に返った。

その時の彼女の頭に浮かんだのは、あの脅迫めいた警告の手紙と、切り通しの崖から落ちて来た岩のことであった。確かに、愛子は誰かに狙われているのだ。

だが、今そのことをひかるに言うのはやめておこう、と愛子は思った。話せば、きっとひかるは姉が多幸村に関心を持つことをますます止めにかかるだろう。

だが愛子にしてみれば、何一つ謎が解けぬまま多幸村のことを忘れるなどできない相談であった。

ところがその時、愛子はふと、妹の小さな異変に気付いた。

ひかるが、うっとりするような陶酔感に満ちた表情を示したのだ。

視点は定まらず瞳が濁《にご》り、口元にはうっすらと笑みがこぼれて、顎《あご》はやや上を向いている。

さっきから、そんなひかるの虚ろな視線がずっと気になってはいたのだが、今それはさらに顕著に表れていた。まるで、幸福という魔物にでもとり憑かれているかのように……。

ひかるのその表情は、二人の間にさっきまで交わされていた話の内容とは、およそそぐわぬものであった。愛子はすかさず訊ねた。

「ねえ、ひかる。あなた最近、何かいいことでもあったの」

すると、まるで夢の中の世界を彷徨《さまよ》っていた少女が突然現実に引き戻されたがごとく、ひかるははっとして愛子を見た。

「別に……」

ひかるは、憑き物が落ちたかのような冷めた返事をした。

二人の間に気まずい沈黙が漂った。

ひかるは何か言いあぐねているようであったが、やがて沈んだ雰囲気を払拭《ふっしょく》するように突然述懐を始めた。

「ねえお姉ちゃん、聞いてくれる。私ね、この農業試験研究所でずっと続けて来た研究の成果が認められたの。それで、来年の春から私たちの母校の栃木大学農芸化学部微生物資源応用学教室に、常勤講師として招聘《しょうへい》されることになったのよ」

「栃木大学の講師に?」

それは初耳だ。何という栄転であろうか。

「すごいじゃない。よかったわね」

愛子が喜ぶと、ひかるも満面の笑みを作って見せた。

なるほど。それで今ひかるは幸福なのか……。

しかしそのことがあったとしても、姉の前でうっとりしたように自分を忘れる様子を見せる妹に、愛子は違和感を覚えていた。

そこで愛子の胸中に戦慄が走る。

この子の幸せボケしたような今の表情は、以前どこかで見た覚えがある。

そう、それは多幸村の多くの人々が不意に見せた、あの何とも形容しがたい不気味な笑顔であった。

「ねえひかる。あなた、多幸村には行ったことあるの」

愛子は妹に問い質してみた。

「何よ、突然。多幸村なんか、行ったことないわ」

ひかるは急に不機嫌な顔に戻ると、そっけなく答えた。

「それじゃあ、つかぬことを訊くけど、今あなたは何かドラッグのような物を使っていたりしないでしょうね」

愛子はひかるの耳に顔を近付け、向こうで仕事を続けている所員たちに聞こえないような声で囁いた。

「まさか。ばかなこと言わないで」

ひかるは憤然と応える。その声に気付いて、所員たちの何人かがちらとこちらを見た。愛子は彼らを気にしながら、また囁き声で訊く。

「じゃあ、最近どこかで多幸村の人に会ったことは？」

「ないわよ。お姉ちゃんも知ってるように、多幸村の進藤さんはこの農業試験研究所でのかつての私の上司だけれど」

「そうだったわね」

「でも彼女とはしばらく会っていないわ。もちろん、それ以外の多幸村の人とも。大体進藤さん以外、わたし多幸村の人は誰も知らないわ」

そんな会話の間でも、ひかるの表情は影が差したかと思うとまたすぐ明るくなったりと、ころころ変わった。

二人の会話はそこでまた途切れた。姉妹の目線はそれぞれの場所に向けられていた。

そうして、愛子がさらに突っ込んだ質問を考えていた時、ひかるが何かを思いついたように先に口を開いた。

「ねえお姉ちゃん。進藤さんが雪の役場で亡くなっていた事件のことだけれどね……」

愛子は顔を上げ、ひかるを見た。

「役場の周りに積もった雪の上には、進藤さんが役場を出て行った時の足跡が残っていたという話だったわね」

「そうだけれど、それが何か」

「進藤さんって、役場への通勤には車を使っていなかったのかしら」

唐突なつぶやきに、愛子も一瞬口を噤む。

「どうしてそんなことを……」

間をおいてから訊ねたが、ひかるが応えないので愛子は続けた。

「彼女が通勤に車を使っていたかどうか、私は知らないわ。でも少なくともあの事件の日は雪も深かったし、進藤さんは車を使わず雪の中を歩いて帰ったんじゃないの」

だがひかるはその見解にうなずくでもなく、じっと黙って下を向いたまま、何か考え事をしているようであった。

5

「駅まで送って行く」

と、ひかるは申し出たが、まだ電車の時間までは十分あるのでそれを断ると、愛子はひとり農業試験研究所の玄関を出た。愛子の帰り際にひかるは、

「お母さんのことをよく面倒見てあげてね」

と念を押していた。その顔がにっこり笑っていたのが印象的であった。

「あなたこそ、時々お母さんに会いに来てちょうだい」

愛子はそう言いたかったが、どこか虚ろなひかるの眼差しに言葉を飲み込み、そのまま研究所を後にしたのだった。

ところが駅までの道すがら、いろいろな思いを胸に歩いている愛子を後ろから呼び止める者があった。

何気なしに振り返ると、ひかると同じ年位の白衣姿の女性が、研究所の方を気にしながらそばに寄って来た。

女性の顔をよく見ると、それはさっき研究室でひかると話していた時に少し離れて実験を行っていた所員の一人だった。

「すみません、雨貝さん。呼び止めたりして」

女性はまだ研究所の方を気にしていた。

「いいえ、私に何かご用でしたか」

用件を促すと、女性は愛子のすぐそばで囁くように言った。

「私は、研究所ではひかるさんの後輩にあたる岩下《いわした》という者ですが、いつもひかるさんには会社や実験のことでいろいろと教えていただいています」

「そうですか。こちらこそ、いつもひかるがお世話になっています」

「実は、そのひかるさんのことなんですけど……」

岩下はまた研究所の方に目をやりながら続けた。

「最近、ちょっとおかしいなと思うことが時々ありまして」

「おかしい？　ひかるが？」

「はい。業務上支障がある、というほどではないのですが、時々ぼーっと虚ろな目で外を見ていたり、そこに誰もいないのににんまりと笑ったり……。彼氏でもできたのかなって、最初は思ったのですが、さりげなく私がそう訊ねると、ひかるさんはすぐにまた真顔に戻って『何でもない』と言って仕事を続けるんです」

岩下の言葉に愛子もはっとして、さっきのひかるの表情を思い出した。ひかるが愛子に見せた表情も、まさに岩下が今言った通りだったのだ。

「以前はそんなこと全くなくて、むしろひかるさんはつんとすまして近寄りがたいくらいの人だったのです。それが最近では、そうして時々自分の世界に入り込んでにやにやしていたり、誰もいないのに誰かに話しかけるような仕草をしたりするんです」

岩下はそこでさらに声をひそめると、

「実は……ある晩、他の所員がみんな先に帰ってしまって、研究所にはひかるさんと私の二人だけになったことがありました。

その時、私は実験に夢中になっていて、ひかるさんのことを気にかけてはいませんでした。ところが、ふと手を休めた時に研究室内を見渡してみたところ、ひかるさんがいません。まさか私に声もかけず一人で先に帰ったわけでもないだろうな、と思いながら、何気なく研究室の廊下側の出入り口の方に近づいてみると、部屋の外で誰かの話し声がします。

私は研究室の出入り口ドアあたりで立ち止まり、そっと耳をすましました。話し声はどうやらひかるさんのようでした。もっとも、その時研究所内には私たちの他誰もいなかったのですから、それはひかるさん以外には考えられません。とすれば、ひかるさんの話している相手とは、スマホに掛けて来た誰かだろう。その時はそう思いました。そこで、何を話しているのかなとさらに聞き耳を立てていると……」

岩下がそこで不自然に言葉を切ったので、愛子は何気なくその顔を見やった。するとその時の岩下の顔は、まるで幽霊を見たと言わんばかりに蒼白になっていた。

その顔に驚き、はっとして思わず身を引くと、岩下はそんな愛子には皆目気付かぬ様子で再び小さな声で述懐を続けた。

「どうもその時ひかるさんが声をかけていたのは、電話の相手じゃないらしいのです。と申しますのも、その時のひかるさんが誰かに話しかけていた言葉は、私には全く理解できない内容でした。ひかるさんはこんな風に言っていたのです。

『お義兄《にい》さんも蓮ちゃんも、そんなところで何をしてるの？　私まだ仕事中なのよ。早く、お墓に帰ってちょうだい。お願いだから、もうここへは来ないで……』

私は驚いて、研究室の窓越しに廊下の方をのぞいてみました。するとそこには、白衣姿のひかるさんが一人ぼうっと立っているのが見えたのですが、その他には誰もいません。ですがひかるさんは、まるで目の前に誰かがいるようなそぶりで、問わず語りを続けているのです。

私、以前ひかるさんから『お義兄さんと甥《おい》の蓮ちゃんは、ひき逃げ事故に遭って亡くなった』と聞いていましたから、もうその時はひかるさんのことが、本当に恐ろしくなって……。すみません。亡くなったお二人は、雨貝さんのご主人と息子さんでしたね」

岩下は一応愛子のことも気遣ってくれたが、そんなことよりその話にはさすがに愛子も背筋が冷たくなる思いがして、声すら出せずにいた。

そんな愛子の様子に岩下も我に返ると、殊勝《しゅしょう》な態度を見せた。

「ご免なさい。変な話をしてしまって……」

「……いいえ」

「それからというもの、私ひかるさんが心配で……」

岩下はさらに話を継ぐ。

「でもそうかと思うと、ひかるさん、いきなり笑顔を見せて明るくなったりもするのです。そういう時って、周りのことが全く見えていないみたいで……。お姉さんもご存じのことと思いますが、ひかるさんは来年の春から栃木大学の講師に招聘されることになっていますから、夢膨《ふく》らませていることは分かります。でも、あんな調子ではどこかで事故にでも遭わないかと……」

そんな話を愛子に耳打ちした後、岩下は研究所から誰かに見られているのではないかと再三気にするそぶりを見せ、愛子への挨拶もそこそこに急ぎ足で戻って行った。


駅への道すがら、愛子は考えた。

確かにひかるは、子供のころからそんなに愛想のいい子ではなかった。そして岩下に言われるまでもなく、愛子自身もこの度の妹の変容には気付いていたのだが、彼女のその様子が病的かと言えばそこまで異常でもない。会話は普通にできるし、痴呆の症状もない。愛子に言っていたこともまともである。

「お母さんのことをよく面倒見てあげてね」

と、頼んでいたひかるの母親思いの心は変わっていない。

考え過ぎだろうか。

しかし岩下の話に出て来たひかるは、どこか常軌を逸《いっ》している。一体ひかるに何が……

駅の明かりが見えて来たころ、コートのポケットに入れていたスマホが鳴った。見ると、芳賀野村の母親からの電話だった。

愛子はすぐに出ると、電車の時間と帰宅時間を手短に告げてから、電話を切った。

母は変わりなく元気そうだった。いつもなら出張から帰ると自宅に向かうのだが、今夜は実家の母のもとを訪れそこに泊まる予定であった。

両毛線の古い車両は、足利を出て小山へと進む。そこで東北新幹線に乗り換え、宇都宮まで行って再び地方線に乗り換える。

電車の車窓から見る夜景はどこか心もとなく、もうすっかり暗闇となった山野の中にぽつりぽつりと見える小さな家の明かりが、近づいては過ぎて行った。

そうして、思考はまたひかるのことに戻った。

ひかるが時折見せた、うっとりとしたような表情と唐突な明るさ。

いつもの彼女は感情の起伏をあまり表に出さず、姉に返す言葉も素っ気ない。今日会ったひかるも、最初はそんな感じだった。

だが、愛子と話しているうちに、にわかに様子が変わって来たのだ。

そう、あの時ひかるは二つのマグカップにコーヒーを淹れて来て、そのうちの一つを愛子に渡し、もう一方を自分で飲んでいた。それから急に彼女の様子が変わったのだ。

「やはりコーヒーに何か秘密が……」

愛子もそのコーヒーを飲んだが、多幸村カフェのコーヒーを飲んだ時と同様、体には別段何の変化も起きなかった。

「もしかしたらあの子は、私と違うものを飲んだのかもしれない。私には普通のコーヒーを差し出し、自分では何か薬物入りのコーヒーを飲んだのではないか」

そんな疑惑すら頭に浮かんできた。

「あの子が薬物をやっているなんて、とても信じられない。それにあの子の表情は、多幸村の村人たちの陶酔した表情と同じだ。

多幸村で行われた集団検診の結果によれば、村人たちが薬物を服用していた形跡はない。それはあの久保田老医師の発言から明らかだ。あの医師は、村で数少ないまともな目をした人物だった。あの目に嘘はなかった……」

愛子は一人呟く。

ひかるのことは心配だったが、電車に揺られ、故郷が近くなって来ると、気持ちはだんだんと病気の母の方へと移って行った。

そうしてようやく家にたどり着き、母の元気な顔を見ることができたころには、日付が変わろうとしていた。

6

母の心機能は、薬で安定していた。愛子は芳賀野村内の実家に近い住宅に住んでいるものの、結婚してからは母と別居している。父が亡くなってから母は一人暮らしであったが、心不全の症状が出るまでは独りで何とかやっていた。

母が体調を崩してから、愛子はちょくちょく母の様子を見に行くようになった。それで母も安心して、独り暮らしを続けて来られたのだろう。

だが愛子が突然、夫と一人息子を事故で亡くしてからは、彼女も母のことを気遣う余裕がなくなっていた。一方の母も、自身のことより娘の愛子のことを気遣うようになった。

独り暮らしからくる心労を課すことが、母にとっては一番良くないと分かっていたが、愛子も生活して行かなくてはならないので、昼夜ずっと母と一緒にいるわけにもいかなかった。

母の病状が落ち着いていることを確認すると、愛子は月曜日の朝から芳賀野村役場に出勤した。

その日の愛子の最初の仕事は、直近上司の課長に対し多幸村出張の報告をすることだった。

課長は愛子から報告書を受け取ると、ざっと目を通した後で冷ややかに言った。

「大体私の思った通りだ。多幸村では、根拠のないうわさを広め、なんとなく人を集めているだけなのだろう。そんなことはうちの村では通用しないね。

多幸村役場の職員が殺されるという事件が起きて、君の調査の大きな妨げになってしまったことは認めるが、まあ、初めから行くだけ無駄だとは思っていたよ。君があまりに熱心に情報の真偽を確かめたいというから出張を許可したのだが、これで納得しただろう。結局うちはうちで、芳賀野村の魅力を独自に考え、それで移住者を引っ張り込むしかないだろうな」

課長は報告書に認め印をぞんざいに押すと、それを愛子に突っ返しながら言い足した。

「じゃあこの報告書は上へ回して、君は本村の移住推進のための新たな戦略を練り直すことだね。それでそろそろ結果を出さないとね……」

含みのある言葉に背筋を冷やしながら、愛子は何も言い返せない自分に腹が立った。課長から突っ返された書類を両手で受け取り、黙って頭を下げると愛子は自分のデスクにもどった。

新たな戦略と言っても、アイデアはこれまでにもう自分の頭の中から出つくしており、それ以上は何もひねり出せない。

都心での再三の移住相談会の開催、さくらの移住者を引っ張り出してのトークショウ、牛の乳しぼり体験……

限られた予算の中で、いろいろなことを実施して来たが、どれもあまりぱっとしなかった。課長から何かヒントでもくれればいいが、恐らく彼は何も考えていない。

愛子はため息をつきながら、パソコンでニュース欄の地方版を開いた。

いろいろな市町村の移住推進課のＨＰはすでに見尽くしている。多幸村の情報は、芳賀野村への移住を推進したい愛子にとって一つの突破口であったのだが、結局村民の幸福の背景にある謎は謎のままだ。

マウスを操作する愛子の手は、続いて全国のニュース欄へと移って行った。

するとその中に、多幸村で起こった進藤二三代殺害事件の記事があった。愛子はその事件を直接目撃したわけではないが、幸連館勤めの源さんから詳しく話を聞いているので、概要は心得ていた。

そのニュースをクリックすると、次のような内容の文面が、多幸村役場の写真と共に出て来た。

「十二月二十日早朝、長野県多幸村役場の移住推進課に勤務する進藤一三代さん（四十三）の遺体が、同役場の事務室内で発見された。発見したのは、役場で夜勤に就いていた警備員で、遺体があった現場の事務室は、当時二つの出入り口がいずれも施錠されていたという。

警備員が、そのうちの一つのドアを、持っていた鍵で解錠し室内に入ったところ、側頭部を硬いもので殴られ、さらに首をコードのようなもので絞められて亡くなっている進藤さんを発見した。進藤さんの死亡推定時刻は前日の夜八時から十時の間であったが、警備員はその晩九時ごろに進藤さんが役場を出て帰る姿を見ており、従って進藤さんが亡くなったのは午後九時から十時の間の時間帯に絞られるという。

その日多幸村は朝から降雪に見舞われ、午後九時には雪は止んでいたものの、現場となった村役場の周辺は積雪に覆われていた。午後九時に進藤さんが帰る際に付けたと思われる、玄関から表門までの一組の足跡が、翌日の朝もそのまきれいに残っていた。

警備員が進藤さんの遺体を発見した当時、それ以外の足跡は役場の周りにはなく、進藤さんがどうやって役場に戻って来たのか、また進藤さんを殺害した犯人はどのようにして降り積もった雪の上に足跡を残さず現場に侵入し、そして現場から逃走したのか、現在まで全く分かっていない。

長野県警はこの事件の捜査本部を設けて大々的に捜査を進めているが、事件解決と犯人逮捕に向けた有力な情報は未《ま》だ得られていない模様である。なお、現場の役場事務室からは、進藤さんの机の上に置いてあったブロンズ像の置物が紛失しており、警察ではこの置物が凶器に使われた可能性もあるとみて、その行方を捜査している。

——信越新聞ニュースより——」

たまたま多幸村を訪問していて自分の身辺に起こったこの奇怪な事件に、愛子は少なからず胸を痛めていた。

亡くなった進藤二三代のことを愛子はあまり好きにはなれなかったが、それでも進藤は愛子の突然の役場訪問を拒絶せず、話し相手になってくれたのだ。また多幸村カフェにいる進藤の一人息子のことを思うと、ますますあの母子が気の毒になった。

それにしても、進藤殺害事件は誰がどのように成した犯行なのだろう。愛子はパソコンを開いたまま思案に耽る。

役場の玄関から表門まで残っていた雪の上の足跡はたった一組。

そして警備員の証言によれば、それは当の進藤が帰る際に付けたものだった。その時雪はすでに止んでいたので、その後誰かが絶海の孤島のように一面雪に覆われて孤立していた役場の建物に出入りすれば、もう一組あるいは二組の足跡が必ず残るはずである。

また進藤は、翌朝役場の事務室内で遺体で発見されているから、前夜にいったん帰った後、何らかの理由があってまた役場に戻って来たはずだ。しかしその時に付けたと思われる足跡がない。

愛子は、学生時代に読んだあるミステリー小説のトリックを思い出した。その小説の中では、殺された被害者の殺害現場は死体が発見された現場と異なっており、犯人が被害者の死体を担いで発見現場まで運んだというものだった。それ故、現場に残された足跡は、犯人が付けた一組だけだったのだ。

そのトリックを、進藤の事件に当てはめてみる。

進藤は、帰る途中に役場の外で殺され、そして犯人は進藤の遺体をおぶって役場まで運ぶ。そして何らかの方法で犯人は、警備員に知られることなく施錠されていた役場の事務室のドアを解錠して中に進藤の遺体を入れ、再び出入り口を施錠して逃走する。

だが犯人がもしそんなミステリー小説に出て来るようなトリックを使ったとしても、多々矛盾が出て来る。

まず進藤の遺体をおぶって役場に侵入した時、犯人の足跡が降り積もった雪の上に必ず残るはずだが、再三述べたように足跡は進藤が帰る時に付けたと思われる一組だけであり、それ以外はない。

犯人が、すでに雪の上に残っていた足跡の上を辿るように歩いた、という可能性も皆無ではない。しかし現代の警察の鑑識力をもってすれば、そんなトリックなどたちどころに暴かれるに違いない。

さらには、事務室の二つの出入り口はそれぞれしっかりと施錠されていた。まず廊下側から事務室に入るには、必ず専用の鍵が必要だ。だがその鍵は、警備員が受付奥の警備員室で保管していた。次に裏口のドアも、室内から閂錠がしっかりとはまっており、こちらから何者かが出て行った形跡も皆無だった。

一方、信越新聞ニュースの最後に書かれていたブロンズ像のことが、愛子の記憶にも鮮明に残っていた。愛子が最初に役場事務所を訪問した時、確かに進藤のデスクの上に、ペットボトルほどの大きさのブロンズ製聖母マリア立像があった。聖母は幼いイエスを抱き、慈しみの表情で我が子をあやしていた。犯人はあのブロンズ像で進藤を殴り倒したのだろうか。

聖母の像で被害者を殴り倒すなど、畏《おそ》れ多《おお》いことだと、犯人の残忍さを思う。一体どんな人物が、そんな凶行を成し得たのか……

分からない。そしてなぜそんな事件が起きてしまったのか？

多幸村に越して来てからまだ年月の浅い進藤二三代は、なぜ殺されなければならなかったのだろう。

進藤は皆から好かれるような性格ではなかったかもしれないが、さりとて彼女を殺害するような動機を持つ人物も愛子には想像できなかった。

そこで思考は、多幸村で会った時の進藤の様子に及んでいった。

多幸村の人々はみな幸福そうだが、言い換えれば幸福にとり憑かれ、操られているようでもあった。その原因は分からないが、愛子の聞き取り調査によれば、それは薬物や宗教や流行り病といった類のものではない。

一方多幸村の人々の中で、そんな風に幸福におぼれていない人物の一人に進藤二三代がいた。

さらには、進藤の一人息子で多幸村カフェのマスターである進藤真翔と多幸村診療所の久保田清一医師も、幸福にとり憑かれている様子はなかった。言ってみれば、愛子が多幸村で会ったしらふの人間はその三人だけである。その他の者はみな、愛子に対して気味悪いほどに愛想よく振る舞い、あるいは我を忘れてにやにやしながら遠くを見ていたりと、何かがおかしかった。

進藤が殺されたことと、彼女がいわばまともな人間の一人であったことと、何か関係があるのだろうか。だとすれば、進藤真翔や久保田医師にも禍が及ぶ可能性はないだろうか。

そういえば、もしかしたら自分も危ないのか、と愛子は思い返す。

自分はいわばしらふの側の人間だ。そして幸連館に届いたあの警告状と、切り通しの崖の上から落ちて来た岩が語るもの。それは愛子を多幸村から遠ざけるためのメッセージ……

「もう一度多幸村に行って調査を続けよう」

それが、愛子が出した結論であった。

有休を取って自費をはたいてでも、もう一度多幸村を訪問し謎を明らかにしたい。

加えて愛子は、誰かに狙われていると思うとなおさら反発したくなる自分の性格を抑えられなかった。

第五章　幸せの秘密

I

それから二日後の午後、愛子は再び多幸村バス停に降り立った。

今回の訪問に出張費はつかないので、村での滞在期間は極力抑え、一泊二日の予定であった。すでに幸運館の宿泊予約も済ませていた。

先週半ば、木枯らしの吹きすさむ中をこのバス停から歩いて、初めて村役場まで行った時のことを愛子は思い返していた。あの時は、スマホの地図を見ながら役場を目指して歩いたので、村の景色などほとんど眼中になかった。

だが今こうしてバス停から村一帯を見渡すと、冬景色とはいえ山野、田畑、林、小川、藁葺き屋根の民家など、人々の郷愁を誘う昔ながらの素晴らしいアイテムが満ちている。愛子はふと、自分の故郷である芳賀野村のことを想った。

昔、愛子がまだ小さい子供だったころには、芳賀野村にも同じような風景があった。

だがあの懐かしい田舎の雰囲気は、コンクリートの壁に囲まれた村役場や、東京の郊外に林立するような、ほぼ同じ形をしたモルタル住宅群によってすっかり変容し、趣が失われている。

一方この多幸村のこういった景色は、一見さびれているようにも見えるが、裏を返せば都会人にとってどこか懐かしく哀愁の漂う魅力的な眺めなのではないか。

近代的な娯楽施設やリゾートホテル、マンションなど金のかかる施設を作って都会の人々を呼び込もうとしても、それらが村の特色とマッチしていなかったらすぐに飽きられてすたれることだろう。

それよりも、村がもともと持っているアイテムを生かし、村人たちが来訪者に対して心のこもった案内やもてなしをすれば、きっともっと魅力的な村になる。

訪れた人たち一人一人を大事にし、彼らから村の魅力や改善点などの意見をくみ取って細やかな検討を行い、それらを地道に取り入れて行く。それは何も、大金を掛けなくてもできることに違いない。

愛子は移住推進課職員の目を通し、改めて多幸村の良さを見た。

だがそういった移住推進戦略がこの村で行われているかというと、それは否定せざるをえない。この村の人たちは確かに幸せそうであるが、ただ「村に移住すれば幸せになる」と言われても、実体が摑めない幸福に村外の人々はいつまで心を動かされるだろうか。少なくとも愛子自身は、今この村に移住して来たいという気持ちにはなれなかった。

幸連館の女将の飯塚から再度の来村の歓迎を受けフロントに荷物を預けると、愛子はまず診療所の久保田老医師に会いに旅館を出た。

先日初めて久保田医師を訪問した際愛子は、バスの時間が迫っていたうえ久保田医師も前日の居酒屋で出た急病人の治療のため寝不足であったので、十分に話を聞けなかった。だが、まだまだ医師から聞いてみたいことや確かめたいことがあった。

この日の多幸村診療所の診療時間は、午前中までである。

愛子が診療所を訪れると、その狭い駐車場から一台の商業用車が出て行くのが見えた。車体には「永島《ながしま》製薬」と大きく書かれていた。

永島製薬はジェネリック医薬品専門の会社だが、決して大手ではない。また永島製薬は信越地方を販売拠点にしているわけでもなく、愛子はちょっと不思議に思った。永島製薬が出て行った後の駐車場には、久保田医師のものと思われるダークグレイの乗用車が一台停まっていた。

診療所の入り口は閉まっていたが、「ご用の方は呼び鈴を押してください」という表示があったので、その横にあるボタンのようなベルを押してみた。

アポも取らない突然の訪問であったが、幸い医師は診療所にいた。

間もなくあの丸顔で髪の毛がほとんどなく、鼻の下に漱石ばりの髭を生やした久保田老医師が、玄関右手奥の勝手口から現れた。医師は白衣姿であった。

「こんにちは。芳賀野村の雨貝です。突然お邪魔してすみません。先日は、お疲れのところお話を聞かせていただきありがとうございました」

愛子のいきなりの訪問に、久保田は少々面食らっているようであった。だがしばらく愛子の顔を見つめた後、久保田はようやくそれが誰かを思い出したようだ。

「ああ、あんたか」

医師は、気のない返事をした。

「あのう、今日の診療はもう終わりましたか」

遠慮がちに訊ねると、久保田は仏頂面のまま答えた。

「今日は午前中までだよ。あんた、どこかが悪い訳でもなかろう」

「あ、いやそういう訳ではありません。実は、この間お伺いした時にお訊ねし忘れてしまったことがいくつかありまして……」

老医師はまたじっと黙って愛子の顔を見ていたが、

「ま、お入りなさい」

と、気さくに招じ入れた。

前回と同様、久保田と愛子は、診察室内でそれぞれ医師と患者の立場に相当する椅子に着いた。

「あんたも物好きな人だな。こんな寒村に、また遠くから足を運んで来るとは」

開口一番、久保田がややあきれ顔で言った。物を言う時あまり口を開かないので、鼻の下のひげがもそもそと妙な動きをする。

「前にも申し上げましたように、移住推進課の職員として、私この村にとても興味があるのです」

「この間話したこと以外、私からあんたに話すことはないよ」

医師はまた素っ気なく返した。

「先生。この診療所では、ジェネリック医薬品の普及率が高いのですか」

さっき駐車場から出て行った永島製薬の車のことがちょっと気になっていたので、愛子は何気なく訊いてみた。

「ああ。ここの村人はそう裕福ではないからね。確かに患者はみな、ジェネリック医薬品を好む傾向にある」

久保田は他意もなさそうに応えた。

「それにしても永島製薬とは、珍しいですね。どちらかというと、一般にはあまり知られていないジェネリック医薬品の会社ですよね。余計な詮索《せんさく》かもしれませんが、ひょっとして、多幸村と永島製薬とは、何か関係があるのですか」

かまをかけて訊いてみたが、医師の返答口調は相変わらず淡白だった。

「いいや、特に何もないよ。たまたま以前、永島製薬の営業の人がウチに回って来たものだから、小回りが利くということもあって、役場とも相談のうえそこに頼むことにしたんだ。それで今では、ジェネリック医薬品の多くを永島製薬から仕入れている」

「先生のご一存ではなく、村の役場も同意のうえということなのですね」

愛子が突っ込むと、久保田は、

「その通り。この診療所は村立だからね」

と言い訳のように付け加えた。

そんなあいさつ代わりのやり取りの後、続いて愛子は、あらかじめ訊きたいと思っていたことを訊ねた。

「すみません。あまりお手間は取らせませんので、もしご存じでしたら二、三お聞かせくださいい。まず、先日先生からもお伺いしたように、この村の人たちはみな幸福で、それも二年ほど前から急にみなさん幸せそうになったということでしたね」

久保田は黙ってうなずく。

「それでは、逆に二年ほど前まで幸せそうだった村人が、そのあたりを境に急に不幸になってしまった、というようなことはなかったでしょうか。そんな例がもしあったら、先生の口からお聞かせ願えませんか」

愛子は、今回この村に来る前から久保田に訊こうと思っていた疑問を口にした。一方それはこの老医師にとって予期せぬ質問だったようで、彼は、

「さあ……」

と首をひねりながら、やおら宙に目をやって記憶をたどっているようであった。

が、やがて久保田は右手の指で鼻の下の髭を二、三回すくと、愛子から目を逸らしたままぽつりと言った。

「そういえば一人、そんな老人がいたなあ」

「え、いましたか?」

思わず訊き返すと、久保田はようやく愛子の方に視線を戻してから、まったりした調子で述懐を始めた。

「お志乃《しの》ばあさんといってな。この先の商店街を抜けたあたりに住んどるのだが、二年前までは一人暮らしで寂しそうだった。ところが丁度その二年前ころから、急に社交的になってな。お志乃ばあさんも明るくなって良かったとみんな喜んだものだ。

あれは、そう思っていた矢先だった。そのお志乃ばあさん、昨年えらい風邪を引き込んじまってな。それも悪いことに気管支炎からさらに肺炎を併発しちまって、とうとう救急車でこの診療所に運ばれて来たんだ。それで一週間の入院となったんだが、運ばれて来た時は危ない状態だった。

だが不思議なことに、ばあさんその時はつらい顔一つせず、『すみませんねえ、お世話になります』ってな調子で、私に対しても愛想良くにこにこしているんだ。つらいだろうからしゃべるんじゃないといくら言っても、黙っている方がつらいとばかりに何かと私に話しかけて来るんだよ」

老医師はそこまで語ってから、口が乾いたのかごくりとつばを一つ飲み込むと、また話を続けた。

「だが病状は深刻だった。レントゲン写真を撮ると、両肺が真っ白になっておった。さっそく点滴で抗生剤の治療を始め、入院三日目になんとか熱が下がって病状も安定して来たのだが……」

そこで久保田は急に話を止めた。

「どうしたのですか」

怪訝に思って訊ねると、久保田は「うん」とうなずいてから、ようやく話を再開した。

2

「……実は、そこで不思議なことが起こったのだ。体調の好転と全く反比例するように、ばあさん突然元気がなくなっちまってね。一体どういうことかと、私もあせったよ。治療に何か手違いがあって酸欠にでもなって、お志乃ばあさん、脳に何がしかの障害が残ったんじゃあないかとはらはらしたもんだ」

愛子は眉をひそめる。

「で、その後どうなったのですか」

「うむ。意識ははっきりしておって、一応私の質問には答えるのだが、それがすっかり意気消沈している様子なんだ。それからあれこれと私の方から訊ねてみると、応答がちんぷんかんぷんなわけではなく、答えることにはつじつまが合っている。中枢神経系に障害が残ったわけでもなさそうだ。

平熱となって肺の影は消え、食事はちゃんと摂れるし、ひどかった肺炎の症状もすっかり和らいだ。ただばあさん、それからうつ病の患者のように、まるで元気がなくなってしまったんだ」

お志乃ばあさんに関する、老医師の不思議な診療体験の話はそこで終わった。

肺炎が治るにつれて逆に落ち込んで行ったお志乃ばあさんの変容の背景に、一体何があったのか。医学上のことは愛子には分からなかったが、それにしてもおかしな話であると彼女は考える。

「そのおばあさん、今はどうしているのですか?」

今度は遠慮がちに訊ねると、久保田は顔をしかめた。

「ばあさん、もう長くはないかもしれん。あれ以来お志乃ばあさん、全く生気がなくなってしまったのさ。

長野市に長男がいてね。時々見舞いに来るんだが、ばあさんは日に日に弱っている。長男は長野に引き取ると言っているんだが、お志乃ばあさんは自分の家から動きたくないらしい。

私も三日に一度往診に行くのだが、体はどこも悪くないのに気持ちが落ち込んでしまっている。何か心当たりでもないのかと私が訊いても、病気が治ったと思ったら急に張り合いがなくなってしまったと、おかしなことばっかり言っている」

老医師の話に興味をそそられた愛子は、確認する様に質した。

「要するに、肺炎が治る前はすこぶる元気がよかったおばあさんが、入院治療で肺炎が良くなると、今度は逆に元気がなくなった、ということですね」

　久保田は渋い顔でうなずいている。

「それは、薬の副作用からくるものではないのですか」

「治療に使ったのは抗生剤と鎮咳去痰剤《ちんがいきょたんざい》だけで、うつを生じる副作用のある薬は一切使っていない」

　久保田は念を押す。

「そのお志乃おばあさんの他に、先生は同様のご体験をされたことはないのですか」

　愛子がさらに突っ込んで訊ねると、久保田はまた視線を遠くにやっていたが、はたと何か思い出したように愛子の顔を見た。

「そういえば、村長の岩目地さんからこんな話も聞いたことがある。多幸村で生まれ育った若い夫婦が、夫の転勤で東京に移り住むことになったんだが、こちらでは二人ともいたく幸せそうだったのに、向こうに行ってからはなぜか落ち込むことばかりで、夫婦そろってまた多幸村に戻って来たいと言っているそうだ」

「お仕事がうまく行ってなかったのかしら」

「いやいや、そのご主人は東京で昇進し、給与も増えたようだ」

「じゃあ、どうしてまた村に帰って来たいなどと……」

「それは私にもわからん。この村がそんなに魅力的だとも思えんが」

　医師がぼやくように言うので、愛子は反論した。

「部外者の私から見れば、この多幸村には素敵なところがたくさんあるように思いますけれど。この村に住んでいると、村の良さに慣れてしまって、その素晴らしさに気付かなくなってしまうのではないでしょうか」

今日バス停から幸連館、診療所へと歩く道すがら、愛子はこの村の良さに改めて気付いたものだ。その感情を素直に言葉にしたのだが、久保田は首を傾げた。

「何の変哲もないこの寒村に、そんな素晴らしいものなどありゃせんよ。役場に進藤さんが来てからは、移住者も確かに増えたが、だからといって村の何かが変わったかというと、私に言わせればそんなことはない。村自体はさびれて行くばかりだ」

「東京に転勤になったというさっきの若いご夫婦の話ですが、この村を出て行く前に、その人たちにとって何か特別なことはなかったのでしょうか」

愛子は話を戻した。

「特別なこととは？」

久保田が訊ね返す。

「例えば、珍しい村の特産品をお土産に持たされたとか、予防接種を打たれたとか、あるいは送別会をして特別な料理を食べさせてあげたとか」

思いつくままに挙げると、医師は「はっ」と閃《ひらめ》いたような顔をしてから応えた。

「送別会はやったようだ。村長、助役、それに役場の何人かで。確か進藤さんも加わっていたな。私は出なかったがね」

「…………」

その返答を聞いて、今度は愛子が考え込む。

村に移住して来た人たちに対しては、村ぐるみで歓迎会を催す。逆に去って行く者たちに対しては、送別会を開いて送り出す。

それはどこか温かみのある慣習だが、多幸村のような小さな集落ならではの行事であろう。東京あたりではおよそそんなことはあり得ない。送別会があったとしても、それはごく内輪の間だけだ。

村に越して来た人たちは、おしなべて幸せになっている。

だが村を出て行くと、その幸福は逆戻りになる。出先では成功したにもかかわらず、である。

そんなことがどうして起きるのか。解《げ》せない話だ。

そこで話が途切れた。

愛子が黙っているので、久保田は手持ち無沙汰の仕草で、椅子の肘掛《ひじか》けを指で軽く二つたたいた。それに気付いた愛子は、再び話題を変えた。

「ところで先生。役場で起きた進藤さん殺害事件の捜査は、今どうなっているかご存じですか」

そろそろ話を切り上げて、愛子との面会を終わりにしようと目論んでいたのか、老医師の背は椅子の背もたれから離れかけていた。が、続く愛子の質問に彼は「ふむ」と小さくため息をつくと、また深く椅子に身を沈めた。

「詳しいことは私にもわからんよ。だがうわさに聞くところによると、捜査は難航しているようだな。それも無理からぬことだ。何せ進藤さんの遺体が発見された時、役場の事務室は施錠された出入り口と周辺に降り積もった雪とで、二重の密室状態だったというのだから。全く奇怪な事件だ」

「進藤さんが本当に密室で殺されたのかどうか、私には分かりませんが……」

愛子がお茶を濁すように呟き、そのあとの言葉を言いあぐねていると、久保田は待ちかねていたかのようにそこでゆっくりとした所作で腰を上げた。

「さて、午後は往診がありますのでな。今日はこれくらいで勘弁してもらおう」

3

久保田に催促されるような恰好《かっこう》で診療所を出た愛子は、次に村道を北東の方角に戻って切り通しを通り、村役場まで行ってみた。途中切り通しの道を過ぎる時、彼女の脳裏には先週の木曜日、ここで崖の上から岩が落ちて来て、危うく難を逃れたあの出来事がよぎった。

今、岩は道端に除《の》けられていたが、あの時それがもし自分に当たっていたらと考えると、再び背筋がぞっとした。愛子は崖の上を見上げながら、足早に切り通しの道を過ぎ去った。

先週末、村役場の敷地をすっぽり覆っていたという雪はもうすっかり消えていた。もともと、ひと冬を通してこの地方に降雪はそう多くはないので、降っても根雪にはなりにくい。

役場では、県警による殺人事件の捜査が続いているようで、表門あたりにはまだ黄色いテープが張られていた。そしてその傍《かたわ》らには、見覚えのある容姿の巡査が立っていた。桂木巡査だ。

「こんにちは、ご苦労様です」

愛子が先に声を掛けると、桂木は愛子を見て微笑んだ。

相変わらず細くて、ひょろりと背が高い。愛子も身長は低くはない方だが、この巡査を前にすると見上げるようだ。

「やあ、あなたは芳賀野村の役場の雨貝さん」

「覚えていてくれたのですね」

「そりゃあもう」

巡査ははにかむように右手を後頭部にやった。

「ずっとここに立っているんですか」

余計なお世話だとは思ったが、何気なく訊いてみた。

「県警の刑事さんと交代です」

桂木はまた笑いながら応える。

「ところで今日はまたどうして多幸村へ」

巡査が訊き返した。訊かれてみると、どうと答えるほどの理由も持ち合わせていないので、

「ええ、いろいろと気になったものですから」

と適当に応じる。

「役場の中には入れないのですか」

今度は愛子が訊ねると、桂木は真顔に戻った。

「役場の職員以外は原則立ち入りできません。報道関係者や一般の方が役場に入る場合は、羽崎警部補の許可が必要です」

愛子は、がっしりとした体格で髪を五分刈りにしたあの羽崎刑事のごつい顔を思い出した。

「捜査のその後の進展はどうなのですか」

探りを入れてみたが、桂木の口は重かった。

「話せません。県警に怒られます」

愛子は苦笑しながら、表門から役場の建物へと通じる小道を眺めた。

事件当時雪は降り止んでいたが、一帯は積雪に覆われており、そしてその雪の小道に、役場の玄関からこちらに向かって進藤二三代が歩いて来たと思われる一組の足跡が残っていたという。役場の敷地内には高い木もなく、その時役場の建物は絶海の中の孤島のような状態であったそうだ。

玄関から表門までは十五メートルほどか。

今愛子のいる表門あたりから、足跡を付けずに役場の建物まで行くことはとても無理だ。だが進藤は、一度役場を出た後再びこの建物の内部にある事務室に戻って来ている。

その時進藤は生きていたのか。あるいは犯人が進藤の死体を役場内に運び入れたのか。いずれにしても、雪の上に足跡を残さず役場内に出入りすることは不可能と思われた。

愛子は桂木巡査に礼を言うと、表門から離れ、役場の周りを時計回りにぐるっと回ってみた。役場の周囲に民家はなく、南西の方角には田んぼや畑があり、一方北側には雑木林が残っていた。

丁度半分ほど行って、裏門あたりまで来た時、そこから見てほぼ西側に当たる小高い丘の上に居酒屋がぽつんと一軒あるのが目に入った。

そこまでの距離は、役場の裏門からおよそ七、八十メートル。途中視界を遮る樹々や建物は何もない。あの居酒屋からだったら、ここ役場の裏門から建物の裏口あたりまで筒抜けに見渡せるだろう。

事件が起きたと思われる晩に、あの居酒屋で病人が出て、駐在の桂木と診療所の久保田医師が駆けつけたという。その時彼らは本当に役場の方角を見なかったのだろうか。もし進藤を殺害した犯人が、裏門と裏口の方面から役場に出入りしたら、あの居酒屋から丸見えのはずだ。

だが久保田は、進藤殺害犯と思しき怪しい人影などは見なかったと言っている。また当夜は、裏門から裏口にかけて雪がきれいに降り積もっていたが、そこにも足跡などは一切なかったのだ。

そんなことを考えながら、愛子はそのまま役場の周りを歩き続けて一周し、また巡査のいる表門まで戻った。

進藤が殺害された現場を一度自分の目で見れば、事件にまつわるいろいろな謎を解く手掛かりが何か得られるかもしれないと思ったのだが、役場の外から眺めていただけではやはりらちが明かない。

うろうろしている愛子の姿を見て今度は怪訝そうな目をしている桂木巡査に、もう一度「ご苦労様です」と声を掛けると、仕方なく愛子は役場を離れ、元来た道を切り通しの方に向かった。

すると後ろから声がした。

「雨貝さん、でしたね……」

振り向くと、長野県警のあの二人の刑事が立っていた。

年配の方はがっしりとした体格、ホームベース形の顔、髪は五分刈り。もう一方は、三十歳そこそこで、中肉中背の普通のサラリーマン風。

「またお会いしましたな」

年配の方が言った。若い方は、無言で愛子に軽く頭を下げた。

「確か名前は、羽崎さんと熊田さん……」

二人の名前を思い出しながら、愛子も「こんにちは」とあいさつを返す。だが刑事に声をかけられてうれしい者はいない。何事かと思わず身を竦《すく》める。

「今回も出張で来られたのですか」

年配の羽崎が、ごつい顔に人懐こそうな笑みを浮かべて訊ねた。

「ええ。前回の出張で、回り切れないところがありましたので」

何とはなしに答えると、羽崎はちょっと驚いたような顔を見せた。

「ほう。このさびれた村に、わざわざ栃木県から何回も出張して来るような魅力が、何かあるのですか」

どこか探りを入れるような言い方だ。

「私は自分の村の移住推進課に勤務する職員として、この村に興味があるのです。この村のみなさんはおしなべて幸せそうな顔をしてらっしゃるし、事実訊ねてみるとみな幸せだとおっしゃる。私はその背景に何があるのかを知りたくて、この村を訪問させていただいております」

わざとばかり丁寧に説明すると、羽崎はまた相好を崩してうなずいた。

「本当にそうですなあ。我々は長野市からこちらに出向いておりますが、村人の愛想の良さにはびっくりですわ。

ところで、我々は今、今回の事件で殺害された進藤さんの身辺について捜査しているのですが」

羽崎は話を本題に移すと続けた。

「あなたは先日役場で、進藤さんと小一時間ばかりお話をされたということでした。そのことは大方、先日伺った通りなのですが、改めて一つお訊ねします」

「はあ……」

「進藤さんが、以前に比べてやけに羽振りが良くなったとか、金回りが良くなったとか、そういったことをあなたは感じませんでしたか」

愛子は眉をひそめ、首を傾げる。

「さあ、特には」

「そうですか。では、進藤さんの男性関係についてはどうでしょう。ご存じのように、被害者は独身でしたが、お付き合いされている方がいるとか、最近愛人ができたとか、そんな話はしていなかったでしょうか」

羽崎は笑顔であったが、その眼光は鋭く愛子の顔色を窺っていた。

「いいえ。私にはそんな話はしていませんでした。大体、私が進藤さんにお会いしたのももう何年ぶりかで、最近の進藤さんの動向を私は何も把握しておりません」

愛子がやや早口に言って、先を急ぐそぶりを見せると、それを察したのか羽崎はあっさりとそこで話を打ち切りにした。

「そうでしたか。いや、お急ぎのところを引き留めてしまってすみません。もし何か思い出すようなことがあったら、私どもにご連絡ください」

二人が役場の方に戻って行く後姿を見送りながら、愛子は考えた。

警察はまだ被害者の身辺を探っている。あの様子では、犯人逮捕までもう少し時間がかかりそうだ。

一方、自分に脅迫まがいの警告文を送りつけた人物や、切り通しの崖の上から岩を落として命を狙った犯人の捜査は、一体どうなっているのか。その何者かと進藤を殺害した犯人とは、同一人物なのだろうか。それとも……

羽崎警部補は、そちらの事件の捜査状況については何も言っていなかったが、進藤の事件捜査にかかりきりになっていて、今それどころではないのだろうか。

そんなことを思いながら、愛子は踵を返すと村道を南へ戻った。

愛子には、今回の多幸村訪問でぜひもう一度会っておきたい人物がいた。多幸村カフェのマスター、進藤真翔である。

4

カフェは開いていた。道端の駐車場には、黒っぽい車が一台停まっていた。それを横目に、愛子はカフェのドアを押し開け中に入った。

「いらっしゃいませ」

と控えめな声がカウンターの奥から聞こえた。

四人掛けのテーブル席三つとカウンター席五つだけの小さなカフェ。見渡すと、愛子の他客は誰もいなかった。

カウンターの向こうから、細い銀フレームの眼鏡をかけた進藤真翔の顔がのぞいた。真翔は、愛子が初めてこのカフェを訪れた時と同じ、赤いセーターの上にデニムの生地のエプロンを付けていた。

「お好きな席にどうぞ」

言って真翔はすぐに愛子から目を逸らそうとしたので、愛子は咄嗟に姿勢を正し頭を下げた。

「お母さんの進藤さんのことはご愁傷様でした」

言葉少なに悔《く》やみの言葉を述べ、姿勢を戻して相手を見る。真翔は「いえ……」と口ごもりながら視線を落とすと、コップにお冷やを注いだ。

この青年にとって亡くなった母親の存在は大きかったであろうに、今真翔の様子からは意気消沈している心中は窺えない。客の前では、無理をしてでもそれを抑えているのであろうか。

愛子はカウンター席に掛けた。

「何にしますか」

真翔がカウンター越しにコップのお冷やを差し出しながら訊いた。

「ブレンドコーヒーをお願いします」

注文を言い終えると、愛子はまた真翔の顔を見やった。一方の真翔は愛子から視線を逸らしたまま、注文の品の支度《したく》にかかる。

やはり進藤さんに似ている。そしてこの人の目は、この前会った時と同様、虚ろなところが少しもない、まともな輝きを宿している。

心の中で呟いてから、愛子はコーヒーを淹れている真翔に向かって、今日このカフェに来た目的を話し出した。

「ねえ進藤さん。先週私が初めてこのお店に来た時のことを覚えているかしら」

「ええ、もちろん。あの時も同じブレンドコーヒーを注文されましたね」

真翔はこちらを見ずに、素っ気なく返事をする。愛子はうなずいてから続けた。

「その時私、失礼だとは思ったけれど、そのブレンドコーヒーを少しばかりサンプリングして、栃木県足利市の農業試験研究所に勤めている私の妹に分析してもらったのよ」

真翔の表情が一瞬固まった。

だが彼は黙ったまま、すぐにコーヒーを抽出する動作に入った。愛子は構わず続けた。

「別にコーヒーの品質を疑っていたわけではないわ。ただ、先週このカフェのコーヒーを飲んでいたお二人の元気のいいご老人が、あまりにおいしそうにコーヒーを味わっていたし、それにご老人たち、ここのコーヒーを飲むと何か幸せな気分が湧いて来ると話していたでしょ。私、その秘密がどうしても知りたかったのよ」

真翔は気分を害したのか、相変わらず何も言わず、無表情でコーヒーを淹れていた。が、やがて彼はコーヒーを湛えたカップをソーサーに載せ、カウンター越しに差し出しながら言った。

「何か分かりましたか」

出されたコーヒーを受け取ると、愛子は笑顔を見せながら応えた。

「カフェイン、クロロゲン酸、トリゴネリン、カフェ酸など、一般的にコーヒーに含まれている成分は、ほぼまんべんなく適切な量で検出されたということよ。ただ一つの成分を除いては……」

含みのある言い方に、眼鏡の奥の真翔の瞳は、今日愛子がここに来て初めて、真っ向から彼女の視線を捉えた。

「ただ一つ、ニコチン酸という成分を除いてはね」

愛子は告げた。真翔の目は、まだじっと愛子の顔から離れなかった。

愛子は相手の反応を窺いながら、自分の言葉の余韻を確かめるように黙ってカップのコーヒーをすすった。

酸味を抑えた苦みとコク。外を歩き続けて冷えたからだがぐっと温まる。

「雨貝さん」

唐突に真翔が姓を口にしたので、愛子は驚いた。

「何でしょう」

訊ね返すと、真翔はしばしうつむいていた。が、やがて思い切ったように開口した。

「ニコチン酸という成分には、何か人を幸せにするような作用があるのでしょうか」

その言葉は意表を突いた。というのも、愛子自身がまさにその疑いを持っていたからだ。

だが妹のひかるに訊ねたり、自分自身でもネット情報を探ったりしながら、ニコチン酸の生理作用をいろいろと調べてみたのだが、そんな劇的な作用はなかった。ただニコチン酸は、ビタミンとして人体に必須の成分であるということのみ、愛子はネット情報から知った。

そのことを真翔に話してやると、真翔はカウンターの向こう側で視線を落とし、じっと何か考え事をしているようであった。その様子を不自然に思い、愛子は真翔の発言を促すように訊いてみた。

「何か話しづらいことでもあるの？」

真翔はなおも黙っていたが、やがてゆっくりと顔を上げると、意外なことを言い出した。

「雨貝さん。あなたに、奥にある冷凍庫の中の物を見てもらいたいのです」

「えっ？　冷凍庫の中の物……？」

あまりに唐突な申し出であったので、愛子はまた面食らった。真翔は続ける。

「はい。あなただったら、何か分かるのではないかと」

「一体何のこと？」

「とにかく、まずご覧ください」

真翔の有無を言わさぬ態度に、愛子はカウンター席からゆっくりと腰を上げた。

カウンターを回り、厨房《ちゅうぼう》に入る。真翔は、愛子を厨房の奥にまで連れて行った。

そこには一般家庭で使用されている冷蔵庫と、摂氏マイナス二十度まで温度を下げられる業務用冷凍庫が並んで設置されていた。

真翔はまず、向かって左側に置かれている冷蔵庫の扉を開けた。そして、食物や乳製品などの物品とは分けて別の段に保存されている、三百五十ミリリットルのビール缶程度の大きさの、塩化ビニル製と思しき白い試薬ビンのようなものを一本取り出した。

それには黒いねじ式キャップが付いているが、ボトルに張り付けられていたと思われるラベルは、はがされていた。ざっと見た所、同じボトルが十本程度、冷蔵庫の一番上の段に並んでいた。

「これは、亡くなった母からもらったものです」

言って真翔は、そのボトルを愛子に差し出した。

愛子はうなずいてからそれを両手で受け取り、ボトルの周囲や上下を観察した。

愛子も大学の農芸化学部の四年生だったころ、食品化学に関する卒業論文研究に専念していた折、こんなボトルに入ったいろいろな試薬を扱ったものだ。手にしたボトルを透かして見ると、中身は白い粉で、まだ半分以上残っていた。

「ラベルがはがされているわね。なぜお母さんはあなたにこれを?」

真翔はしばし返事に躊躇している様子であったが、やがて定まらぬ視線で応えた。

「この白い粉末薬のことは、誰にも話してはいけないと母から口止めされていたのですが、その母はもういません。このことは警察にもまだ言ってませんが、コーヒーに詳しそうなあなたなら何かわかるかもしれないと思い、お話しします」

自分がコーヒーに詳しいとは買い被《かぶ》りだと思ったが、愛子は黙ってうなずいて見せた。

「実は、僕もこのボトルの中身が何かは知りません。でも母に勧められたのが、『コーヒーにこの粉を小さじ一杯程度入れて良くかき混ぜてから、お客さんにお出ししてみなさい』ということでした」

「それであなたは、実際にコーヒーにこの粉を混ぜて、お客さんに出したというの」

驚いて訊ねると、真翔は別段躊躇する様子も見せずに肯定した。

「ええ。もちろん、お客さんに飲ませるものですから、間違っても害のあるものではいけないと思い、僕自身がまずこの粉入りのコーヒーを飲んでみました。でも何の変化もありません。この粉自体をなめてもみたのですが、ちょっと苦いだけでそのほかに何の味も香りもしません。

ところが半信半疑で、スペシャルブレンドとしてこの粉入りのコーヒーを村のお客さんにお出ししたところ、みなさんとても喜ばれて」

「ちょっ……ちょっと待って」

真翔の話を中断した愛子は、持っていたボトルの黒いねじ蓋をひねって開けると、中をのぞいた。

香りをかいでみる。無臭だ。

次に中の白い粉を少しだけ手に取り、人差し指に付けて恐る恐るなめてみた。

苦い。だが毒物ではなさそうだ。

「この粉を混ぜたスペシャルブレンドコーヒーだけ、人気が出たというわけ？」

「そうなんです。それが不思議で……。そこで今では、この店で出すほとんどのコーヒーにこの妙薬を混ぜているのです」

「それじゃああなたは、お母さんに勧められるままに、何だかわからないものをコーヒーに混ぜて客に出していたというの？」

叱《しか》るように言うと、真翔は悪びれもせずうなずきながら答える。

「決して害のあるものじゃないから大丈夫、と母が念を押すものですから。実際母も、僕の目の前でこの粉をコーヒーに入れて、飲んで見せました」

「その時、進藤さんには何か変わった様子はなかったの」

「いいえ」

愛子はキャップを閉じると、ボトルを真翔に返した。

「進藤さんはこれをどこから持って来たのかしら」

愛子の疑問に真翔は首をかしげる。

「それが、この粉の正体はおろか、これをどこから入手したのかも、母は決して話してくれませんでした」

5

「その他に、進藤さんがあなたに残して行った物はないの？」

なおも愛子が詰問調で訊ねると、真翔はうなずき、続いて冷蔵庫の右側に並んで設置されていたマイナス二十度の冷凍庫の扉を開けた。

中から冷気が飛び出し、霧のようにあたりに立ち込めた。

脇からのぞき込むと、中は上下数段に分かれていた。二段目から下には冷凍保存用の様々な食品が詰まっていたが、一番上の段は二十センチメートル四方くらいの大きさの白いプラスチック製の箱だけが保存されており、その他は何も並べられていなかった。

真翔はそのプラスチックケースを取り出すと、愛子に見せた。

冷気が白い煙となって視界を遮る。

それを手で振り払って中をのぞき込むと、ケース内には縦横それぞれ十列ほどのプラスチックの仕切り板が整然と並んでいた。そしてそれによって仕切られた一つ一つの枠内に、直径一センチ、高さ五センチメートルほどの大きさの、円柱形ガラス製バイアルビンが、合計二十本入っていた。

真翔はそのうちの一つを、右手の親指と人差し指でつまんで引き上げ、愛子の目の前にかざした。バイアルビンには、小さな黒いねじ式の蓋が付いていた。

愛子がバイアルビンを透かして見ると、中には半分ほどの容量で、ピンク色をした凍《こお》った液体が入っていた。

「これは……」

「何だかわかりますか」

「さあ……。これも進藤さんが持ち込んだの？」

「ええ。でもこの中身が何かを、やはり母は教えてくれませんでした」

「これをコーヒーに入れたりはしなかったの」

「いいえ。この液体に関しては、そういうことは一切ありません。ただ、多幸村カフェの冷凍庫はマイナス二十度まで温度を下げられるので、ここに保存しておいてもらえないかと母に頼まれて」

「冷蔵ではなく、冷凍保存が必要だったのね」

言って愛子は、真翔からそのバイアルビンを自分の手に取ると、もう一度よく見てみた。

この小さなビンにもラベルの類は何も貼られていない。

だがこんなピンク色をした液体を、愛子は大学四年生の卒論研究の際に扱った覚えがある。

それは、食用に供する植物の細胞を培養する時に用いた、液体培地であった。

「ねえ真翔さん。さっきのボトルに入っていた粉末の一部とこのバイアルビン一本を、私に預けてくださらない?」

愛子が申し出ると、意外に真翔はすんなりとそれを受け入れた。

「もとよりあなたにお見せしたのは、この粉末と凍った液体が何なのかを分析してもらいたいと思ったからです。

母を殺した犯人はまだ捕まっていませんが、ここに母が残して行ったこれらの物品が、何か母の死とつながりがあるのではないかと、僕にはにわかにそう思えて来てなりません」

言って真翔は眉をひそめた。愛子はうなずく。

愛子が同意したのを認めると、真翔は厨房の奥から発泡スチロールの手提げボックスを出して来た。

続いて冷凍庫から取り出したドライアイスをボックスの中に詰め、粉末試薬の入ったボトルビン一本と凍ったピンク色の液体が入ったバイアルビン一本を、それぞれそのボックスの中に入れて蓋をした。

「分かったわ。ここから何が出て来るかは全く謎だけれど、もしかしたらこの検体の分析結果は、あなたのお母さんの名誉を傷付けることになるかもしれないわよ……」

ボックスを受け取りながら愛子がそう返すと、真翔ははっきりとした口調で応えた。

「僕たちは、母一人子一人の親子でした。母のことは何でも知っておきたいと思います。結果がどんなことになっても、僕は受け入れたいと思っています。もし分析結果が分かったら、遠慮せず全て話してもらえますか」

決意を裏打ちする真翔の凜《りん》とした瞳を、愛子はしっかりと受け止めた。

「分かったわ」

するとそこへ、どやどやと騒がしく新しい客が二人入って来た。

愛子はボックスを抱えながらあわてて厨房からカウンター席に戻り、「ごめんよ」と言いながら入り込んで来た客たちに目をやった。岩目地村長と大豆生田助役だった。

さっそく愛子を見つけた岩目地村長が、こちらに寄って来た。

「ほほう、これは芳賀野村役場の別嬪さんがまたこんなところで、一体何事かな」

「こんにちは、村長さん。それに助役さんも」

「またお会いできるとは光栄ですな」

丸い黒縁の眼鏡を低い鼻の上に載せた小太りの助役が、背をこごめてにこにこしながら村長の後ろから顔を出す。この男はいつも村長にくっついて回っている、まさに腰ぎんちゃくのようだ。

愛子にあいさつし終わると、二人は騒々しく奥のテーブル席に着いた。

「マスター、コーヒー二つ」

岩目地村長が、カウンター奥に向かって大声で注文する。

「ここのコーヒーを飲むと、不思議に元気が出るわい」

村長はマスターに向かってそう付け加えた。

真翔が「分かりました」と応じてカウンターの向こう側に見えなくなると、岩目地村長がまた愛子の方を見て声を掛けて来た。

「どうじゃね、雨貝さん。こっちに来てわしらと一緒に一杯やらんかね。と言っても、ここでは酒ではなくコーヒーだが。わっはっは」

「お誘いありがとうございます。でも私これから村のスーパーに行って、宅配便でこの荷物を発送しなくてはならないものですから」

村長の陽気な姿にやや辟易《へきえき》しながら、愛子は発泡スチロールのボックスを抱え、コーヒー代をカウンターの上に置くと、

「ご馳走様《ちそうさま》」

とカウンター越しに真翔に声をかけた。

「ありがとうございました。さっきの件、よろしくお願いします」

奥から真翔の声がした。

6

「もしもしひかる？　いまどこ？　私？　私は今多幸村。またって、用事があったんだからしょうがないでしょ。実はあなたにもう一度、分析を依頼したいのよ」

するとスマホの向こうから、ひかるの文句が機関銃のように飛び出して来た。

「今そんな暇ないわ。先日こっちの中学校でノロウイルスの感染者が相次いで出ちゃったのよ。今、保健所だけじゃ検査の手が足りなくて、ウチの農業試験研究所にも検査の依頼が次々に舞い込んで来ちゃって。悪いけど、お姉ちゃんからの物好きな依頼になんか付き合っていられないわ」

「なにそれ、物好きな依頼って……。もうわかったわ、あんたには頼まない」

ひかるの言い方に愛子はブチ切れて、スマホの通話アイコンをオフにした。

「大して繁盛しているわけでもないのに、あんたの研究所は依頼検体をえり好みするほど胡坐《あぐら》をかいてなんかいられないでしょ」

電話を切ってしまってからも、怒りはまだ収まっていなかった。愛子はぶつぶつ言いながら歩き続けた。

だが少したつと、ようやく頭が冷えて来た。短気なこの性格にも、我ながらあきれてため息が出た。

「どうしよう。多幸村カフェの冷蔵庫と冷凍庫に入っていた検体の正体は、どうしても知りたい。でもあんな啖呵《たんか》を切ってしまっては、いまさら下手に出てひかるに謝ってお願いするのもしゃくだし……」

多幸村カフェから、宅配便が出ているスーパーマーケットまで歩いて行く道すがら、愛子は思案に暮れた。

ふとその時、頭の中に日向壱郎教授のにっこり顔が浮かんだ。

先日多幸村出張から帰る途中、上田駅からスマホで連絡し久しぶりに聞いた日向教授の昔と変わらぬ声にうれしくなって、愛子はついつい長電話してしまった。だがあの時教授は、少しも迷惑がらず一度大学に来ないかと言っていた。

愛子は、迷わずまた日向教授の電話番号をスマホ上でタッチしていた。

「どうだその後は？　お母さんは良くなったかい」

電話に出るなり教授は訊いて来た。

「お陰様で、今は落ち着いています」

「うんうん、そいつは良かった」

それから、前回連絡した時と同様、またも近況報告と世間話のどうどうめぐりに十分ほど付き合わされてから、愛子はようやく自分の要件に入れた。そうして、多幸村カフェで入手した正体不明のサンプルのことを説明し、その分析を日向教授にやってもらえないかと遠慮がちに訊ねてみた。

　すると日向は、

「それじゃあ、モノを大学の私宛に送りなさい」

　と二つ返事で気さくに引き受けてくれた。

「もしかしたらそのサンプルの中に、多幸村の村民の幸福の秘密を解き明かすサイエンスが隠されているかもしれんぞ」

　教授の声は、いつも以上にはずんで聞こえた。

　半分白くなった多量の髪をぼさぼさに生やした、日向の額の狭い四角い顔が、また愛子の目に浮かんだ。


　日向教授が分析を引き受けてくれたことに気を取り直し、急ぎスーパーマーケットに行くと、あの大柄なぎょろりとした目の店主が出て来た。

「あれ、あんた先週も来てたね。もうこの村に移り住んだのかい」

　店主は、でかい声でがなり立てるように話しかけて来た。

「いえいえ。今日もまた宅配便をお願いしようかと」

　言いかけて店主の後ろを見ると、そこに見たことのある若い夫婦がいた。彼らは店頭の野菜の品定めをしていたが、店主と愛子の会話を聞いてこちらを向いた。

「どうも」

「またお会いしましたね」

二人とも愛想良く挨拶する。愛子も苦笑いしながらお辞儀して、挨拶を返した。

確か、東京から新しく越して来たばかりの、名前は川俣と言っていた。

「あなたもこの村が気に入ったようですね」

夫の川俣裕也の方が気さくに訊ねる。横で妻の早苗も微笑んでいる。

「ええ、まあ……」

愛子がおざなりな返事をしていると、裕也がさらに明るい口調で言った。

「どうです、あなたもこの村に越して来ませんか。この店にある野菜はみんな村で採れたもので、ご覧のように安くてとても新鮮ですよ。林檎《りんご》だってそうです。ここに住めば、こんなおいしい野菜や果物を毎日食べられるんですから」

「そ、そうですね……」

「いらっしゃいよ。私たち、お友達になれると思うわ」

妻の早苗も畳みかけるように誘う。

「ええ……」

「そういうのはちょっと苦手で」と口まで出かかってからそれを飲み込み、返答に詰まっていると、

「うおっ……。早苗ちゃん見てみて、立派なヒラタケがこんなに安い」

と、裕也がひっくり返った声で早苗を呼び寄せたので、愛子は難を逃れた。

その時ふと愛子は、先週幸連館近くの溜め池で溺死した少女の遺体を他の青年団の人たちと一緒に取り囲みながら、この川俣裕也が、にんまりと笑って空を見上げていたことを思い出した。

あの時は、背筋にぞっと冷たいものが走るのを感じたものだ。だが今の川俣は、人の好《よ》い愛想笑いの絶えない夫以外の何物でもなかった。

「宅配便かい？　さっき行っちまったばかりだから、次の便だな」

横で店主の大きな声がした。

「できるだけ早くお願いします」

言いながら発泡スチロールのボックスを店主に預けると、愛子は宅配便用の伝票に日向壱郎教授の宛名を書き出した。

日向教授への宅配便を依頼し終えると、愛子はスーパーマーケットを出て、来た道を引き返した。そうして検体の分析結果に思いを馳《は》せる。

一見ちゃらんぽらんな印象の日向教授だが、彼の天然物成分分析や遺伝子組み換えに関する知識と実験技術は、いわゆる職人芸にも近く世界トップクラスだ。教授はきっと、何か探り当ててくれるに違いない。

それにしても、進藤二三代は息子が淹れるコーヒーを介して、村人たちに何を飲ませていたのだろう。あのボトルに入った白い粉末は何だったのか。

「ニコチン酸かもしれない」

粉を手に取りなめてみた愛子は、そう見当を付けていた。

だがニコチン酸はナイアシンというビタミンの一種であり、それを飲んだからといって特別幸福感や高揚感などを得られるわけではない。

もしかしてあの粉には、ニコチン酸以外にも、何か精神神経系に作用するような成分が混ざっているのではないか。

一方、もう一つの検体は冷凍保存され、ガラスのバイアルビンに入れられていた。中に入っていた液体は凍っていたが、あのきれいなピンク色は、恐らく細胞を培養するために用いる培地……。

そしてその液体培地には、何かの細胞が懸濁《けんだく》状態で含まれているに違いない。もしそうだとしたら、その細胞の正体は何……？

そんなことをぼんやり考えながら、ほぼ日が落ちて暗くなった村道をてくてくと歩いて戻り、いつしか幸運館の建物が見えるところまで来ていた。

その時だった。突然背後で、車がエンジンをふかす爆音が轟《とどろ》いた。

何事かと思って後ろを振り向くと、一台の乗用車がものすごいスピードでこちらに向かって来る。

村道の幅はそう広くはない。

道の両側は田畑で、身を守る遮蔽物《しゃへいぶつ》がない。

そうこうしているうちに、車はヘッドライトを上向きにして愛子の目を攪乱《かくらん》するようにもうすぐそばまで迫っていた。

「はねられる！」

そう思った瞬間、体は道の右側の畑の中にすっ飛んでいた。

すぐそばを、車はブロオォ……と唸《うな》り声を上げるようにして通り過ぎた。

愛子は倒れたまま咄嗟に振り返ると、通り過ぎる車を目で追った。

長野ナンバー、番号は「わ」の……

だが見えたのはそこまでだった。

黒っぽいセダン型の車だったが、闇の中で見たのではっきりとは分からない。車に詳しくない愛子には、車種も分からなかった。

右ひじと膝が畑の土の中に突っ込み、泥だらけになったが、幸い車には接触しなかったようで、大したけがはなかった。

愛子は服についた泥をはたきながら、ゆっくりと立ち上がると、車が走り去って行った県道の方向をじっと睨み続けていた。

第六章　アカデミアの人

I

宇都宮市郊外の「栃木大学前」バス停でバスから降りたった愛子は、森のようにたくさんの大樹がうっそうと茂る栃木大学農芸化学部校舎の門の前で、しばし佇《たたず》んだ。

愛子が二度目の多幸村訪問で、謎の車に危うくはねられそうになってから、二日後のことである。

あれから独自に黒っぽい車の持ち主の心当たりを村中探ってみたのだが、慣れない土地での一人だけの捜査には限界があった。ただ依然として、あの村に入ると自分が誰かに狙われるということだけは分かった。

最初は脅迫めいた警告状。続いて切り通しの崖の上から落ちて来た岩。そして今度は暴走車……。

村の秘密を探られては困る者が、あの村にはいる。だが一体誰が……

ふと愛子は、農芸化学部の正門から、大学内の風景を見渡してみた。巷《ちまた》はもうほとんど冬休みに入っていたが、大学キャンパスにはいつも誰かがいて、研究を続けている。

ここは、七年前に卒業した時と全く変わっていない。それが愛子にはうれしかった。大学に入学してからは、四年間毎日、この門をくぐっては学友たちと共に勉学、実習、クラブ活動、研究など、学生生活に楽しく勤《いそ》しんだ。

七年とは早いものだ。

卒業後は、就職、結婚、出産、子育て、そして事故で夫と息子を失った後に転職。

急転直下、まるでジェットコースターのような七年であった。それも、ゆっくりと上っている途中ならまだしも、まだ高速で落ち続けている最中のような気がした。

最愛の夫と愛息の顔は、何かに夢中になっている時でもふと胸に浮かぶ。

今、二人がいてくれたら、自分はどんなに幸せだろう。家庭を支え愛子や幼い息子の蓮を愛で包み込んでくれていた夫の陽貴。そしてひかるにも良く懐いていた蓮。

その最愛の家族たちは、一瞬のうちに消えた。

それ以来、今は亡き夫と息子の幻影が、絶えず愛子を苛《さいな》んだ。生きていれば、愛子を癒《いや》し、慰め、希望を与えてくれたはずの家族は、死んだ後、逆に彼女を苦しめた。

「なぜ、なぜあなたたちは私を苦しめるの。互いに愛し愛され、かけがえのない存在だったあなたたちは、なぜ死ぬと私を苛む魔物に変わってしまうの……」

心の中で、夫と息子に恨み言を述べる。二人には何の落ち度もないのに……

もう一度学生だったあのころに戻れたら、とは誰もが一度は思うものだが、もしそれができたらどんなに良かっただろうと、母校のキャンパスを前に愛子は感慨に沈む。

その時一陣の寒風が突然愛子を襲い、その頬を切って髪をかき乱した。愛子は顔をしかめ、我に返った。

面を上げ、改めて母校のキャンパスを見渡してみる。

昭和の初頭に建てられた農芸化学部の四階建て校舎の入り口あたりには、カラフルな色彩のセーターやジーンズ姿の学生たちに交じって、研究者らしき白衣姿の人たちもちらほら目に入る。

大谷石《おおやいし》の門柱、唐草模様の入った鉄の黒い門扉、天に向かって伸びる常緑樹の枝……。百年来姿を変えぬ母校の荘厳な佇まいのキャンパスは、何事もなかったかのように愛子を迎え入れているようだった。

そうして、にわかにこみ上げて来る懐かしさを全身に感じながら、愛子はゆっくりと校門を入った。

レンガ造りの校舎までは一本道で、左右は銀杏《いちょう》並木だ。道に散った黄色い葉を踏みながら、愛子は校舎のエントランスをくぐった。

日向教授の分子食物化学教室は、農芸化学部校舎四階の西端にあった。

途中何人かの学生とすれ違ったが、みな初々しい。かつて行き来したこの建物内の廊下は、愛子にとっては自分の家のようなもので、今でも目を瞑ったまま歩けるだろう。

頑丈な一枚板でできた日向の教授室のドアをノックすると、中から懐かしい声が聞こえて来た。

「おはいんなさい。鍵はあいてるよ」

ドアを押し開け、「失礼します」と言いながら足を踏み入れると、南側の明るい窓際に置かれた大きなデスクの向こうから、小柄な教授がこちらを見てにっこり笑った。

四角い顔で額は狭く頭は大きめ。それに大きな目と八の字眉毛、そしてフクロウのくちばしのような鼻に愛嬌がある。一方で手足は短く、全体の体のバランスは六頭身といったところだ。

年は六十五歳になるはずだが、小柄なせいもあって十は若く見えた。五十年近く前に父からもらった腎臓は今でもしっかりと働いているのだろう、日向教授は相変わらず元気だった。

日向はずれ落ちそうな眼鏡の位置を右手で直しながら、愛子の方へつかつかと寄って来た。

「やあ、よく来た」

言って差し出した右手に、愛子も右手を合わせて握る。すると教授は痛いほど強い力で握り返して来た。

「本当にご無沙汰しております」

握手を解き、しびれた右手を左手でさすりながら愛子が頭を下げると、

「まあ堅苦しい挨拶はいらんから、そっちへ掛けたらどうだ」

と、古そうな応接セットを指し示した。

言われるまま二人掛け用のソファーに浅く腰掛けると、日向は愛子の対面の肘掛け椅子にどっと身を沈ませた。

小太りで背も低いので、両足が床の上に浮いている。それをわざと子供のようにぶらぶらさせながら、教授は愛子に向かって訊いた。

「どうだね、久しぶりの農芸化学部キャンパスは」

「懐かしくて涙が出ます」

正直に応えると、日向は声をたてて笑った。

「そうだろう、そうだろう。どうだい？　そんなに大学が良ければ、来年度からこの教室に助手として勤めてみんかね？」

日向は冗談とも本気とも分からぬ調子で、いきなりそう愛子を誘った。愛子は一瞬言葉を失う。

「で、でも……日向先生は、今年度限りでご退官でしょ」

「確かに来年三月末で定年だが、月給半分でいいなら、あと二年このままここに残ってよいと学部長から言われてね」

「そうでしたか。お言葉は大変ありがたく存じますが、私には芳賀野村の移住推進という仕事がありますから」

口ではそう言ってみたが、日向の話も悪くはない。妹のひかるも、教室は違うが来年度からこの栃木大学の講師として招聘されることが内定している。

そうなると、職位は妹の方が上ということになるが、別にそんなことを気にしているわけではない。やはり、芳賀野村の移住を推進するというミッションを、途中で投げ出したくはなかった。

「まあ、気が変わったらいつでも言ってくれ。こっちは受け入れる用意をしておくよ」

そんな話を十分ほどした後で、やっぱり愛子の気持ちが変わらなそうだと見て取ると、日向はくるりと話を転換し、本題に持って行った。その辺の、日向のあっさりとしたところが愛子は好きだった。

「で、さっそくだが、先日君が送って来た検体の分析をやってみたよ」

日向はおもむろにソファーから立ち上がると、自分の机まで赴き、そこに置いてあった一束《たば》の文書を持ってまた愛子の元に戻って来た。

そのうちの一枚を指し示しながら、日向は説明を始めた。

それは、多幸村カフェの冷蔵庫にあった塩化ビニル製のボトルに入っていた白い粉を、液体クロマトグラフィーという分析手法で解析した結果を示す、クロマトグラムと呼ばれる図であった。

図は縦軸が物質の存在を示す紫外線吸収ピーク、そして横軸は時間を分単位で示したものである。液体クロマトグラフィーで分離した化合物に紫外線を照射すると、有機化合物がその波長を吸収するので、その度合いを検出器で数値化することによって、そこに物質の存在が証明される。

見ると、図の左側のゼロ時間から線がずっと底辺を右に走り、十分ほど経過してから急に鋭いピークが立ち上がって図の上部まで上り、そしてまたすぐに下がって底辺に落ちていた。そのまま時間が過ぎても、クロマトグラム上にはその一つのピーク以外は何も認められない。

「君も卒論時代に液クロ（液体クロマトグラフィー）分析をさんざんやったから分かるだろう。私はこのピークの紫外線吸収スペクトルも解析したが、これは紛《まぎ》れもなくニコチン酸のピークだ」

愛子は図を見つめたままうなずく。

「きれいな純品ですね」

「そう。混ざり物がないピュアなニコチン酸。恐らくは試薬の会社から購入した高純度の単品だ。ただしニコチン酸自体の値段は、そう高くはないがね」

愛子はクロマトグラムから目を上げ、日向の眼鏡の奥に光る大きな瞳に視線を戻した。いつもはニコニコ笑っているが、研究や分析の話になると急に眼光が鋭くなる。

愛子には、続いていくつか訊きたいことがあった。

「先生。こんなニコチン酸の純品をもし人が摂取したら、どんな薬理反応が起きますか」

日向はしばし両目をぱちくりやっていたが、すぐに応じた。

「そりゃ君、なぁんも起きんよ」

「え、何も？」

「ああ。摂取する量にもよるが、ニコチン酸など、それこそグラム単位でなめたって、どうってこたぁーない」

愛子はさもありなんという顔でうなずく。日向は続けた。

「逆にこれが欠乏すると、ペラグラという病気が起こる。人間は自分の体の中でニコチン酸を生合成することができないので、ニコチン酸を食物から摂取しなくてはならんのだ。もっとも、腸内細菌がそれをいくらか補ってくれるがね。腸内細菌にはニコチン酸を合成する能力があるのだ。

ニコチン酸は糖質、脂質、あるいはタンパク質の代謝や、エネルギー産生など、様々な生体反応に関与しているので、これが欠乏すると人体機能に大きな影響が出る。その代表例がペラグラだ。もっとも、日本人が通常の食事をしていれば、ニコチン酸が欠乏することはまずないがね」

こういう説明になると、日向教授の舌はますます滑《なめ》らかになる。

「ペラグラの症状は、最初に肌に現れる。ニコチン酸欠乏が続くと、肌がピンク色からやけどした時のような赤橙色《あかだいだいいろ》に変わり、その後皮膚表面が剝離《はくり》して皮膚のバリア機能が失われて行く。この状態は、太陽の光などに当たるとますますひどくなるんだ。さらにニコチン酸欠乏が進むと、消化管や精神にも障害を来たすようになる」

愛子の記憶によれば、そのような症状が多幸村村民に当てはまることはなさそうであった。従って、村民にニコチン酸が欠乏しているから、それをコーヒーで補うという考えは除外される。あのスーパーマーケットの赤鬼の様な店主の顔も、ペラグラだから赤いのではなく、あれは持って生まれたものだ。

日向にしゃべらせておいたらその饒舌《じょうぜつ》が延々と続きそうなので、愛子はそこであわてて口を挟んだ。

「先生。念のためもう一度確認したいのですが、ニコチン酸を多めに摂取したとしても、精神に異常をきたすようなことはないのですね」

「それはさっきも言った通りだよ。ない」

教授は断言する。

過日愛子は、多幸村カフェのコーヒー成分を妹のひかるに分析してもらった際、やはり同じような質問をひかるに投げかけたことがあった。だがあの時のひかるの答えも、今の日向教授の返答と同じであった。

2

愛子は話を先に進めた。

「それでは先生。もう一つ、ガラスバイアルビンに入っていた凍結液について、先生のご見解をお教えください」

多幸村カフェの冷蔵庫の白いボトルに入っていた粉末がニコチン酸であることは、愛子の想像の範疇にあった。だがもう一方の凍結液については、何かの培養液であるらしいということの他は、全く見当がついていなかった。

よくぞ訊いてくれたとばかりに、日向は報告書の頁《ページ》を繰り、二つ目の検体の分析結果について解説を始めた。

「そうそう、この凍結液体の正体だが、これは細菌を培養する際に通常用いられる緩衝ペプトン水という液体培地の一種だった。ところがだ。私は、こいつも解凍して、さらに顕微鏡で調べてみたんだが」

日向は、思わせぶりにそこで言葉を切って、愛子の顔色を窺った。こちらもつられて身を乗り出す。

そんな愛子を見て日向はにやりと笑うと、述懐を続けた。

「そこには小さな丸い細胞が無数に見つかった。その多くは、ブドウの房のように数十個が集まって、コロニーを作っていた。ひとつ一つの細胞は、一マイクロメーターからせいぜい数マイクロメーターの大きさで、明らかに人の細胞ではない。人の細胞はもっともっと大きいからな。

そこで私はそれが細菌細胞ではないかと見当をつけて、グラム染色してみた。すると結果は陽性だった。つまりそれは、『グラム陽性細菌』だったのだ。そこでその菌が、大腸菌などの腸内細菌ではなく、細胞壁をもった球菌である可能性が高まった。

最後に、その液体を寒天培地上で培養し、より大きなコロニーを形成させて詳しく調べたところ、それは鼻腔《びこう》内や口腔に良くいるブドウ球菌類だということが分かったのだ」

「どうだい、大したものだろう」という仕草で腕を組むと、日向は不敵な笑いを浮かべながら、上目遣いに愛子を見た。

グラム染色とは、細菌を色素で染めてその性状を調べる細菌学的研究手法のひとつで、細胞膜のさらに外側を覆っている細胞壁という構造が、この色素で染まりやすい。

「ブドウ球菌？」

愛子が日向の言葉を拾って訊ねると、日向はゆっくりとうなずいた。

「ブドウ球菌属の中では、抗生物質耐性の黄色ブドウ球菌であるメチシリン耐性黄色ブドウ球菌すなわちＭＲＳＡが一般には有名だが、そのＭＲＳＡも含め、ブドウ球菌属の多くは人の口腔内や鼻腔内に常在している細菌なのだ。

ブドウ球菌属が宿主であるヒトに病原性を示すことは普通ないが、その人が風邪をひいたり免疫力が落ちていたりすると、ブドウ球菌は宿主の鼻腔や口腔を中心として日和見的に増え、病原性を示すことがある。ＭＲＳＡが肺炎を引き起こすと、効く薬が少なくて命にかかわるので、決して侮れんがね」

「先生。このバイアルビンは、多幸村カフェの冷凍庫の中に二十本ほど冷凍保存されていました。そしてその隣の冷蔵庫には、先ほどのニコチン酸が入ったビール缶ほどの大きさの塩ビ製ボトルが十本保存されていたのです。これらは一体何の目的に使われたと先生はお考えですか」

「そりゃ分からん」

教授は目を丸くして、即言い放った。

「愛子君、どうだね。そのあたりのことをもう少し詳しく私に話してみんか」

日向は、また落ちかけた眼鏡の端を持って位置を直すと、眉根を寄せて続ける。

「多幸村といえば、あの雪の密室殺人事件が起きたところだ。あの事件には、私もすこぶる関心がある。まるでミステリー小説に出て来るような不思議な事件だからな。

君が私に分析を依頼したこれらニコチン酸とブドウ球菌が、多幸村の殺人事件とどう関係があるのかあるいは関係がないのか、今のところは分からん。だがいずれにしても、この分析結果から何かを推理するには、私がこれまで君から電話で得た情報だけでは不十分だ」

確かにまだ愛子は日向教授に対して、多幸村の事件に関することや自分が村を訪問して入手した情報のうちの一部しか、説明してはいなかった。

教授からの要請もあり、そこで愛子は、自分が最初に多幸村を訪問した時のことから、殺人事件の現場となった村役場の事務室の内部構造、さらには二度目の多幸村訪問で得た情報や、つい二日前に黒っぽい車に襲われたことまでを、丹念に語って聞かせた。

日向教授は、時折「ふんふん」とか「ホホウ」とか合いの手を入れながら、表情豊かに愛子の話を傾聴していた。

だが愛子がすっかり説明を終えると、日向は、

「この事件に関してマスコミを通じて世に明らかにされている情報と、今君から得た情報を重

ね合わせてみると、私にはいくつかの疑問点と共に事件の謎を解く鍵も見えて来たぞ」

と前置きしてから、まるで教壇上で講義を始めるような得意満面の口調で続けた。

「進藤氏殺害事件の犯人の動機と多幸村村民の幸福の謎との関係はさておき、まずは雪の中の二重密室と化した役場事務室に進藤氏がどうやって戻って来られたか、また進藤氏殺害犯はどのようにして現場に出入りできたかについて、一つの可能性を考えてみたい。

そこで一つ君に確認しておきたいことがある」

「何でしょうか」

「君の説明で、役場敷地内の建物の配置や役場内の構造などは分かった。私が聞きたいのは、役場の敷地に隣接する土地で、特に南北側がどうなっていたのかを思い出してほしい。そこに何か搭の類の建造物があったり、高い樹木が生えていたりしなかっただろうか」

唐突な質問に、愛子は目を見開く。

「さあ……」

続いて愛子は、日向から壁の方に視線を移し、役場周辺の様子を思い出そうとした。

あれは、前回多幸村を訪問した時のことだ。事件が起きてからしばらく経っていたが、現場に赴いた際、桂木巡査が表門で監視している間、愛子は役場の周りを歩いて一周してみた。その時の情景が段々とよみがえって来る。

「……役場のすぐ南側は畑で、建物や樹木などはありません。西側も何もなくて見通しが良く、裏門から少し離れたところに一軒の居酒屋が見えます。一方北側ですが、そこには雑木林があり、確かに役場の塀に隣接したあたりに何本か高い木がありました」

記憶をたどりながら愛子がとぎれとぎれに説明すると、日向は我が意を得たりという様子で不敵な笑いを見せた。

「とすれば、例えばだが、犯人は長い頑丈なロープの一端をその北側の比較的高い樹木の幹にしっかりと結び付け、ロープの他端をドローンに結んで役場の北側から南側の畑の方角に向かって飛ばすのだ。するとロープは北側の樹木の幹から平屋の役場の屋根をまたいで南側の土地にまで行きわたる。役場に隣接する南側の畑でドローンを待っていた犯人は、そこでドローンを着地させると、ロープの他端を役場の塀か何かにしっかりと縛り付ける」

その説明に驚き、愛子は言葉も出せずに日向を凝視した。

「進藤氏の遺体を、滑車を括《くく》りつけた別のロープで結わえ、続いて北側の高い樹木の幹から役場の屋根にかけて張ったロープを伝うように、遺体をぶら下げた滑車を降ろし、遺体を役場の建物の近くにまで移動させる。君の話からすると進藤氏は小柄な人だったというから、犯人がちょっと力のある人物だったら、そのように遺体を扱うことも可能だったかもしれない。そうして遺体を役場の建物付近まで届けた後、犯人も後を追うようにそのロープに両手でぶら下がって役場の建物まで空中移動し、建物脇に降り立つ」

日向はそこでまた愛子の顔色を窺った。愛子は相変わらず驚愕に目を広げたまま、無言で日向を見つめている。そこで日向は勝ち誇ったように声を高めた。

「犯人が、役場の玄関の合《あ》い鍵《かぎ》さえ事前に作製していれば、後はその合い鍵で玄関から役場内に侵入し、警備員室に入って事務室のドアの鍵を持ち出せる」

だが愛子はすかさず指摘した。

「でも先生。警備員室には、その夜宿直だった警備員の谷合さんがいました」

「分かっておる。そこはぬかりのない犯人だ。仮にだが、犯人が役場の職員の一人であったとすれば、その人物は役場から帰る際、警備員の谷合氏に睡眠薬を渡すこともできた。

例えばインスタントコーヒーの粉の中に睡眠薬を混ぜて警備員に渡すとか、睡眠薬入りの健康ドリンクを渡すとか、いろいろ方法はあるだろう。『当直ご苦労様です。これを飲んで元気をつけてください』とかなんとか言って渡せば、警備員も疑わない。

こうして警備員がそれを飲んでぐっすり寝込んでいる隙《すき》に、犯人は事務室の鍵を警備員室から持ち出し、それで事務室のドアを解錠した。進藤氏の遺体を玄関から事務室内に運び入れると、すぐさま部屋を出て入り口ドアを施錠した。

鍵は警備員室に戻し、玄関の鍵は自分で持って来た合い鍵で施錠すると、役場の屋根に張ったロープを伝って北側の樹木まで戻る。最後に南側の塀に縛り付けたロープの一端を外し、またそれをドローンに結び付けて北側の樹木のあたりにまで飛ばすと、ドローン、ロープ、そして滑車を全て持ち去る。

こうした手順で進藤氏の遺体を役場の事務室内に運べば、役場敷地内には誰の足跡も一切付かない」

日向は説明を終えると、「どうかね」と言って、再度愛子の顔をのぞき込んだ。

「先生。犯人は、本当にそうやってあの雪の二重密室殺人現場を作り上げたとおっしゃるのですか」

驚愕の心中を隠すことなく愛子がやや興奮気味に訊ねると、日向はいきなり身を反《そ》らし、

「わっはっははは……」

と高らかに声をあげて笑った。日向は続ける。

「これは例えばの話だ。私は可能性を言っておる。魔法のような雪の密室殺人事件も、そんな風にサイエンスで説明をつければきっと何のこたぁない、ということを私は言いたいのだ」

憮然として黙っていると、日向は言葉を付け足す。

「だがそうやってサイエンスで説明をつけられるのはそこまでだ。なんで犯人はそんなばかげたことをやったのか。雪の上に足跡を残したくなかったのはなぜか。なぜ進藤氏の遺体を事務室に戻しておく必要があったのか。そして、なぜ犯人は進藤氏を殺害せねばならなかったのか……。

これら四つの『なぜ』は、サイエンスでは解決できん。事件の背景や犯人の人間関係、あるいはその裏にある特別な事情を推理せねば分からんのだ」

「先生の中では、その答えは出ていると？」

愛子が結論を急ぐと、日向は急に真面目な顔になった。

「早まるでない。いつも言っておるだろう。研究もそうだ。結論を急ぐとろくなことはない。

繰り返すが、今私が述べた説明は、あくまで一つの可能性であって結論ではない」

少し言葉を切ってから、ごくりと生唾《なまつば》を飲み込んだ教授は、声をひそめると言った。

「愛子君。君は大変な事件の渦中に入り込んでしまったようだな」

「は……？」

日向の言うことが分からず訊ね返すと、日向は肘掛け椅子からぶらぶらさせていた両足のつま先をやっとこさ床に届かせて足を落ち着けてから、眼光鋭く愛子をにらんだ。

「私の考えでは、進藤氏殺害事件と多幸村村民の幸福の謎との間には重大な関連がある。そしてそこにニコチン酸とブドウ球菌が必ず絡んでいる」

教授の態度がこれまでになく真剣なので、愛子もちょっと驚いた。

「本当ですか。先生は本当にそうお思いですか」

だがその問いには答えず、日向は愛子をにらみながら続けた。

「君はしばらく芳賀野村を動かずそこで待機していなさい」

唐突な日向の提言に、理由を問おうとしたが、教授の言葉には有無を言わせぬものがあった。それを真摯《しんし》に受け止めた愛子は、

「……わかりました」

と仕方なく応えて、かつての師を見やった。日向はさらに言った。

「何かあったらすぐ私に連絡しなさい。あ、それからこのブドウ球菌が入った液体の方だが」

教授は報告書をちらと見てから、また愛子に向き直った。

「遺伝子解析をしてみようと思う」

「遺伝子解析を、ですか？」

おうむ返しに訊ねると、日向はそこでようやくにっこりと笑った。

「そう。何が出て来るか楽しみだとは思わんかね」

3

懐かしい大学のキャンパスを出てからも、日向教授の言葉が頭から離れなかった。

「進藤氏殺害事件と多幸村村民の幸福の謎との間には重大な関連がある。そしてそこにニコチン酸とブドウ球菌が必ず絡んでいる」

愛子自身、多幸村に入ると危険を感じないわけではなかった。しかし教授にああ言われてみると、事態の逼迫度がより身近に感じられた。

誰かに何かを強要されると、必ずそれに反感を持つのが愛子の悪い癖《くせ》だが、なぜか日向の言うことは素直に自身の中に落とし込めてしまう。いつもはちゃらんぽらんな感じで接して来る教授には親しみさえ湧くのだが、いざ彼が論理を語る時、サイエンスをベースとしたその説得力には圧倒され、得心してしまうのだ。

愛子が日向教授に初めて出会ったのは、彼女が栃木大学農芸化学部の三年生の時であった。

「植物遺伝子改変学特論」という選択科目講義を教授が担当し、その第一回目の授業を教室の一番前で聴いた時、あのインパクトのあるあくの強い日向教授が愛子の目の前に登壇したという訳である。

教授の印象が愛子の記憶に強力に焼き付けられた理由には、彼の極めて個性的なキャラクターのみならず、その最初の講義のイントロダクションで彼が述べたことに激しい感嘆と共感を覚えた、ということが挙げられる。

講義の冒頭で日向はこんな風に述べた。

「科学上の重大な発見の過程は、ミステリー小説のストーリー展開に似ている。自然界から突き付けられた謎に対し、科学者はその謎の背景に潜むからくりを推理する。そして推理だけではなく、実際に実験研究や数学的データ解析法を用いて謎を科学的に解析し、背景にあるメカニズムを解き明かす。

ミステリー小説でも、まず冒頭に不可解かつ魅力的な謎が出て来て、探偵役が物的証拠や傍証を集めながら、科学的根拠に基づいてその謎を推理・解決し、謎のからくりやそれを仕掛けた犯人を指摘する。

つまり私に言わせれば、科学者は名探偵なのだ。どうだ諸君。四年生になったら、私の教室に来てサイエンスの名探偵にならんか」

先ほど教授室で愛子に力説していた日向の言葉は、

「自分だって科学者であり名探偵なのだ。この世に起こる不可思議な現象を、サイエンスが解き明かせぬはずはない。多幸村で起こった諸々《もろもろ》の事件の謎の解明は、数々の経験を積んだサイエンティストであるこの自分に任せてみなさい」

と語っているようだ。そしてそんな教授のメッセージを、今愛子は信じる気持ちになってい
た。

芳賀野村へ帰る途中のバスに揺られながら、愛子は再び多幸村での出来事を思い返してみ
た。

先日幸連館近くの村道で愛子を襲った車は、黒っぽいセダン型であった。車名はおろか車種にも詳しくない愛子だが、多幸村では同じような車を何台か見かけている。

一番初めに黒い車を見たのは、村長の家を訪問した時だ。村長の家の母屋から離れたところには、黒塗りのセダン型高級車が一台停まっていた。あの時村長の家には大豆生田助役もいた。次に、診療所に久保田医師を訪問した時にも、そこにダークグレイのセダン車が停まっていた。日も落ちた村道であの車を見れば、黒っぽい色に見えたかもしれない。また多幸村カフェを訪れた際、愛子は道端の駐車場に停まっている一台の黒っぽい車を見ている。

こうして愛子の脳裏には、四人の人物の顔が浮かんだ。岩目地村長、大豆生田助役、久保田医師、そして多幸村カフェの進藤真翔……。

この四人のうちの誰かが、あの時車で愛子を襲ったのだろうか。何のために？　それは、愛子が多幸村の人々の幸福の裏に潜む秘密を嗅《か》ぎ出《だ》そうとしたから、という理由以外には考えようがない。

だが待てよ、と思い直す。

襲われた際、愛子が車の特徴やナンバーの一部などを覚えている可能性もある。そうすれば周辺の捜査によって車の持ち主が割れ、捜査の手はすぐに犯人に及ぶであろう。実際には愛子は車のことに詳しくなかったので、犯行の車が特定されることはなかったのだが。

してみれば、こうした危険性を考慮すると、犯人はレンタカーで愛子を襲った可能性が高い。レンタカーなら愛子がナンバーを正確に覚えていない限り、その車を誰がどの県のどのレンタカー会社で借りたのか皆目分からないであろう。

一方、犯人が盗難車を使った可能性もゼロではない。だが盗難車はそう容易に入手できるものではないし、盗難車が犯行に使われたことを警察組織が疑えば、その盗難事件を調べることによって、襲撃犯の特定も可能となる。これは犯人にとって極めて危ない道だ。

このように推理を巡らせて行くと、愛子を襲った犯人を車の情報から割り出すのは、ほぼ不可能と思われた。

「では、村役場の進藤二三代はなぜ殺されたのだろう」

心地良いバスの揺れに身を任せながら、推理は次の問題へと移る。

脅迫めいた警告状を送りつけ、崖から岩を落とし、そして暴走車で愛子の命を狙った犯人は、進藤二三代を殺害した犯人と同一人物なのだろうか。

そこで改めて進藤殺害犯の動機を考えてみる。

殺人の動機には、金、恋愛、恨み、嫉妬《しっと》、恐喝あるいはそれらが複数絡む背景が考えられる。それらを進藤二三代に当てはめてみると、まず金銭面から考えられる背景には、役場職員の立場を利用した村予算の横領が挙げられよう。

例えば、進藤には男がいて、その男に貢ぐために村の金を横領していたとする。だがそのことを隠し切れなくなり、男に打ち明けたところ、男は進藤さえいなくなれば村役場から流れた金の行方は分からず進藤一人に罪をかぶせることができるかもしれない、と考える。その場合進藤とその男との間には、世間には公表できない男女の関係があった。

一方、進藤二三代はあまり人に好かれる性格ではなさそうなことから、些細なことで他人から恨みを買っていたかもしれない。そんなことがいくつかあって、恨みの重積が殺意へと推移して行かなかっただろうか。もしかしたらそこにも、男女関係のすれ違いがあったのではないか。

岩目地村長、大豆生田助役、久保田医師、そして進藤真翔……。

ふと愛子の脳裏には、さっき思い描いた四人の男たちの顔が、次々に浮かんでは消えた。

だが進藤真翔はそこから除外できそうだ。

進藤二三代は真翔の母親であり、当の真翔も二三代の移住にわざわざ付いて来たくらいだから、彼は母親思いの息子に違いない。そんな息子が実の母親を殺すとは考えにくい。

すると残りの三人のうちの誰かが進藤を殺害し、さらに村の秘密を解き明かそうとしている愛子を襲ったのだろうか。しかしながら、さっき愛子が考えたように、彼女を襲った黒っぽい車がもしレンタカーであったとすれば、犯人はこの四人に限られたことではなくなる。

ところで、進藤が殺害された時間帯に、村役場は降り積もった雪に覆われた陸の孤島のような状態になっていた。犯人はそこに足跡を残さぬまま役場事務所に出入りし、進藤を殺害した。そんなことが本当に可能なのか。

役場の西側にぽつんと一軒ある居酒屋からは、役場の裏門や裏口が一目で見渡せる。

日向教授は、一つの可能性として犯人がドローンを使って役場の北側から南側にロープを張ったのではないかと言っていた。だが一方で愛子も、日向とは別の可能性を独自に考えていた。

あの晩犯人は、まだ雪が降り止む前に役場の西側の裏門から敷地内に侵入し、そして裏口から役場の事務室内に入った、とは考えられないだろうか。

その時付いた犯人の足跡は、その後に降った雪で消された。こうして犯人は、事務室内で進藤を殺害し、そして役場から逃げ去った……

だがそこで矛盾が生じる。

というのは、役場の警備員の谷合が、役場を去って行く進藤二三代の姿を見送ったのは、雪が降り止んだ後だったと証言しているからだ。その後進藤がどのようにして役場の事務室に戻って来たかは、犯人の侵入逃走経路と同様全くの謎である。一方で日向教授の語った雪の中の密室形成に至る仮説は、そこをうまく説明していた。

あの晩、居酒屋では急病人が出て、そこへ桂木巡査と久保田医師が駆けつけているが、彼らも役場に出入りする人物の姿を見ていない。

謎はまだあった。

切り通しの崖から墜落死した独居老人や、溜め池で溺死した暁美という少女の死の背景に何があったのか。そして進藤二三代が多幸村カフェの冷蔵庫と冷凍庫に保存していた、ニコチン酸とブドウ球菌の謎……

これらの謎は、どこかで一つに繋がっているのだろうか。あるいは皆バラバラに偶然起きた出来事なのか。日向教授はそこに当然関連がある旨明言していたが、今の愛子にはその根拠が全く分からなかった。

そうしてバスの中で西日を浴びながら、いつの間にか愛子はうとうととしてしまい、気が付くともうすっかり陽も落ちていた。

間もなくバスは、芳賀野村のバス停に停まった。

4

十二月二十七日、芳賀野村役場は暮れの休みに入っていた。

母の病気の様子も安定していて、愛子はその日自分の家で香を絶やすことなく、最愛の夫や息子の遺影と共に過ごした。大みそかと正月三が日は実家に行って、母と一緒にいる予定である。

日向教授からはまだ連絡がなかったが、日向は別れ際に、

「ブドウ球菌の遺伝子解析の結果が出たら、こっちから連絡する」

と言っていた。

気まぐれな教授のことだからいつになるやらと、愛子は気長に待つことにした。

一方、多幸村カフェの進藤真翔のことはずっと愛子の中にあった。

カフェの冷蔵庫と冷凍庫に保管されていた進藤二三代の遺品。その正体が何なのかは、日向教授のお陰で大方明らかとなった。

だが、進藤二三代が何のためにそんなものを村に持ち込んだのかは、全く不明であった。

愛子はスマホで真翔に電話してみた。真翔はすぐに出た。

「もしもし真翔さん。その節はどうも」

「雨貝さん。母が僕のカフェの冷蔵庫と冷凍庫に置いて行った例の遺品の正体は、何かわかりましたか」

真翔は挨拶もそこそこに、いきなり訊ねた。やはり彼も、その件がずっと気になっていたものとみえる。

「ええ、そのことだけれど……」

愛子は、冷蔵庫に入っていたボトルの中身の白い粉の正体がニコチン酸であること、および冷凍庫に入っていたバイアルビンの凍結液が、ブドウ球菌の懸濁液であったことを告げた。

説明をじっと聞いていた真翔は、やがて愛子に訊ねた。

「それらは一体何の役に立つのでしょうか。母は何のために、そんなものを僕に預けたのでしょう」

「それは……」

真翔のその質問に対する答えは、愛子にもなかった。しばし口を噤んでいると、真翔は確認するように言った。

「ニコチン酸って、通常のコーヒーにも含まれている成分ですよね。母は、それをコーヒーに少し混ぜてお客さんにお出しするよう、僕に勧めていたわけですね」

「ええそういうことになるわね。ただ、それを分析してくれた日向教授という私の大学時代の恩師が言うには、人がニコチン酸を多少多めに摂取したからといっても、別にどうってことはなく体には何も起こらないって」

「そうですか……」

そこでまた会話が途切れた。

愛子が、日向教授の言ったことを思い返していると、やがて沈黙の堰《せき》を切ったように真翔が話し出した。

「雨貝さん。ところで、僕の方からも一つご報告があります。実は、先日僕の家に空き巣が入りました。特に母の部屋が一番ひどく荒らされていたのです。母の遺品や持ち物などがあれこれと物色されていました」

「空き巣？　それ、ほんとなの……」

愛子は絶句する。

「ええ。僕がカフェの仕事で家を留守にしている間にやられたようです」

「それで、何か盗まれたものは？」

「分かりません。僕も、母の持ち物を普段詳しくチェックしていた訳ではありませんから」

「警察には連絡したの」

「もちろんです」

「そう。それは大変だったわね。警察は何か言っていなかった？」

「何かって？」

「空き巣と、お母さんを殺した犯人との関係とか」

「え？　まさか……」

確かにその考えは、ちょっと飛躍し過ぎているかもしれない。だが愛子には思い当たることがあった。

「で、空き巣はまだ捕まっていないの」

「警察が捜査しているみたいだけど、まだ捕まらないらしいです」

「そう。あなたも気を付けてね」

「僕も？　どういうことですか」

だが愛子は、真翔のその問いに応じることなく、間もなく電話を切った。

まだはっきりと他人に告げられるわけではないが、愛子の推理はこうである。

すなわち進藤二三代を殺した犯人は、自分の地位等が脅かされるような何か重大な秘密を進藤に握られていた。もしかしたら進藤は、その秘密をネタに犯人を脅迫していたかもしれない。

多幸村への二度目の訪問の際、愛子は役場の近くで、長野県警の羽崎警部補と熊田刑事に進藤の身辺について訊かれた。その際、羽崎は進藤の金回りや男関係などについて、愛子に訊ねていた。

そのことから推察しても、恐らく進藤には、そういった世間に対して公表できない関係を持った人物がいたのだ。そして進藤は、その人物との間に取り交わしていた不正な関係の証拠となるような何か、例えば手紙、密約書、証書等《など》の類を所持していた。

進藤は、何かの折にそういった証拠物品を明るみに出すと犯人を脅し、犯人から金をせしめていた。そのために、結局進藤の口を塞ごうとした犯人に殺されてしまった。

犯人は進藤を殺害した後も、進藤が隠し持っていると思われる証拠の物品を探し出し、始末しようとしていた。進藤の家に空き巣に入ったのは、恐らくそういった物的証拠を探し出して抹消《まっしょう》するためだ。

だが空き巣の犯人が、進藤の家で目当てのものを発見できなかったとしたら、どうしてもそれを入手しようとさらに真翔まで狙うかもしれない。「あなたも気を付けてね」と愛子が言ったのは、そういう意味であった。

一方の愛子は、そうした進藤の事情とは関係なく、多幸村村民の幸福の秘密を探りに村で聞き取りを続けていた。だが進藤殺害犯はそれを勘違いし、愛子が、犯人と進藤との関係や犯人の秘密を探りに来たと考えた。愛子に警告状が送り付けられたのも、そういった背景から進藤殺害犯が為したことだったのではないか。

犯人が雪の中の二重密室で進藤を殺害した方法はまだ分からないが、以上のような推理が成立すると考えた愛子は、自身の推理の検証を行うと共に、まだ繋がっていない部分の穴を埋めるべく、さらに思考に耽った。

5

ところが、翌日の朝刊に載った記事の見出しを見て、愛子は驚いた。

「多幸村役場職員殺害事件の容疑者逮捕――」

記事は続いた。

「十二月二十七日午後、多幸村役場職員殺害事件捜査本部は、同職員進藤二三代さん（四十三）が殺害された事件に関ったとして、多幸村診療所医師久保田清一（六十七）を逮捕した、と発表した。警察は、久保田容疑者の認否を明らかにしていない。

捜査班は、進藤さんが殺害された背景に、久保田容疑者が勤める多幸村診療所のジェネリック医薬品購入をめぐって、村役場の職員である進藤さんと久保田容疑者との間に何らかのトラブルがあったものとみて、さらに捜査を進めている……」

「久保田先生」

新聞の紙面をにらみながら、愛子はひとり呟いた。同時に、丸顔で髪が薄く鼻の下に髭を生やした、どこか生気のない久保田老医師の顔が浮かんだ。

「真犯人は、久保田先生だった……？　では、先日進藤二三代さんの家に空き巣に入った犯人も、久保田先生だったのかしら」

愛子は感慨に沈む。

これまで進めて来た愛子の推理の中に、久保田医師の存在が抜けていたわけではなかった。だが、もし久保田が犯人だとしても、愛子の思考の中ではその動機が繋がっていなかったのだ。

ジェネリック医薬品会社の永島製薬と久保田医師との関係には、何か特別なものがあると愛子もにらんでいた。また診療所は村立であるが故、医療機器や医薬品の購入には村役場も関係しているに違いない。そこに進藤が絡んでいる可能性がある。だがそれらを結びつける証拠は何もなかった。一方警察は、恐らくそのあたりのこともすでに検証済みなのであろう。

愛子の二度目の多幸村訪問の際、診療所には、久保田医師所有と思われる黒っぽい車があった。そういえば、愛子が村道で黒っぽい車に狙われたのも、診療所の近くである。あの車で愛子を襲ったのも、久保田医師だったのだろうか。

あの時、運転席にいた者の姿はほんの一瞬しか捉えることはできなかったので、それが久保田医師であったか否かの確証はない。車のナンバーを覚えていれば、それを久保田医師の自家用車のナンバーと照合することもできたであろう。またそれがレンタカーだったとしても、運輸支局や自動車検査登録事務所にナンバーを問い合わせればレンタカー会社が判明し、車の使用者も割れる。だがあの時は咄嗟のことだったので、長野ナンバーの「わ」、というところまでしか愛子は見ていなかった。

一方報道は、久保田医師がどのようにして雪の中の密室と化した役場の事務室に侵入し、またどうやって雪の上に足跡も残さず役場を去って行ったのかについては、一切触れていなかった。

密室殺人のカラクリが解けぬままでは、事件は終わらないのではないか。警察はその部分の捜査をどこまで進めているのだろうか。

愛子の思考がそのあたりを彷徨っている時、スマホが着信のコール音を発した。すぐに出てみると、元気のいい声が聞こえて来た。

「おーう愛子君か。私だよ、日向だ」

名乗らなくても独特の声でわかるし、第一スマホに登録されているのだから電話に出る前に画面を見れば相手が誰だかわかる。

だが日向はそんなことは全く意に介さず、マイペースで話し続ける。

「新聞見たか？　私もびっくりした。まさか警察が診療所の医師を逮捕するとはな。まあ、先日君から事件の大まかな説明を受けた後、私も独自に事件の真相をあれこれと考えてみたんだよ。だが久保田医師が犯人だったという結末は、どうも合点《がてん》がいかない」

「どう合点がいかないのですか」

すかさず訊ねると、日向は、

「ふむ、まあそのことはとりあえず置いておくとして……」

と話題を変えると、続けた。

「それより、先日君から話のあった、例の多幸村カフェの冷凍庫で保管されていたブドウ球菌の遺伝子解析だがね」

そのことは愛子もすこぶる気になっていた。

「何かわかりましたか」

声をはずませ訊ねる。

「うむ。年末にかけて仕事が立て込んでいたので、やっつけるのに少々時間を喰《く》っちまったが、つい今朝がた結果が出た」

「で、どうだったのですか」

気持ちが先走った愛子が話の先を促すと、日向には珍しく、電話口で続きの説明を躊躇する気配が感じられた。

「電話では何だから、君また大学まで来られんかね」

暮れも押し迫っていたが、もとより愛子は休日をもて余していたので、二つ返事でそれを受け入れた。

「では明日の午後二時、研究室で待っている」

言い残すと、日向は電話を切った。


翌日は晴天であった。

宇都宮駅前で餃子《ぎょうざ》定食の昼食を摂った愛子は、続いて大学行きのバスに乗った。そうして空いているバスに揺られること三十分余。愛子は再び、栃木大学農芸化学部キャンパスまでやって来た。

銀杏並木を通ってレンガ造りの校舎のエントランスをくぐり、さらに階段を上って廊下を進むと、農芸化学部キャンパス四階の西端までたどり着く。

日向はいつものように、分子食物化学教室の教授室の奥にある、大きなデスクの向こう側から立ち上がって愛子を迎え入れた。

「いつ来ても、大学はいいですね」

そんな感慨に耽るような言葉を漏らし、教授室から見える外の銀杏並木にぼんやり目をやっていると、

「今日は挨拶は抜きだ。そら、早くそっちに座らんか」

と、日向に着席を急き立てられた。

小さな丸っこい体を先にソファーにうずめた日向の手には、Ａ４大の用紙が何枚か摑まれていた。

促されて愛子も、この間来た時と同じ日向の対面のソファーに掛ける。それを待つのももど

かしそうに、日向は手に持っていた用紙を、愛子に向けてテーブルの上にずいと差し出した。

「愛子君。私も驚いた。このブドウ球菌には、とんでもない秘密が隠されていたよ」

言って日向は、じっと愛子の顔を見つめると、眼鏡の奥に眼光を輝かせてにやりと笑った。

第七章　幸せの真相

I

「実は、このブドウ球菌体から、細菌が持ってるはずのないプラスミド遺伝子が見つかったのだ」

「細菌が、持っているはずのない、プラスミド遺伝子……」

愛子は、教授の言葉を繰り返した。

プラスミドとは、細菌に特有の、ある限られた大きさしかない、染色体以外のＤＮＡ配列をいう。

一つのプラスミドの中には、通常一つ以上の遺伝情報が組み込まれており、さらにこの遺伝情報は細菌細胞が分裂増殖する際、複製されて娘細胞《じょうさいぼう》へと遺伝して行く。またプラスミドは、細菌細胞同士でも譲受され、遺伝情報の伝達や情報交換にも使われる。

例えば、抗生物質耐性の遺伝情報を含むプラスミドを持った細菌細胞が、抗生物質に耐性のない別の細菌細胞と接触してこのプラスミドを渡すことにより、抗生物質耐性が伝授される。一方、ヒトの細胞には、プラスミドはない。

「そう。私は、君から預かった凍結検体中に懸濁していた当該ブドウ球菌の遺伝子解析結果から、そのプラスミド遺伝子がコードするアミノ酸配列を辿ってみた。それがこれだ」

日向は、もう一枚のA4紙に印刷された、次のようなアルファベット文字列を愛子に提示した。

Tyr-Gly-Gly-Phe-Met-Thr-Ser-Glu-Lys-Ser-Gln-Thr-Pro-Leu-Val-Thr-Leu-Phe-Lys-Asn-Ala-Ile-Ile-Lys-Asn-Ala-Tyr-Lys-Lys-Gly-Glu

「こ、これは……」

「わかるかね」

「二、四、六、八……ええと、……アミノ酸三十一個のペプチド、ですね」

ペプチドとは、アミノ酸がペプチド結合により数個ないし数十個つながった、タンパク質よりは短い分子をいう。

教授が示したペプチドの内、アルファベット三文字は、それぞれ一つのアミノ酸を表している。例えばTyrはチロシン（tyrosine）、Glyはグリシン（glycine）という風に、各アミノ酸の英語表記のうち、頭文字以下三文字でアミノ酸を表すのが生物学の習いだ。

日向が示したアミノ酸配列には、合計三十一個のアミノ酸が慣例表記上「-《ハイフン》」で結ばれて並んでいた。このハイフンは、アミノ酸とアミノ酸の間がペプチド結合により化学的に繋がっていることを示している。

「それくらいは誰だって、数えればわかる」

教授は軽蔑《けいべつ》したように言うと、

「何という名のペプチドかと訊いているのだ」

と畳みかける。

「まるで試験ですね」

愛子は苦笑していたが、日向は突き放した。

「私の授業で習ったはずだ」

「すみません。私、先生の試験は落第点でしたから。じらさないで教えてください」

「わっはっはは……」

日向は、いじめを楽しんだかのようにいきなり声を出して笑うと、答えを言った。

「β－エンドルフィンだよ」

「β－エンドルフィン？」

愛子はまたオウム返しに訊ねた。

「あの内因性オピオイドと呼ばれる神経ペプチドの、ですか？」

日向はうなずき、説明を継ぎ足す。

「β－エンドルフィンは、中枢神経系と末梢神経系の両方のニューロンで見られる内因性オピオイドの神経ペプチドで、脳内麻薬とも呼ばれている。脳内のオピオイド受容体と呼ばれる部分に結合して作用を示すのだが、モルヒネと比べて鎮痛剤としての作用が約六・五倍強く、激しい運動の際のβ－エンドルフィンの放出は、『ランナーズハイ』として知られている。

人間は、生きて行く中で精神的にも肉体的にも苦しい時があるものだ。そんな時心や体の苦しみや痛みを和らげ、我々に多幸感すら与えるのがこの脳内麻薬の役割なんだ」

「そんなものが、なぜブドウ球菌の中から……」

愛子は茫然《ぼうぜん》として訊き返した。

「もちろんブドウ球菌がこの遺伝情報を自然に獲得できるものではない。つまりこれは、細菌が持っているはずのないプラスミド遺伝子なのだ」

「ではもしや……誰かが、人為的にこの菌を作ったと、先生はおっしゃるのですか」

「そうとしか考えられん。いいかね……」

日向の舌は、段々と滑らかになって行く。

「プラスミドとは、細菌が独特に有する小さな遺伝情報だが、これを人為的に作製し細菌細胞に導入することも可能なのだ。もちろんそれがヒトの遺伝子であっても、バイオテクノロジーの技術で簡単にできる。

例えば大腸菌にヒトのインスリン遺伝子を導入し、大量のインスリンを大腸菌に作らせることも可能だ。インスリンの代わりにそれがβ－エンドルフィンであってもしかり。

β－エンドルフィン遺伝子を導入すれば、細菌細胞の中でそれがメッセンジャーRNAに転写され、さらにペプチドのβ－エンドルフィンへと翻訳されて行く。β－エンドルフィンはさっき君が答えたように、アミノ酸が三十一個つながったペプチドだ。

むろん、遺伝子を導入する細胞は、大腸菌でなくともブドウ球菌でもできる。そしてプラスミド遺伝子は、細菌が細胞分裂して増える時に娘細胞に遺伝するので、その細菌が消滅しない限りずっと継承されて行くのだ」

ＤＮＡの遺伝情報をペプチドやタンパク質に伝達する過程、いわゆるセントラルドグマは、愛子も高校、大学時代に習ったことがある。日向の言うことは理解できたが、愛子はそこで一つ素朴な質問を挟んだ。

「先生。では、このブドウ球菌に感染した人はどうなるんですか」

「そりゃあ君……」

日向は右手の人差し指を突き出して愛子の顔に向けながら、

「ブドウ球菌が産生したβ－エンドルフィンの作用で、とっても幸せな気分に浸れるだろうな」

「それだわ！」

愛子は思わず叫んだ。

「やっと解決の道が開けました」

愛子は日向に向かって笑顔を見せた。

「確かに……」

教授は続けた。

「こいつに感染すれば、その人の鼻腔や口腔内にこの細菌が居つき、そこで増殖する。その時に多量のβ－エンドルフィンが細菌細胞の外に分泌され、それが感染者の粘膜から吸収されて血中に入り、脳にも到達する。そしてこの上ない多幸感をその人に与える。

だが、君の言うには、多幸村の人たちはほとんどが皆幸せそうな顔をしているということだったな。この種のブドウ球菌が病原性を示すことはめったにないし、人から人へと感染することも、濃厚接触者でない限り普通はない。つまりどうやって村人たち全般にこの菌が広がったのか、私にはわからん」

それに対し、愛子には一つの考えがあった。

「先生、こういうのはどうかしら」

愛子は、多幸村で聞き取り調査して得た情報を思い出しながら述懐する。

「多幸村に移住者が越して来ると、村人が集まって歓迎会を催すようなのです。そこで出される料理は、村人が家で作って持ち寄ったものだということでした。村人の誰かが、その料理の中にこのブドウ球菌の濃厚培養液を混ぜて、移住して来た人たちや他の村人たちに食べさせたとしたら」

「うむ……」

日向は、おもむろに両腕を組んで唸った。

「ないとはいえん。ブドウ球菌は煮沸すれば死滅するが、ある程度冷めた料理に混ぜれば、料理の中でも増殖するし、それを食べた人の口腔や鼻腔内へと移行して、やがてそこで根付くだろう。宿主が健康体であればそれが宿主にとって病原性を示すことはなく、一方で常在菌となったブドウ球菌から産生されるβ-エンドルフィンが、その宿主に一生幸福感をもたらす」

多幸村の村民が得ている幸福感の正体は、β-エンドルフィンのプラスミド遺伝子を人工的に導入されたブドウ球菌だった！

今や愛子は、それを確信していた。

そこで愛子は、さらに疑問に思っていた点を訊いてみた。

「先生。多幸村の村人はいつも幸福そうなのですが、それがコーヒーを飲むとますます幸福感が増すようなのです。特に多幸村カフェが出すコーヒーは格別らしく、それがその店が流行る原動力にもなっているようです」

「ふむ。ひょっとしてそのコーヒーには、ニコチン酸が加えられていなかったかね」

日向がズバリ言い当てたので、愛子はびっくりして教授の四角い顔を凝視した。

2

「先生、その通りです。カフェのマスターをしている進藤真翔さんの母親である進藤二三代さんが、真翔さんに対し、コーヒーにニコチン酸を混ぜて客に出すように言ったそうです。ただ、その理由はどうしても教えてもらえなかったと、真翔さんは私に話していましたが」

愛子は、多幸村カフェのコーヒーを妹のひかるに分析してもらった際、そのコーヒーの中に通常の三倍量のニコチン酸が含まれていたことを思い出した。

「なるほどな。では教えてやろう。そのからくりはこういうことだ。何者かがこのブドウ球菌に、β－エンドルフィンのプラスミド遺伝子を人為的に導入したことに間違いないというのは、さっき言った通りだ。問題はそのプラスミド遺伝子に、さらに工夫が凝らされていたことだ」

「さらに工夫が？」

愛子が訊くと、日向は得意そうに右手の人差し指で鼻をこすってから、述懐を続けた。

「そう。β－エンドルフィンのプラスミド遺伝子をもう少しよく調べてみたら、そのプロモーターと呼ばれるところに、ニコチン酸の受容体タンパク質がくっつく部位があった、という訳だ」

プロモーターとは、遺伝子の転写すなわちDNAの遺伝情報をRNAに変えて行く反応を開始させる部分で、ここが刺激されれば転写がよりスムーズに進行する。

日向が示したデータファイルの中には、補足説明としてブドウ球菌細胞の内部を模式的《もしきてき》に示した図が載っていた。

「どうだ、分かりやすい図だろう。私がパワーポイントを使って自分で作ったのだ。うおっほん」

日向は得意そうに、口に握《にぎ》り拳《こぶし》を当てて大きな咳払《せきばら》いをした。続いて日向は、この図を使って説明を続けた。

「つまり、君が私のところに送って来たブドウ球菌が持っていたβ‐エンドルフィンプラスミド遺伝子のプロモーターには、ニコチン酸応答配列と呼ぶべき構造が備わっていたのだ。

このニコチン酸応答配列には、ニコチン酸とその受容体が結合した複合体のみが結合できる。ニコチン酸そのものや、ニコチン酸をくっ付けていない受容体では、このニコチン酸応答配列に結合することはできない。

さて、ブドウ球菌細胞の中にニコチン酸が入って来ると、今言ったようにまずそれが細胞内のニコチン酸受容体と結合する。するとさらにその複合体が、プロモーターのニコチン酸応答配列に結合し、それが刺激となって、プロモーターが動き出して転写が始まるのだ。

続いてその反応が、遺伝子の下流にまで伝

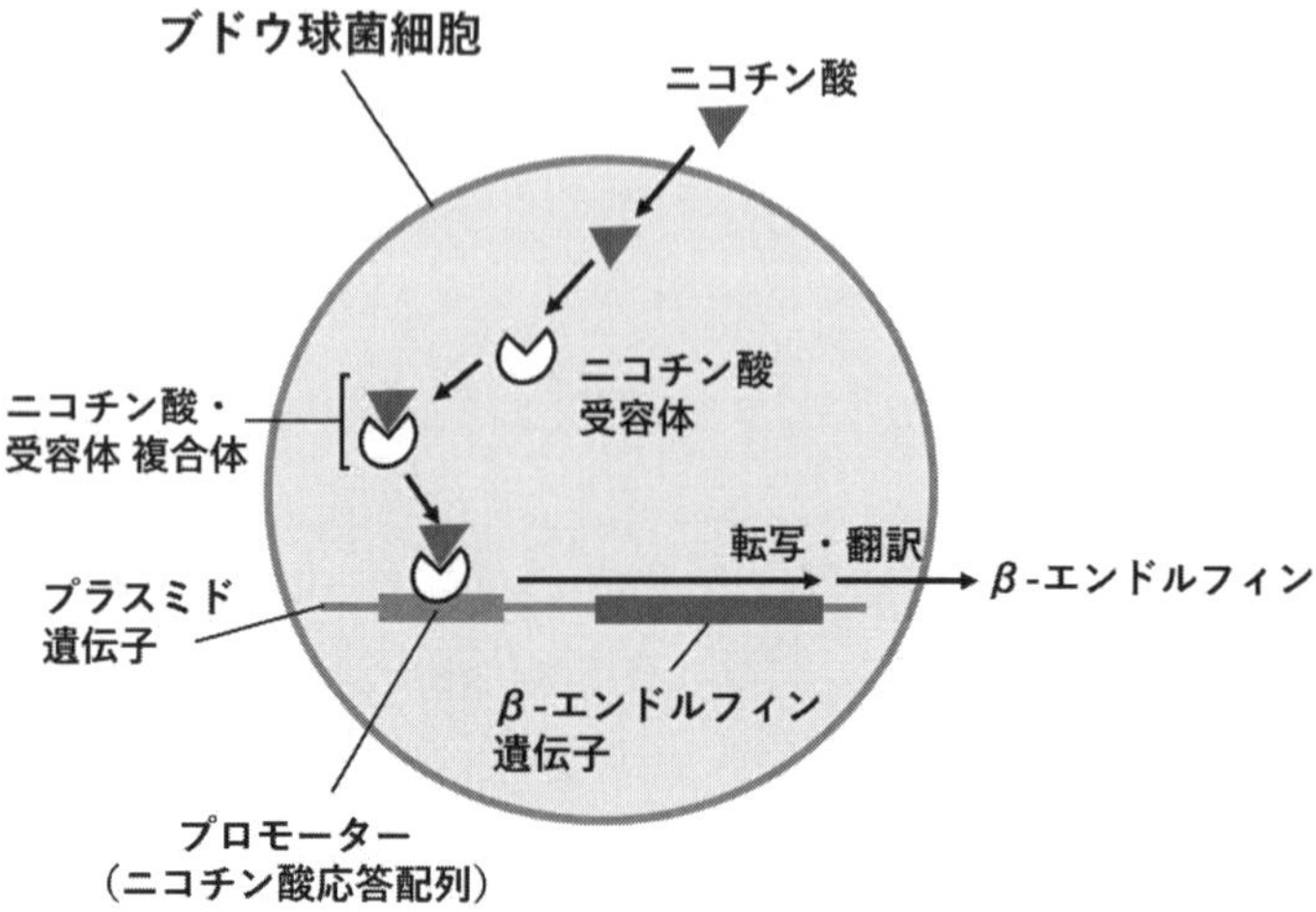

導して行って、結果的に多量のβ－エンドルフィンが産生されるというわけだ」

「まるでドミノ倒しのようですね」

愛子も、昔勉強した生物学の講義の内容を必死に思い出す。

「誰かが人為的に、ニコチン酸応答配列としてプロモーターも改変したということですか」

愛子が質すと、日向はうなずく。

「むろん、繰り返しになるが細菌細胞内でそんなことが自然に起こるはずはない。β－エンドルフィンのプラスミド遺伝子をブドウ球菌に導入した者と同じ人物が、その遺伝子のプロモーターにも手を入れていたに違いない」

「そんなプラスミド遺伝子を有するブドウ球菌を鼻腔や口腔に持つ宿主が、もしニコチン酸を服用したら……」

「そう。β－エンドルフィンの転写・翻訳がより早く進み、菌からは多量のβ－エンドルフィンが放出されて、宿主の幸福感が増大する」

ニコチン酸はビタミンB_3の一種なので、人体には必須だ。腸内細菌がビタミンB_3を補うこともあるが、ヒトは通常ニコチン酸を食物から摂取する。それが吸収された後、血流を回って口腔や鼻腔に生息するブドウ球菌にも配給され、β－エンドルフィン遺伝子を活性化させるのだ。

愛子は感慨に沈む。

自分はこのからくりが分からず、ずっとそれに悩まされ続けて来た。

だが今は違う。日向の説明で、多幸村の謎の背景が、だいぶ見えて来た。

二度の多幸村訪問で見て来た、村人たちの幸福そうな笑顔。それらは時に、笑顔というより恍惚感となって現れていた。そんな村人の表情は、幸せにとり憑かれてそれに溺れているようでもあった。

村道の切り通しの崖の上から、笑顔で墜落死した老人。溜め池に入って行って笑顔で溺死した少女。

彼らを死に至らしめたのは、みな過剰なβ-エンドルフィンが為した功罪だったのだろうか……。

日向は付言する。

「通常、人のβ-エンドルフィン血中濃度は、一ミリリットルあたり数ピコグラム（ピコは十の十二乗分の一）程度だ。だが私の計算では、このブドウ球菌に感染した人がニコチン酸入りコーヒーを飲むと、β-エンドルフィン血中濃度はその十倍以上にもなり得る。比較の対象にはならんが、あえて例えるならその時現れる恍惚感というか精神を錯乱させる作用は、恐らく酒に泥酔した時のそれに匹敵するか、あるいはそれ以上かもしれん」

日向の補足説明に、愛子は想像を膨らませる。

多幸村の切り通しから飛び降りた独居老人や冷たい溜め池に自ら入って行って溺死した少女には、過剰なβ-エンドルフィンによる脳神経系への副作用が現れていたに相違ない。彼らは恐らく亡くなる少し前にコーヒーを飲み、そしてブドウ球菌から突発的に放出された高濃度の

β－エンドルフィンにさらされ、麻薬中毒患者のように幻覚や幻聴に見舞われてそのまま死の世界へと誘われて行ったのではないか。

そのような過激な作用が全ての人に現れることはないにしても、宿主の健康具合、ブドウ球菌の増殖具合、そして摂取したニコチン酸の量により、思わぬ過激な作用となることもあるだろう。なおβ－エンドルフィンは通常の血液検査では測定できないから、集団検診などでは検出されなかったのだ。

「先生。このような細菌を村人たちに広めた人物とは、一体誰なのですか」

訊きたかったことを愛子は口にした。だが訊いてはみたが、それは愛子自身も薄々気付いていた。

「君も分かっておるのだろう。それができるのは、彼女しかおるまい」

愛子の心中を見透かすように、日向が言った。

「進藤二三代さん……」

恐る恐る呟くと、教授は無言で首肯した。

3

愛子はこんな話を思い出していた。

多幸村診療所に、気管支炎から肺炎を併発して入院した患者が、抗生物質で治療された後、病気は良くなったが多幸感もすっかり消えてしまったということだ。

　今から思えば、その患者に多幸感を与えていたβ－エンドルフィンの遺伝子を導入したブドウ球菌も、抗生物質による治療で死滅してしまったのだ。

　また、よんどころなき事情で村を離れなくてはならなかった夫婦が、東京に転勤したら多幸感が消えてしまったという事実にも、納得がいく説明が付けられる。

　夫婦は多幸村を離れる際に村の送別会に呼ばれている。その時彼らに対して出された料理に抗生剤が混ぜられていれば、やはりブドウ球菌は死滅し、多幸感も消えてしまう。むろん料理に抗生剤を含ませたのも、進藤の仕業に違いない。

　思考がそんなところを彷徨っていた愛子の耳に、また日向の甲高い声が響いた。

「ところで、精神神経系に影響を与える生理活性物質としてよく知られているものには、β－エンドルフィンの他にもドパミン、セロトニン、オキシトシンなどがある。だが、これらの生理活性物質の産生に係る遺伝子をブドウ球菌に導入して宿主の精神高揚を図るには、それぞれちと問題がある」

　日向はあのお得意のポーズで、まるで大学の教壇で講義をしている時のように、右手の人差し指で中空の定まらぬ所を指しながら、聴講生の愛子に話しかける。

「まずドパミンとセロトニンは、いずれもペプチドではない。つまりこれらの分子中にはアミノ酸がないため、その生成に直接携わる遺伝子はない。従って、ドパミンやセロトニンに相応するプラスミド遺伝子を作ることはできないのだ」

そこで日向は右手の五本の指を額から頭の中に突っ込み、半白のざんばら髪をかき上げた。

「君も知っているように、これらの生理活性物質は生体内のいろいろな酵素によって作られる。もちろん酵素はタンパク質であり、たくさんのアミノ酸がつながってできているので、その遺伝子をブドウ球菌に導入することも可能だ。

だが酵素タンパク質は、分子としてはβ‐エンドルフィンの様なペプチドよりはるかに大きく複雑だ。しかもドパミンやセロトニンの生合成に関与している酵素は一種類ではない。以上の理由から、ドパミンやセロトニンをブドウ球菌に作らせて村人に高揚感を与える、という計画は外されたのだろう」

「オキシトシンはどうですか。これはペプチド、つまりアミノ酸がつながった構造をしていますね。またオキシトシンは、分子としてはβ‐エンドルフィンよりも小さく、つまり構成アミノ酸数の少ないペプチドですから、プラスミド遺伝子を作るのもβ‐エンドルフィンより簡単にできますよね」

「確かに、容易さからいったらβ‐エンドルフィンをしのぐだろうね。しかしオキシトシンには、中枢神経系で神経伝達に係るという作用以外にも、ホルモンとしてのいろいろな作用がある」

「ええと、子宮平滑筋収縮作用とか乳汁分泌刺激作用……」

愛子は、昔大学で習ったことを必死に思い出していた。こんなことだったら、もっとしっかり勉強して覚えておくんだった。

「よろしい。正解だ」

日向は、一応合格点をくれた。愛子はほっとして微笑む。日向は続ける。

「オキシトシンのそういったホルモン作用は、もちろん人体、特に子供を産み育てる女性にとっては必要だが、しかしそれ以外の場合では逆に副作用となる。

妊婦であっても、分娩《ぶんべん》時期でないのに子宮が収縮したら大変だ。早産や流産が起きかねないからな。また乳児もいない女性の乳首から、乳汁がどんどん漏れ出て来たら、これもまた困るだろう。

このようにオキシトシンは、村人に幸福感だけを与えたい、という進藤二三代の趣旨には合わないのだ」

愛子は得心した。つまり、ブドウ球菌にプラスミド遺伝子を導入でき、高いレベルで多幸感を与えられ、しかも適切な量であれば比較的副作用の少ない生理的物質といったら、β－エンドルフィンをおいて他にはない。

「しかしだ」

日向教授はそこでやや大袈裟《おおげさ》に胸を張り、何者かを戒《いまし》めるような口調で言った。

「そのβ－エンドルフィンも、行き過ぎると大変なことになる」

愛子も神妙な顔でうなずく。

「宿主の中枢神経系を狂わせてしまうのですね」

切り通しの崖から墜落死した老人や溜め池で溺死した少女のことを、再び愛子はしみじみとした気持ちで思い浮かべていた。

「うむ。宿主体内でのブドウ球菌の増殖率が高い場合、β‐エンドルフィンの放出量はランナーズハイの時に分泌されるβ‐エンドルフィン量の、およそ数倍、いやそれ以上に上ると試算される。ランナーズハイの時の数倍だぞ、君。

またさっきも言ったように、コーヒーを飲むとニコチン酸のプロモーター刺激作用により、その量はさらに増す」

ランナーズハイとは、長距離走のランナーなどが、継続的な運動のさなかに感じる一時的な多幸感のことで、視床下部弓状核という脳内組織のニューロンから分泌されるβ‐エンドルフィンによって引き起こされる。

進藤二三代は息子の真翔に対し、客に出すコーヒーに、ニコチン酸の粉末を混ぜてみるよう助言したそうである。進藤は、ブドウ球菌のプラスミド遺伝子のプロモーターに、人工的に挿入されたニコチン酸応答配列があることを知っていた。それでコーヒーの中にニコチン酸を入れて客に飲ませるよう、真翔に勧めたのだ。

コーヒーにはもともとニコチン酸が含まれているから、通常のコーヒーを飲んでも効果は出るが、それにさらにニコチン酸を添加すれば、結果としてβ‐エンドルフィンの産生量が増す。その快感を求めて、多幸村カフェには客足が絶えなくなる、という寸法だ。

息子のカフェを流行らせるための、母親の涙ぐましい策略。そう言いたいところだが、このまま看過することはできない。

「先生。進藤さんは、そんな驚くべき仕組みを持ったブドウ球菌を、自分自身の手で作製したのでしょうか。そしてそれを新規移住者歓迎会の料理に自分の手で混ぜて、村人たちを幸福にしたのでしょうか」

だが日向はその問いに対し、ゆっくりとかぶりを振った。

「確かに、料理にブドウ球菌を混ぜたのは、進藤二三代自身であった可能性が高い。しかしながら、進藤氏のような役場の一職員がそれを作製するのは無理だよ。君だって、自分の役場でそんなことはできないだろう。この菌を作製するためには、ブドウ球菌を培養しその遺伝子を操作できる機器や試薬などが必要だ」

「では一体誰が……」

愛子が問い返したが、日向はそれには答えずゆっくりと腰を上げた。

「今日の私の講義はここまでだ。あとは生徒である君自身が、私の講義を思い出して復習しながら自分で考えるのだ。大学とは、そういうところ。分かっとるな」

教師然とした日向の締めの言葉に愛子は微笑んでうなずくと、日向に倣《なら》ってソファーから立ち上がった。

芳賀野村への帰途の中、愛子はバスに揺られながら考えた。

多幸村の村民に、β-エンドルフィンのプラスミド遺伝子を導入したブドウ球菌を感染させたのは進藤二三代だ。

その方法は、村へ移住する者の歓迎会に出す料理や飲み物の中にブドウ球菌の濃厚培養液を滴下して良く混ぜ、それを出席者に配ればよい。その料理を食べた者は、ブドウ球菌を口の中や鼻腔へと取り込み、やがて菌はそこで定着してβ－エンドルフィンを放出し続ける。

そこで愛子は思い出す。

自分が会った多幸村村民の中で、まともな目をしていた人物が三人いた。

進藤二三代と真翔、そして診療所の久保田医師だ。

進藤自身と息子の真翔がブドウ球菌に感染していない理由は、容易に想像がつく。料理にブドウ球菌を混ぜた犯人が進藤二三代であれば、自分はその料理を食べないだろうし息子の真翔もそれに感染しないよう彼女は配慮するであろう。

それでは、久保田医師が感染していなかったのはなぜか。そこで初めて愛子は、一連の事件の大もとに、久保田がいたからではないかと気付く。

つまり、β－エンドルフィンのプラスミド遺伝子を導入したブドウ球菌を作製したのが久保田であり、その菌を久保田から渡されて村人に感染させたのが進藤であったとすれば、進藤二三代、真翔、そして久保田の三人が感染しなかった理由の説明がつく。

医師の久保田であれば、プラスミド遺伝子を導入したブドウ球菌の作製は可能だったかもしれない。彼の出身の医学部には研究室もあるだろうし、そこに勤務する後輩や教え子に「こんな菌を作製してみないか」と持ち掛けることもできたであろう。

だが動機は？

進藤の動機は分からないでもない。多幸村の移住推進課に配属となり、結果が求められる立場にいた進藤の焦りもよくわかる。かく言う愛子自身も、芳賀野村役場移住推進課職員として進藤と同じ苦境に立たされているのだ。

進藤は、β－エンドルフィン産生ブドウ球菌を使って村人や移住者を幸福にし、同時に「多幸村に来れば皆幸福になる」という魅力的な情報を日本中に発信した。そしてその噂に引き寄せられるように、実際あちこちから移住者がやって来たのだ。

では久保田医師の立場から見た動機には、一体どんなものが考えられるだろう。

久保田は進藤二三代殺害事件に関ったとして逮捕された。久保田は診療所の医薬品購入に際し、ジェネリック医薬品の仕入れ会社を永島製薬一本に絞っていた。そこに何か理由はないだろうか。

愛子の想像は膨らむ。

久保田医師は、診療所のジェネリック医薬品を全て永島製薬から購入する見返りに、永島製薬から報酬を受けていたとしたらどうだろう。つまり収賄だ。

診療所は村立であるから、医薬品を購入するにも通常は入札の手順が踏まれたはずだ。しかしそこで永島製薬と久保田医師との間に談合がもたれ、贈収賄の取引が成立したのではないか。

進藤は、役場職員の立場上そんな久保田の不正を知っていた。それを伏せておく代わりに、医師である久保田にβ－エンドルフィンのプラスミド遺伝子を導入したブドウ球菌の作製を依頼し、それを入手した。

　こうして進藤、久保田医師、永島製薬の三者間では、利害と不正と口封じが絡んだ不思議な関係が成立していた。しかしやがてその均衡がどこかでくずれ、最後には破綻へと進んで行ったのではないか。

　例えば進藤が、久保田のジェネリック医薬品購入に関する不正を黙認する代わりに、β－エンドルフィンのプラスミド遺伝子を導入したブドウ球菌の持続的提供や、金銭まで久保田に要求していたら、進藤に対する殺意が久保田に芽生《めば》えたとしてもおかしくはない。

　こうした負のスパイラルが昂《こう》じ、久保田は進藤を殺害するに至ったのではないか。

　いつか進藤は、多幸村役場を訪れた愛子が、進藤に対して村人の「幸福」の謎を問い詰めた際、

「話せる時が来たら話すわ……」

　と言っていた。

　その「話せる時」とは、久保田との間に交わされていた密約を何らかの形で清算できた後、という意味ではなかっただろうか。だがそれに失敗して、進藤は久保田に殺害された……。

　しかし、もしそうだとしても、久保田医師がどのようにして「雪の役場の密室殺人」を敢行したのか？　その謎は、愛子の内にも依然残っていた。

　そして久保田の犯行動機にしても、人ひとりを殺害するという重大なリスクを背負うことを考えた場合、なぜかもう一つすっきりしない……

そんなことをぼんやり考えているうちに、愛子の乗るバスは宇都宮駅前ロータリーに到着した。

4

「驚きました。この白い粉と凍結された液体に、そんな秘密が隠されていたとは……」

進藤真翔は、愛子から目を逸らすとうつむいた。

暮れも押し迫った十二月三十日の午後、愛子は多幸村カフェのテーブル席で、真翔と対峙《たいじ》していた。店は定休日で、他に客はいない。

愛子にとって多幸村への訪問はこれが三度目である。

栃木大学の日向教授からは、多幸村への訪問は控え芳賀野村を離れるなと言われていたが、進藤二三代殺害事件に関連して久保田清一医師が逮捕された現在では、身の危険はないと愛子は判断していた。

「母は一体何を考えてこんなものを調達したのでしょうか」

真翔はやるせなさそうに眉根を寄せ、ゆっくりと二、三回かぶりを振った。

「進藤さんは、村への移住者を増やそうと必死だったのよ。進藤さんと久保田先生とのどちらからこの話が持ち上がったのかは分からないけれど、とにかく進藤さんはこのβ-エンドルフィン遺伝子を導入したブドウ球菌に、移住者数増加の成功を懸《か》けていたのではないかしら。そして実際に結果を出せたので、その後も秘密はずっと伏せておいた。息子であるあなたに対してもね」

「なぜ僕に打ち明けてくれなかったのでしょう。しかも僕のカフェが流行るようにと、ニコチン酸入りコーヒーまで考え出して。でもそのことが元で、結局母は殺されてしまった……」

「真翔さん……」

「雨貝さん。久保田はどうやって母を殺したのでしょう。あの雪の中の役場に自分の足跡を残さず、久保田は一体どうやって」

「それはいずれ警察が明らかにしてくれるでしょう。それより」

愛子は、うつむいたままの真翔にじっと視線を向けた。

「この村は、一からやり直すべきだと思うわ」

愛子はきっぱりと告げた。

真翔は、おもむろに顔を上げて愛子を見た。

「多幸村への移住者を増やすという、お母さんの願いを成就させるためにも」

さらに愛子は付け加えた。

「どうしろと言うのです」

真翔が力なく呟くと、愛子は続けた。

「β-エンドルフィン産生ブドウ球菌によって保《たも》たれているまやかしの幸福なんて、長続きするはずはない。何よりも、そんなものに頼った移住者の呼び込み方なんて、私は間違っていると思うわ」

勢い畳みかけると、真翔は閉口した。そこで愛子は声を落ち着けた。

「どうしろって……そうね。まずは、β‐エンドルフィンに耽溺《たんでき》してしまった人たちを、目覚めさせなくてはならないわ」

「どうやって……？」

また真翔が訊く。

「方法は簡単よ。抗生剤を飲んでもらうのよ。三日間で十分だわ。問題は、村のみなさんが、そのことを承諾してくれるかどうか」

だが真翔は、訝しい思いを面に出して反論した。

「無理でしょう。みんなあんなに幸せそうにしているのに、その根源を自ら絶つなんてできませんよ」

「そうかしら。さっきも言ったように、今彼らが手に入れた幸せとは、まやかしの幸せなのよ。ブドウ球菌と共にそんなまやかしの幸せを生涯続けて行くなんて、私だったらいやよ。絶対拒絶するわ」

愛子がまた強い口調で返すと、真翔は目線を落として少考していた。

が、やがて真翔はまた顔を上げると、さらに懸念を重ねた。

「僕も、ランナーズハイの時にβ‐エンドルフィンが出て来て、すっと気持ちよくなる経験をしたことがあります。そんな思いをこれまでずっと続けて来た人たちは、止めるなんて、きっとしたくないですよ。多分村人の多くは今、β‐エンドルフィン中毒に近い状態にあると思います。納得して自ら抗生剤を飲む人など、いないに決まってます」

「じゃあどうしたらいいとあなたは思うの」

「まず、抗生剤を飲ませるなら、ブドウ球菌を感染させた時と同じ様に宴会の際にでも料理や飲み物に混ぜて、村人たちには何も知らせずに摂取してもらうしかないと思います」

「それはだめだわ」

　愛子はかぶりを振って、その考えに反対した。

「確かにそれで幸せの憑きものはなくなるかもしれないけれど、知らずにβ‐エンドルフィン産生ブドウ球菌を失った人は、精神的にも肉体的にも抜け殻のようになってしまって、再起できなくなるわ。診療所で肺炎の治療を施されたおばあさんのように気力を失ってしまうかも」

「事情を知ったうえで抗生剤を飲んだとしても、結果は同じでしょう」

　真翔は投げやりな言い方で返す。だが愛子はそれを否定した。

「違うわ。事情を分かったうえで、自分の意思で抗生剤を飲む人は強くなれる。麻薬から隔離された患者のように一時は苦しむでしょうけれど、でもその人たちには抗う精神がある。そういう人たちは、きっと復活を成し遂げられると私は思うわ」

「雨貝さん。村人はそんなに強い人ばかりではありませんよ。正直言ってこの村での生活は楽じゃないです。

　多幸村は観光が盛んなわけでもなく、大企業が雇用と税収を生み出してくれるわけでもない。農業や林業と少しばかりの養蚕と、それに出稼ぎ。今時、村人が出稼ぎで主な収入を得ている村なんて、日本中探しても数えるほどしかありません。そんな村に住む貧しい人たちが幸福を得る手段など、そうそうないですよ」

「……それは認めるわ」

真翔の訴えを一応は聞いたそぶりを見せながら、しかし愛子はまたすぐに反発した。

「でもだからと言って、おかしなブドウ球菌の力に頼って生きて行くのは、やはり間違っている」

真翔は黙ったが、その顔は納得している様には見えなかった。

客のいないカフェ内はしんと静まり返り、二人はお互いの息遣いを聞いていた。

「ごめん。ついつい声を荒らげちゃって……」

しばらくして愛子は、やるせない思いを吐き捨てるようにして謝った。

「あなたが、自分の慕《した》うお母さんが採った移住推進の政策を否定したくない気持ちはわかるわ」

真翔は何か言いかけたが、愛子はすかさず続けた。

「でもよく考えてみて。村の人たちの幸せって、そんな風に一様に決められちゃっていいの？幸せを得る道はみんな違うし、幸せの質だってみんなそれぞれ違うはずよ。

切り通しの崖の上から笑って飛び降りた老人は、溜め池に入って行って笑いながら溺死した少女は、本当に幸せだったのかしら。

確かにβ－エンドルフィンに酔っているうちは幸福でしょうね。でも彼らのように、死を望むわけでもないのに過度のβ－エンドルフィンの作用によって自ら死へと突き進んでいく村人が出たことは、決して看過できないことよ。きっとこれからも、そうやって笑いながら死んで行く村人が後を絶たないわ」

愛子はそれだけ言い切ると、突然立ち上がった。

「ここは私の村ではないから余計なお世話かもしれないけれど、私はそれを黙って見ていることができない」

捨《す》て台詞《ぜりふ》を吐くと、愛子は真翔に背を向け、そのまま多幸村カフェを去って行った。

5

多幸村カフェのマスター進藤真翔との面会を、そんな風に後味の悪い形で終えた愛子は、自分の激しやすい性格に幾分嫌気がさしながら帰路に着いた。

今回の村の滞在時間はわずか数時間であったが、進藤二三代が残した謎の白い粉末と凍結液の分析結果を直接真翔へ報告するという目的は達せられた。さらに、進藤二三代によって「幸せに憑依された村人たち」を、今度は真翔の手で正気に戻すことを愛子は提案したが、事はそう簡単には行かなかった。

バスを待つ間、愛子は眼前に広がる冬の多幸村の静かな風景を見渡しながら、しみじみ思った。

村の暮らしは楽ではないと真翔は言うが、ここから見る景色は決して悪くはない。点在する風格のある藁ぶき屋根、大きく広がる田畑、そしてその背後にそびえる深い色合いの山々……。

「価値の再創生」という言葉を愛子は思い出す。

その村に昔からある良い物を、価値のある物として再創生する。

今愛子が感じているようなこの村の良さを、もちろん多幸村の人々がこれまでに気付かなかったはずはない。だが村人たちは「β－エンドルフィン」という魔物に憑依され、村の良さを忘れている。

改めて、深い思い入れともてなしの心を持ってそれらをもう一度見直す機会があれば、この多幸村の魅力を引き出す新たなアイデアも生まれるにちがいない。そんな思いが今、愛子の胸中に広がっていた。

では、もし自分がこの村の移住推進課職員であったら、具体的には何をしたらよいか？

例えば、古民家見学ツアーなどの企画はどうだろう。

村を良く知る者が案内役になって、藁ぶき屋根の古民家を回る。村長の家も見学コースの一つだ。あの、江戸時代から代々庄屋が住んでいたという風格のある母屋は、一見に値する。

コースの途中には、村で唯一のスーパーマーケットも入れる。

古民家や庄屋屋敷を回った後、あの赤鬼のような店主のいるスーパーマーケットに連れて行って、村で採れる松茸《まつたけ》、新鮮で安い野菜や果物、そして地酒を買ってもらう。おっかない容姿とは裏腹に、人懐っこくでかい声で話しかけて来るあの店主のキャラ自体、看板になるかもしれない。

そこで買い物をしてもらった後、そのまま昼食となって、幸連館の女将の出す絶品の信州そばを堪能する。そして締めはもちろん、多幸村カフェのおいしいコーヒー……。

自分の芳賀野村の移住推進を棚に上げたまま、この多幸村の「価値の再創生」を果たすアイデアは、愛子の頭の中にこんこんと湧いて出た。

芳賀野村への帰路の途中、愛子は妹の顔を見ておこうと思った。

ひかるは今年の暮れと正月は実家に帰らないと言っていたので、多幸村からの帰りに丁度良い機会ととらえて、愛子は農業試験研究所がある足利市郊外にまで足を延ばした。

約束していたコーヒーチェーン店に入ると、すでに店内の四人掛けボックス席の一つに掛けていたひかるが、こっちを見て手を振った。

店はセルフサービスで、カウンターでホットコーヒーを頼んだ愛子は、注文した品をトレイに載せて運ぶと、ひかるの前の席に座った。見ると、ひかるも同じものを注文していた。ひかるのコーヒーは、もう半分ほどなくなっていた。

「お正月休みもとれないほど忙しいの？」

開口一番愛子が訊いた。

「しょうがないでしょ。来年春からは大学勤務よ。今の職場でやり残した仕事の後始末と、春から始まる大学の授業の準備とが重なって、アパートに帰る暇すらないわ」

「お正月くらい、お母さんの顔を見に来たらどうなの」

「お姉ちゃん。わざわざ足利まで私にお説教しに来たわけ？」

ひかるは座席シートの背に身を沈め、恨めしそうに姉を見ると、小さくため息をついた。

「あなたが心配だから、こうして顔を見に来たのよ」

苦笑しながらそう応じると、ひかるも肩の力を抜いた。

「もう私子供じゃないのよ。それより私としてはお姉ちゃんのことの方が心配よ」

「私？　どうして私が心配なのよ」

愛子が口をとがらせると、今度はひかるが小さく笑った。

「お姉ちゃん、ずっと一人なんでしょ。あんな形で家族を亡くしてしまって、毎日何を思って過ごしているのか、妹としては心配せずにはいられないわ」

そう返されてみると、流石《さすが》に愛子もしんみりとせずにはいられなかった。

最愛の夫と息子をいっぺんに失った時、愛子は二人の後を追うことばかりを考えていた。そしてそれからというもの、愛子にはいつも死の影があった。

むろんそんなことは母やひかるにはおくびにも出さず、自分は平気だと虚勢を張って生きて来た。だが心が折れそうになることは、それこそ何度もあった。

それではなぜ自分が今まで生きて来られたのかというと、死ねなかったからだ。

色んな死に方を考えているうちにどれも恐ろしくなって、結局死ぬ勇気すら湧いて来なかった。そんな自分にも嫌気がさしていた。

「あなたにそんなことを言われるとは思わなかったわ」

愛子は顔を上げてひかるを見た。

前に会った時に比べ、あの恍惚とした視線の定まらぬ表情も今はやや影を潜めていたが、時折見せる遠くをぼんやり眺めているような瞳には、未だにどこか違和感があった。

「ねえ」

愛子は唐突に話題を変えた。

「あなた、体調は大丈夫？　どこか悪いんじゃない？」

「何よ急に」

ひかるははっとしたように、あわてて姉に視線を戻した。だがどうも、心ここにあらずといった様子だ。

「大丈夫。どこも悪くないわ。やることがいっぱいあって、病気になんかなっていられないわよ」

ひかるの返事には、どこか無理しているようなところも感じられた。

「そう、それならいいけど」

愛子はコーヒーに口をつけた。そして思い出したように言った。

「ねえ、悪いけどちょっとカウンターからクリームを取って来てくれない？」

「え……？」

ひかるは不思議そうな表情で愛子を見た。

「最近私、ブラックコーヒーを飲むと胃が痛むのよ。だからクリームを入れて飲んでるの。さっき持って来るのを忘れちゃったわ。あなたの席の方が、カウンターに近いでしょ」

実際そうだったので、愛子が頼むと、ひかるは警戒するそぶりもなく立ち上がり、カウンターに向かった。

愛子はそのすきにバッグからサンプル採取セットを取り出し、ひかるが飲みかけのコーヒーをスポイトで少しだけ採取した。

ひかるが席に戻って来た時には、すでにスポイトとコーヒーの入ったサンプルビンをサンプル採取ケースに入れ、バッグに収めていた。

第八章　幸せかくありなん

1

「私は名探偵ではないが、こう見えてもミステリー小説にはいささか興味を持っておるのだ」

愛子を前に、日向教授は得意そうに言った。

年が明け、一月三日の昼前、愛子は栃木大学農芸化学部の研究棟四階にある日向教授の部屋を三たび訪れていた。

まだ正月三が日というのに、日向は大学に来ていた。

「……であるからして、未だに世間を騒がせている、昨年暮れ多幸村で起こった『雪の役場の密室殺人事件』の真相について、私は暮れ正月と家で酒をちびちびやりながら探偵になったつもりで考え直してみたのだよ」

洋書和書がぎっしり詰まった本棚に三方囲まれた教授室の中を、日向は後ろで手を組んで行ったり来たりしながら演説口調で宣《のたま》った。

一方の愛子といえば、先日座ったソファーと同じところに掛けたまま、日向の歩く動きに合わせて右に左に首を振る。

「先生は、年末に私がお邪魔した際、雪の中の二重密室の謎について仮説を披露されていましたが、あれは真相ではなかったのですか」

愛子が訊ねると、日向は微笑んでかぶりを振る。

「あのドローン説かね？　どうしてどうして、あれは遊び心を忍ばせた仮説だよ。面白かっただろう。だが今のところ、何一つ証拠のない仮説に過ぎない。むろん実現可能な仮説ではあるが……」

「では、真相は他にあると」

日向は、相変わらず愛子の前を左右に行ったり来たりしながら、自分に言い聞かせるようにうなずく。

「うむ。真相は、ドローン説よりもっと容易に雪の密室の謎を解き明かす、サイエンスにあった」

日向が言っていることが分からず、愛子は説明を催促するように訊ねた。

「では先生は、雪の中の二重密室の真のメカニズムを解き明かした、とおっしゃるのですか」

言って尊敬の眼差しを向けると、教授はそこではたと立ち止まり、振り返って愛子を見た。

「聞きたいかね」

教授に問われ、ゆっくりと首を縦に下ろす。

「その謎は、いくら考えても私にはわかりませんでした。ぜひ先生のお考えを聞かせてくださ
い」

「よろしい。それでは披露してしんぜよう」

教授はよほど自信があるのか、もったいぶったように宣言した。そして名探偵よろしく小さな体をやや後ろにそらすと、両手を腰に当てて胸を張った。というより腹を出した。それを見ていた愛子は、

「パフォーマンスが過ぎるな」

と内心呟いたが、思い返せばそんな教授の癖は、愛子が学生だったころからだ……。

「君にもう一つだけ大事な話をせにゃならん時が来た。突然だが、明日大学の私の教授室に来られんかね」

昨晩日向からそう電話をもらった愛子は、二つ返事でその申し出を受け入れた。そして今日、約束通りの時刻に日向の教授室を訪ねたのであった。

進藤二三代殺害事件は、多幸村診療所医師久保田清一が逮捕されるに及び、「雪の中の密室殺人」という謎も、本人の供述などから、明らかになるのは時間の問題と思われていた。

しかるにどうも久保田は、犯行を否認しているように察せられる。警察は被疑者の認否を明らかにしていないが、そのあたりに捜査が混迷している事情が窺える。

「まずは、事件の概要から確認してみよう」

そう前置くと、日向はようやく述懐を始めた。

「昨年十二月二十日の早朝、多幸村役場の事務室内で、移住推進課職員進藤二三代の絞殺死体が発見された。役場の建物の周辺は、前の晩に降り積もった雪に覆われ、事件はいわゆる『雪の密室殺人』の様相を呈していた。

遺体の第一発見者である役場警備員の証言によれば、進藤二三代は前夜九時ごろ、いったん役場から退出している。その時刻には、他の役場職員は皆すでに帰っていて、その時役場にいたのは進藤と警備員だけであった。

進藤二三代は、事務室の入り口ドアを施錠しその鍵を警備員のいる受付に返却した後、玄関から表門方向へ一組の足跡を新雪の上に残しながら、役場を出て行ったという。その姿を警備員が目撃している。その時雪は降っていなかった。

その後警備員は警備員室で仮眠を取っているが、事務室の鍵は翌日朝まで警備員室から出ていない。進藤二三代が帰る前に丁度雪が降り止んでいたので、さっきも言ったように役場には彼女が去った時に付いたと思われる足跡が一組だけ、雪の上にきれいに残っていた。しかしそれ以外進藤が戻って来た時の足跡も、また犯人が出入りしたはずの足跡も、役場の周辺には一切なかった。

進藤が亡くなっていた事務室には、役場内の廊下に通じる出入り口と、西側の裏門に通じる裏口があるが、これら二つの出入り口には事件発覚時いずれも鍵が掛かっていた。さらには事務室南側の引き違い窓も、全て部屋の内側から鍵が掛けられていたということであった……」

日向は、愛子の前で事件を要約しながら、小さな熊《くま》よろしく短い脚で再び教授室の同じところを行ったり来たりしていた。

が、そこまで言い終えると愛子の反応を窺うようにソファーへ歩み寄り、そして愛子の対面の肘掛け椅子にゆっくりと身を沈めた。

「ここまでは間違いないか？」

日向は確認を求めた。愛子は教授の顔を真っ向からとらえ、やや緊張しながら無言でゆっくりと首肯した。

「被害者はいったん帰ったはずなのに、いつの間にか役場の事務室に戻って来てそこで死体となって発見されている。しかし被害者が戻って来た時の足跡も、また犯人が役場に出入りした時に付くと思われる足跡も、役場の建物の周りにはない……。こういう謎だったな？」

日向はもう一度念を入れて訊いた。

「はい。そして警察は、診療所の医師久保田先生を逮捕しました。でも日向先生。久保田医師は、事件が起きたとみられる時間帯に、役場のすぐ近くの居酒屋で出た急病人の診療に当たっていたので、その犯行を成し得なかったと私は思うのですが」

「その通り。久保田にはできない」

愛子の訴えを受け、日向はきっぱりと言い切った。

「え？　それでは先生は、やはり犯人が久保田医師ではないと？」

「早まるでない」

日向は、戒めるように右手の掌で示して愛子を制する。

「説明には順序というものがある」

日向はそこで、

「うおっほん」

と、一つ大きな咳《せき》ばらいをすると、やおら話を継いだ。

「結論から言おう。私は、そもそも被害者の進藤三三代はあの晩一度も役場の外へは出ていなかった、と考えているのだ」

「…………」

日向の言っていることの意味が分からず、愛子は一瞬口を噤んだ。が、すぐに彼女は反論した。

「でも先生、進藤さんが役場を出て行くところは、警備員が見ているのですよ。それに、進藤さんの付けた足跡はちゃんと玄関口から表門にかけて一組残っていたのです。雪の上の足跡のサイズからも、それは進藤さんのものだと警察では鑑定しているようです。これらは、彼女がいったん帰ったという事実を示すゆるぎない証拠だと思いますが」

「いいや」

日向はかぶりを振る。

「そこに齟齬《そご》があったのだ」

「齟齬？」

「いいかね。被害者が受付に鍵を残して去って行ったと証言しているのは、警備員だけだろう」

「そうですが、警備員はちゃんとした警備会社から派遣された多幸村の村民で、虚偽の証言などするはずがありません」

愛子の反論にも、日向は落ち着き払った態度を崩さず、いつもの不敵な笑いを見せた。

2

「それでは君にも分かりやすいように、あの晩の犯人の行動を、犯人の側から追ってみようではないか」

教授はそう断ると、顎に手をやりながら得意そうに話を継いだ。

「いいかね。新聞や君からの情報によれば、十二月十九日の晩、多幸村で雪が降り止んだのは丁度午後九時ごろだった。それは気象情報からも裏付けられている。

犯人は恐らくその晩の午後八時ころ、つまり雪が降り止む一時間ほど前に、裏門から役場の敷地内へ進むと、役場建物の西側にある裏口から事務室内に入った。それは、役場の西にある居酒屋で急病人騒動が発生する約一時間前の事だ。その時雪はまだ盛んに降っていたので、裏門から裏口にかけて付いた犯人の足跡は、降り積もる雪に隠されて見えなくなったのだ」

愛子が何か言いかけたので、日向は「まあ、話を聞きなさい」とばかりにまた右手を挙げて制した。日向は続けた。

「恐らく犯人は、事前に進藤二三代に『午後八時ころに裏口から役場を訪問するから、そちらのドアの鍵を開けて建物内に招じ入れてほしい』旨の電話をかけていた。むろん役場事務室の卓上電話を介してだ。スマホだったら必ず記録が残ってしまうからな。なお犯人は、その時刻には警備員以外の職員がみな帰っていることを、その電話で進藤二三代に確認していたに違いない。

多分犯人と進藤二三代との間には、以前から何か重大な密約があった。だがそこに何か不測の事態が生じたため、それを解決すべく二人は、誰にも知られぬように夜の役場事務室で秘密裏に会談の機会を持った。

ところが話し合いの中で出て来た問題は、犯人にとってどうしても受け入れられるものではなかった。そこで犯人は、進藤のすきを見て近くにあったブロンズ像を手に取り、それで進藤の側頭部を殴打した。さらに、気を失って倒れ込んだ進藤の首に、デスク上のパソコンに接続されているケーブルコードをはずして巻き付け、彼女の息の根を止めたのだ。

現場からブロンズ像が紛失していたという情報は、新聞や君の話からすでに得ているが、恐らく犯人はそれで進藤を殴ったのに違いあるまい。また進藤の首を絞めたコードも殺人の証拠になるので現場から持ち去り、ブロンズ像と一緒にどこか人目に付かない山中にでも捨てたのだろう。

そしてこれは重要なことだが、もともと事務室にあったブロンズ像が事件後になくなっていたという事実は、犯行が計画的ではなく偶発的なものであったことを暗示している。計画的な犯行であれば、凶器はあらかじめ準備しておいたはずだからな」

まるで見て来たような日向の解釈に、愛子は感心して唸った。

愛子が初めて多幸村役場事務室を訪れた時、進藤のデスクの上には確かに幼いイエスを抱いた聖母マリアのブロンズ立像があった。だが事件後そのブロンズ像が消失していたとなれば、それを持ち去ったのは進藤殺害犯に違いあるまい。犯人は、進藤を殴り倒すために使った凶器を隠せば、証拠が失《う》せ警察の捜査も長引くと咄嗟に思ったのだろう。愛子はしばし思考に耽る。

一方の日向は、そんな愛子の様子にもお構いなしに話を先に進める。

「さて、進藤が息をしなくなったのを見て、我に返った犯人は事務室の床に転がった進藤の遺体をそのまま放置し、一刻も早く役場を離れなくてはならないと、逃走のための行動に移った。

自分が役場にやって来たルートをそのまま逃走ルートとすることが、まず一番に犯人の頭に浮かんだ解答だ。凶器となったブロンズ像とコードはバッグか何かに入れて隠し、さらに自分の遺留品などが現場に残されていないか確認すると、犯人は事務室の西側にある裏口ドアに飛びついて、開けた。

ところがその時、たまたま西側の居酒屋で急病人が出て、そのあたりにパトカーが停まって何人かが騒いでいる姿を犯人は目にする。しかも雪はすでに止んでいて、裏口から裏門にかけ一面真っ平の雪のじゅうたんが出来上がっている。そこを歩けばしっかり足跡は残るし、何より居酒屋周辺にいる巡査や村人に気付かれる恐れ大だ。

そこで犯人は急きょ裏口ドアからの逃走を諦《あきら》め、まず裏口ドアを元通りに閉めると、そこに閂錠を掛けた。そして、廊下側にある事務室のもう一つのドアを出て、受付の前を通って玄関から表門へ逃走するという、危険を伴った逃走ルートを選択せざるを得なくなったのだ。

言うまでもなく、そちらから玄関と表門を通って逃げるルートの途中には、受付の中で待機している警備員がいる。警備員に気付かれることなく逃走するのは難しい。だが裏口から出て巡査に見つかることを考えると、こちらのルートの方が幾分安全である。犯人は咄嗟にそう思ったことだろう。なぜならば、その時犯人は、これから述べるようなある奇策を思いついたからだ」

もはや愛子の耳と目は、日向の口とそこから出る言葉にくぎ付けとなっていた。日向の舌は、さらに滑らかさを増す。

「事務室内を見回すと、壁にかかっている事務室の鍵および被害者のコートが犯人の目に入る。凶器を入れたバッグを抱えながら、壁にかかっている進藤のコートを羽織ると、部屋の鍵を手にして廊下側のドアから出る。ドアを閉め、持って出た鍵で施錠すると、踵を返して直線廊下を玄関へと向かう。なおこうした一連の犯行の際に、犯人が手袋をしていたことは言うまでもない。雪の晩は寒かっただろうし、犯人が手袋を持っていたのはごく自然のことだ。

さあそれからが、犯人の一世一代の勝負だった。犯人は、被害者に成りすまさねばならなかかったのだ。

ところが犯人にとっては幸いなことに、犯人の背格好は進藤二三代に良く似ていた。コートの襟の中にできるだけ首を引っ込め、警備員とは顔を合わせないようにして、犯人は進藤に似せた声色で受付の小窓から警備員に声を掛けると、鍵を返し、そのまま玄関を出て行ったのだ」

日向はそこまで説明を終えると、聞き手の理解度を量るように愛子の表情を窺った。日向の話を聞いていた愛子の驚きはひとしおであったが、その目はじっと教授の次の開口を待っていた。

日向は愛子を見つめながら満足そうにうなずくと、一つ質した。

「ところで、確か君は警備員が、進藤二三代が帰宅する際に受付奥の警備員室でコーヒーを飲んでおったと言ったたな」

「ええ。幸連館の源さんという人からのまた聞きですが、源さんは確かにそう言っていました」

愛子が応えると、日向は満足そうにうなずく。

「警備員が犯人を進藤二三代と見間違えたのにはいくつか理由があると思うが、その一つにβ－エンドルフィンに酔っていた可能性が挙げられる。しかも警備員は、その時飲んでいたコーヒーのニコチン酸によって、ブドウ球菌が放出した多量のβ－エンドルフィンにさらされていたものと思われる。

警備員はそういう状態だったから、進藤のふりをして鍵を返し、役場を去って行く犯人の姿を進藤と思ったとしても不思議ではない。また受付の前の廊下は薄暗く、おまけに犯人の背格好がたまたま進藤と似ていたものだから、警備員はまんまと騙《だま》されたのだ。

こうして何とか危機をすり抜け、役場から脱出した犯人は、恐らくどこか役場から離れたところに停めておいた車を使って逃走した。その際、犯行に使ったブロンズ像とケーブルコードは、人目に付かぬ山中に廃棄した」

日向は、ずれ落ちかけていた眼鏡を右手でつまんで鼻の上に戻すと、どうかねという調子で含み笑いをしながら愛子を見やった。

「それが雪の中の二重密室殺人事件の真相ですか」

「そう。それ以外に事件を合理的に説明するすべはない」

教授は言い切る。

「解き明かされてみれば簡単なことなのだが、雪の上に唯一の足跡を残して役場を去って行った人物が被害者ではなく犯人であったと気付かなかったら、私も真相にはたどり着けなかっただろう。

思うに、警察は雪の上の足跡と被害者の進藤二三代が死体となって発見された時に履いていた靴の大きさや靴底の模様などを、詳しく調べて照合しているはずだ。その結果、それらが異なることにすでに気が付いていることだろう。それらが偶然ピタリ一致する、ということも考えられなくはないが、その可能性は非常に低いだろうね」

「……とすると、どうなるのですか」

「分からんかね。雪の上に残っていた足跡は、被害者が付けたものではなく、それ以外の人物が歩いた跡という証拠になる」

「……でも先生、こうは考えられませんか」

愛子は恐る恐る訊ねる。

「つまり進藤さんは本当にいったん役場を出て家に帰り、また役場に戻って来る時には靴を履き替えていたとしたら……」

「うん、いいところをついている。だがもしそうだったら、雪の上に足跡を残した靴は、進藤氏の自宅の玄関から、濡《ぬ》れた状態で発見されているはずだ。県警の発表の中には、そんな情報は一切含まれていなかった。それがないということは、今君が言った可能性も否定される」

それ以上愛子からの質問がないと見るや、語り終えた日向はゆっくりと両腕を組み、どこか遠くの方を見る目つきで愛子から視線を逸らしていた。愛子も黙って感慨に沈み、うつむく。

そうしてしばし二人は無言だった。その静寂をやぶって先に開口したのは愛子だった。

「先生。改めてお訊ねしますが、その真犯人とは、逮捕された久保田医師とは異なる人物なのですね」

愛子の視線は鋭く日向に向けられていたが、日向は腕を組んだまま不動の姿勢で宙を見詰めていた。

やがてしびれを切らした愛子が、さらに言葉を重ねようとした時、それを制するように日向が言った。

「……むろんだ。私は久保田医師に会ったことはないが、久保田医師は男性で、進藤二三代とは年齢もだいぶ違う。警備員が当時、いくらβ－エンドルフィンでいかれていたからといって、この二人を取り違えることはないだろう」

「それじゃあ一体犯人は誰だと、先生はお考えなのですか」

直球で訊く愛子。

そうしてまたしばしの沈黙の後、日向はやおら腕組みを解くと、愛子に視線を戻してから言った。

「それは、君も薄々感づいているはずだ……」

3

それから、約二週間の日々が瞬《またた》く間《ま》に過ぎた。

栃木大学における日向教授との三度目の会見で、教授が愛子に示唆《しさ》したこと……。確かに自分は気が付いていたのかもしれない。だが愛子はその結論を受け入れたくはなかった。

あれほど強い気持ちで真相を追及していたのに、今となっては多幸村のことやそこで起こった事件のことは全て忘れたい。そんな思いが妙に心の中に湧いて来て、愛子は黙々と芳賀野村役場の仕事をこなし、移住推進の企画を練り続けた。
そんな折、役場の愛子宛に一通の手紙が届いた。
差出人を見ると、多幸村カフェの進藤真翔となっていた。
愛子ははやる心を抑えながら封を切った。

芳賀野村役場移住推進課
雨貝　愛子　様

拝　啓

年が明け、ますますお忙しい日々をお過ごしのことと存じます。

こちらは相変わらず貧乏暇なしで、カフェの仕事に追われる毎日です。もっとも、忙しいことは良いことなので、文句など言っていられませんね。

申し遅れましたが、過日は母が残して行った検体の分析に多大なるご尽力を頂き、誠にありがとうございました。

お陰様で、母が生前どんなことを考えていたのか、そして僕のことをどんなに大事に思ってくれていたのかを知ることができました。

みんな雨貝さんのお陰です。重ねて御礼申し上げます。

早いもので、あなたが最後に多幸村をご訪問されてから二週間が過ぎました。あの時あなたが僕におっしゃった言葉の数々が、それからというもの頭を離れません。

あなたは、芳賀野村の役場職員でありながら、否むしろ多幸村の村外の方であったからこそ、この村の本当の良さに気が付かれていました。

過日それをあなたの口から一つ一つ指摘された時、恥ずかしながら僕もそこに改めて気付いたという次第です。

母をはじめ村人たちは皆、村おこしと移住推進のために、多額のお金をかけて村に都会人が好む都会らしい環境を整備することが必要と考えていました。リゾートホテル、ゲームセンター、映画館、大浴場とレジャー施設、アウトレット商店街などがそれです。

しかしあなたが提案された村おこしとは、昔から村に残っている、都会にはめったに見られない価値を持った村の宝を再創生することでした。いまさらとはお思いになるかもしれませんが、目から鱗《うろこ》が落ちるとはまさにこのことを言うのでしょうか。

藁ぶき屋根の古民家。江戸時代から代々庄屋が住んでいたという風格のある村長の家の母屋。

村で採れる松茸、新鮮で安い野菜や果物、そして珍しい地酒を売る、赤鬼のような名物店主のいるスーパーマーケット。

まだあります。

幸連館の女将の出す絶品の信州そば、そして僕の多幸村カフェのおいしいコーヒー。

村に住む者にとっては何でもないこれら古くからの建造物や資源、そして当の村人たちそのものが、自分で言うのもおこがましいのですが、全てあなたのおっしゃるようにこの村の売りになるのです。


あなたが多幸村を離れた後僕は、母が移住者歓迎会で料理にβ－エンドルフィン産生ブドウ球菌を混ぜて皆に食べさせたことを、みんなの前で公表し謝罪しました。その時の村人たちの反応はと言えば、それに怒りを覚えるというよりは、がっかりしている人の方が多かったように思います。

僕は訴え、みんなにお願いしました。医師の診察の下に抗生剤を飲めば元に戻るから、村の人たちはどうかひとりひとり順番に薬を飲んで、β－エンドルフィン産生ブドウ球菌感染による憑依から解放されてほしいと。

しかし僕が懸念していた通り、多くの村人は抗生剤による治療を拒否したのです。村の集会があった時、僕はみんなの前で治療の必要性を必死に訴えたのですが、力及ばずでした。

β－エンドルフィンに耽溺した人たちを治療して行くのは、麻薬や覚醒剤におぼれた患者をそこから離脱させるのと同様、思いのほか困難であることを改めて僕は知りました。

雨貝さん、ところがです。

大変なことが起きました！

それから間もなく、村人の中から次々と重症の呼吸器感染症患者が出現したのです。それで村は一時大騒ぎになりました。

県の食品・生活衛生課職員の方と嘱託医がやって来て要因を調べたところ、病原性の強いブドウ球菌による感染が原因であることが分かりました。さらに衛生課の研究所で菌の遺伝子解析をやってもらったところ、菌の病原性に関連する遺伝子に突然変異が起きていたというのです。

研究所からの報告書によれば、具体的には「ブドウ球菌の細胞壁構成成分である多糖構造を変化させるグリコシルトランスフェラーゼ遺伝子群の複数個所《かしょ》変異」となっています。

僕はその方面では素人なのでこれは勝手な憶測でしかないのですが、村人たちの体の中で例のβ－エンドルフィン産生ブドウ球菌が前述の様な変異を起こし、病原性を持つようになったのではないでしょうか。そしてその変異には、ブドウ球菌に導入されたβ－エンドルフィンプラスミド遺伝子が影響していたのではないかと僕は考えているのです。

ともあれ、呼吸器感染症を発症した患者に対しては、幸いペニシリン系と呼ばれる抗生物質による化学療法が功を奏しています。患者の出現は今も続いていますが、こうして図らずも多幸村の人たちの多くは、β－エンドルフィンによる「幸せの憑依」から離脱せざるを得なくなりました。まだ呼吸器感染症を発症していない村人も、ことの重大さを初めて理解したようで、進んで抗生剤を服用しています。

現在、村長を始めすでにほとんどの村人が治療を終え、リハビリに入っています。麻薬中毒患者が麻薬から引き離されるように、中にはつらい思いをしてリハビリに励んでいる者もいます。しかし呼吸器感染症から肺炎を併発して命を失うことを考えると、もはや治療を頑強に拒む人はいません。

今、村はだんだん落ち着きを取り戻して来ているように感じます。みんなが健康を取り戻し、昔ながらの村の生活に返ることができたら、その時こそ僕はみんなに新たな村おこしを呼びかけようと思います。みんなが気力を回復するにはまだまだ時間がかかると思いますが、それまで僕は諦めず、あなたの言う「村の価値の再創生」を進めて行こうと考えています。

多幸村の新しい村おこしは振り出しに戻りましたが、述べて来たように再創生すべき価値のある村の宝は、探せばまだまだあると思います。

村人たちにアイデアを出し合ってもらい、都会の皆さんに喜んで来ていただけるような村にすべく、おもてなしの気持ちの詰まった企画を始めようと思っています。

そうしてあなたにも再びこの村に来てもらって、再創生を果たした多幸村をぜひ見ていただこうと、心より願っています。

春はまだ遠いですが、この村の樹々の枝にも少しずつ新芽が育って来ています。やがて開くであろうその花の色に想いを寄せつつ、筆をおきます。

寒さ厳しき折、雨貝さんにおかれましてはお風邪など召されぬよう、どうぞご自愛くださ い。

そして末筆ながら、あなたの故郷である芳賀野村のご発展を、心より祈念申し上げております。

敬具

令和×年　一月××日

多幸村カフェ　進藤　真翔

4

一月も下旬に入ったある日、愛子は久しぶりに、妹のひかるを足利から芳賀野村に連れて帰った。

ひかるは多忙を理由に帰省を拒んでいたが、姉の愛子に足利市内のアパートまで踏み込まれ、首に縄をつける勢いで連れて来られたのだった。ひかるは、

「私はお姉ちゃんの娘じゃないし召し使いでもないのよ。どこにそんな権利があって、勝手に私の予定を引《ひ》っ掻《か》き回《まわ》そうとするの」

と強く反発していた。だが愛子は有無を言わさぬ口調で、

「お母さんのこととか家のこととか、あなたや私の将来のことでどうしても話しておかなくてはならない問題があるのよ」

とひかるを突っぱねた。

「それなら今この私のアパートで話せばすむことじゃない」

「いいえ。あなたはお母さんに会ってちゃんと話をする必要があるわ」

「話って、何の話よ」

そんな問答があったが、結局ひかるは愛子について来た。

芳賀野村には、見晴らしの良い草原がある。

今姉妹は、その高台の一画に据えられた木製ベンチに並んで掛け、しばし黙って眼下の風景を遠望していた。

その日は風もなく暖かで、あたりに人影は見当たらない。数匹の白黒模様の乳牛が、互いに離れてのんびりと草を食《は》んでいる。

「子供のころ、良くここへ来て遊んだわね」

ぼんやりと愛子が呟く。

ひかるは、まだ反抗しているように眉根を寄せ愛子から目を逸らしていたが、やがて諦めたように小さく息を吐くと、静かに言った。

「やっぱり故郷はいいわ」

ひかるは続けた。

「お姉ちゃんや芳賀野村の移住推進課がアピールしているのに、都会の人たちにはここの良さが全く伝わってないみたい」

愛子は眉をひそめる。同じ思いを彼女も抱いているからだ。

「一度この村を訪れてもらえばわかると思うのだけれど」

ひかるが補足した。

二人はしばし無言で、また遠くの牛たちの様子をぼんやり眺めていた。

おもむろに、愛子は隣の妹を見やると言った。

「一緒に警察へ行きましょう。事件の全てを、あなたの口からそこで語ってほしい」

ひかるは、まぶしそうに目を細めながらまだ黙って遠くを見ていたが、やがてゆっくりと一つうなずいた。

「どうして私がやったと分かったの」

ひかるは悪びれもせず訊いた。

「日向先生のご助言よ」

「日向先生？　栃木大学農芸化学部の？」

「そう。私が、多幸村の村民がみな幸福になる背景を探っていた時、進藤さんが息子さんのカフェの保管庫に残して行った白い粉末と凍結液体を、その息子さんから入手することができたの。それを日向先生にお願いして調べてもらったという訳」

ひかるは黙ってうつむいた。愛子は続けた。

「その正体は、もちろんあなたも知っているわね。なぜなら、そのβ-エンドルフィンプラスミド遺伝子を合成しそれを導入したブドウ球菌を作製したのは、他でもないあなただったのだもの」

やや強い口調だった。

うつむいたままのひかるの横顔を見ながら、愛子は息を鎮め、穏やかな口調に戻ると、述懐を継いだ。

「あなたは農業試験研究所で、動植物や細菌の細胞にいろいろな遺伝子を導入する研究を行っていたわね。

その中であなたが作製した細胞株の一つに、β-エンドルフィンのプラスミド遺伝子を導入したブドウ球菌株があった。その証拠に、多幸村には行ったことがないとあなたは私に言いながら、その実自分が作ったβ－エンドルフィンのプラスミド遺伝子を導入したブドウ球菌に感染していたのだわ。

その成果を確かめるために、わざと自分で感染したのか、それとも間違って感染してしまったのか、そこまでは私にはわからない。でもあなたが時々見せるどこか虚ろな、恍惚とした表情や言動に私はピンと来たのよ。

聞くところによると、あなたは亡くなった私の夫や息子の蓮の幻覚すら見て、それに話しかけていたというじゃない。精神を病んでいるわけでもなくまだ若いあなたが、そんな風になってしまう理由は、他には考えられないわ。

この間私が足利に行ってあなたと一緒にコーヒーチェーン店に入った時、私はあなたが飲みかけのコーヒーを、あなたの気づかない間にスポイトで採取し、それを日向教授に送って遺伝子解析してもらったわ。すると案の定、そこからβ－エンドルフィンのプラスミド遺伝子を導入したブドウ球菌が検出されたのよ」

ひかるは相変わらず愛子の話を黙って聞いていた。

「あなたと進藤二三代さんは、彼女が農業試験研究所に勤めていたころからの知り合いだったわ。進藤さんは多幸村役場に移ってから移住推進の仕事に必死だったから、当時あなたが手掛けていたβ－エンドルフィン産生ブドウ球菌に興味を持っていたんじゃないの。

ともかく進藤さんは、多幸村への移住を推進する起死回生の妙手が何かないかあなたに相談し、あなたはそれを受けた。そして二人の間に、β－エンドルフィン産生ブドウ球菌の話が持ち上がった。

ねえ、正直に話してみて。その見返りは何だったの」

「見返り？」

ひかるはゆっくりと面を上げ、愛子に目を向けた。

「むろん、何もないはずないよね。お願い。私には隠さず全部話してちょうだい」

再び強い口調で迫ると、ひかるはわずかに苦笑して、また愛子から目線を外した。

「進藤さんが求めて来る量の菌体を提供する見返りとして、多幸村の予算の中から年間百万円の研究補助金拠出を要請してもらったわ。でもそれだけではなく、私への謝礼として別に二百万円……」

「受け取ったの？」

愛子が訊くと、ひかるは首を引っ込めてから、神妙な顔で小さくうなずいた。

「その他には？」

「それで全部よ」

「ほんとうに」

「嘘じゃないわ」

愛子はゆっくり首肯すると、視線を遠くに向けながら訊ねた。

「お金を要求していたのはあなたの方であって、進藤さんではない。それなのになぜあなたは進藤さんを殺したの」

ひかるはまた黙った。

愛子は待った。

やがてひかるは、抑えていた感情を吐き出すように、とつとつと告白を始めた。

「進藤さんは、歓迎会の料理や飲み物にβ－エンドルフィンプラスミド遺伝子導入ブドウ球菌を混ぜて、菌を村人や新規移住者に感染させて行ったわ。私としても、自分が作製したブドウ球菌で人々が幸せになる姿を、この目で確かめたかったのよ。

そもそもそんなブドウ球菌を作製したのも、β－エンドルフィンをブドウ球菌に作らせて、それを会社の商品として売り出そうと考えていたから。でも丁度その時、進藤さんから移住推進のためのアイデアを訊かれ、それでその菌の話をしたところぜひ買いたいとせがまれたのよ。

こうした進藤さんと私の企《たくら》みにより、住民と移住者がみなおしなべて幸福になるという多幸村は徐々に有名になったわ。そのお陰で多幸村への移住者も確実に増えたけれど、やがて村の話題がマスコミ等で取り上げられるようになると、様々な憶測が流布して行ったわ。

当の進藤さんも村人たちの幸福そうな様子を見て、自分もβ－エンドルフィンの効能を体験してみようと試験的にβ－エンドルフィンプラスミド遺伝子導入ブドウ球菌に感染してみたのよ。その結果彼女は確かに恍惚とした気分になり、前から感じていた肩凝《かたこ》りや腰痛もとれ、晴れやかな気分になったそうよ。

息子さんが淹れたコーヒーを飲むと、彼女の高揚感は倍増したわ。でもその時すでに彼女の体と脳は、β－エンドルフィンを強く要求する麻薬中毒者のそれに近い状態となっていたのよ。

しかし進藤さんは、その後自分の意思で抗生物質を服用し、ブドウ球菌から離脱した。こういった経験が、彼女の考えを大きく変えたようだわ。彼女は自身の胸中で葛藤《かっとう》を繰り返していた。

『こんな菌に感染し続けていたら、村人はいずれみな廃人と化してしまう』

……と。

しかもそれと重なるようにして、多幸村に住む老人が切り通しの崖の上から飛び降りて亡くなる事件が起き、さらに最近では、お姉ちゃんも良く知っているように村の溜め池で少女が溺死する事態が発生した。いずれもβ－エンドルフィンの関与が強く示唆される事件だったわ。

こうして状況があまりにも重大であることに気付き、彼女は自分がして来たことに徐々に恐れを抱くようになったのよ。

そんな折、私への賄賂《わいろ》金を村の予算を粉飾して捻出《ねんしゅつ》していた進藤さんは、『世間に真相を明かして許しを請《こ》いたい』と相談を持ちかけて来たのよ。それは私が最も恐れていた事態だったわ。

β－エンドルフィンプラスミド遺伝子導入ブドウ球菌を使って多幸村の村民を幸福にするというプランは私が提案し、そしてその菌も私が作製したものだったから、焦ったわ。私は多幸村の秘密に深くかかわっていたし、また進藤さんからの現金収賄の罪も負っていた。

お姉ちゃんにも言ったように、私は次年度の春には、栃木大学農芸化学部微生物資源応用学教室の講師として栄転が決まっていたので、スキャンダルが報道に暴露されることを恐れていた。でも、進藤さんが世間に対して真相を明かすという思いは強く、彼女からの執拗な訴えに困った私はとうとう彼女を……。

それが事の顚末よ……」

ひかるの長い告白が終わると、愛子はぽつりと一つ訊ねた。

「本当にそれで全てなの」

ひかるはしばらく黙っていたが、やがて、

「うん……」

と、あいまいな返事をした。

「多幸村の進藤さんの自宅に空き巣に入ったのもあなただったのね」

ひかるはまた黙ってうなずいた。

「目的は何？」

「私があの人に渡したβ－エンドルフィン産生ブドウ球菌の濃厚培養液の残りを、すっかり回収したかったのよ」

「そうだったの……」

愛子は得心した。

それは、進藤が多幸村の村民にブドウ球菌を感染させたことの唯一の証拠だ。そしてそのことが明るみに出れば、いずれ菌の遺伝子解析がなされ、最後には捜査の手がひかるにまで及んでくるだろう。

だが実際は、ひかるが進藤に渡したβ-エンドルフィン産生ブドウ球菌の濃厚培養液の残りは、進藤の自宅の冷蔵庫などにはなく、多幸村カフェの冷凍庫の中に眠っていたのだ。

愛子はたまたま訪れた多幸村カフェで、進藤真翔からそのことを打ち明けられ、日向教授による分析の功績もあって初めてβ-エンドルフィン産生ブドウ球菌の濃厚培養液の存在を知った。しかしひかるがそう言った事情を知るはずもなかった。

5

愛子は上着のポケットに手をやった。彼女が手にしたものは、一シート分十個並んだカプセル剤であった。

ポケットからそれを取り出すと、愛子は妹に薬剤シートを見せながら告げた。

「警察に行くのは二日後にして」

「なぜ」

ひかるが訊ねる。

「今日、明日、そして明後日の朝と、あなたにこのカプセル剤を飲んでほしいからよ」

言って愛子は、ひかるに薬剤シートを差し出した。ひかるは怪訝そうな顔をして姉を見ると、続いてその視線を薬剤シートに向けた。

　やがてひかるは、ためらいがちにそれを受け取った。

「……これを飲んだら死ねるの？」

　唐突にひかるが質す。

　二人はしばし見つめ合った。

　やがて愛子は「ふっ」と一つ息を漏らして笑うと、もう一度しっかりと妹に目線を合わせた。

「ばかね。これはアモキシシリンというペニシリン系の抗生剤よ」

「抗生剤？」

「そう。三日間飲み続ければ、あなたのそのつきものはきれいに消えてなくなるわ」

　ひかるは、はっとしたように背筋を伸ばすと、胸に手を当てた。

　ひかるは、β-エンドルフィンの遺伝子プラスミドを導入されたブドウ球菌に感染していた。愛子はひかるからその憑依を取り払いたかった。放っておけば、進藤真翔の手紙にもあった多幸村で発生した集団感染のように、重度の肺炎を発症する可能性もあるのだ。

「ねえ、ひかる」

「え？」

「あなた、そのブドウ球菌にはいつ感染したの」

　ひかるはしばし口を噤んでいたが、やがて質問に応じた。

「進藤さんが自分自身で感染した後よ。私も研究者として、自分自身で試してみたかったのよ。β－エンドルフィン産生ブドウ球菌の効果を」

「感染者の中には自殺者も出たわ。それに最近になって、あなたの作ったβ－エンドルフィン産生ブドウ球菌に変異が起きて、多幸村では重症の呼吸器感染症患者が続出したのよ」

ひかるはそのニュースをすでに知っていたのか、神妙な顔をして黙ってうなずいた。

「あなたはあのブドウ球菌を作製した時、まさかそんな副作用ともいえる突然変異が菌に起きるなんて、思ってもいなかったでしょうね。でも多幸村の例を見たら、いつあなたに重篤な感染症の症状が出てもおかしくないわ。お願いだから、ちゃんと抗生剤を飲んでね」

愛子が念を押すと、ひかるは今度は不機嫌そうな顔になって、引き続き黙っていた。

彼女は今健康体のようだが、細菌が作り出すβ－エンドルフィンが絶えず彼女に多幸感を与えているに違いない。妹は今でも時々愛子の目の前で、どこかうっとりとしたような表情になるのだ。

愛子の言葉にしばらく応じずにいたひかるは、やおら遠くの風景から横に座る姉の瞳に視線を持っていくと、呟くように言った。

「お姉ちゃんはいつもそうやって、お母さんのように私にいろいろなことを言いつけたよね」

愛子から返答がないとみると、ひかるは続けた。

「私はそれが嫌だった。だから、大学を卒業してからいったんはお姉ちゃんと同じ研究所に就職したけれど、お姉ちゃんと一緒に働くのは楽しくなかった」

妹の述懐に、愛子は目を見張る。ひかるは同じ調子で話を継ぐ。

「お姉ちゃんが芳賀野村役場の移住推進課に転勤になった時は、正直言ってほっとしたわ。これでようやく、口うるさいお姉ちゃんから離れられる」

「あなたは、そんなことを考えていたのね。私がお母さんみたいに口うるさくて悪かったわね」

やや憤慨しながら返すと、ひかるは微笑んで小さく首を振った。

「でも今度のことは、私が悪かったのよ。遺伝子導入したブドウ球菌の臨床効果を試したかったということもあるけど、結局お金に目が眩《くら》んで殺人にまで手を染めてしまったのだから……。

進藤二三代さんや息子の真翔さんには、申し訳ないことをしたわ……。それに警告状を作ってお姉ちゃんに送ったり、崖の上から岩を落として、お姉ちゃんを危ない目に遭わせたり……」

だが愛子は知っていた。

岩を落とされたタイミングは、自分がそこへ行き着くよりだいぶ前だった。だからあれは明らかに自分を狙ったものではなく、単なる脅しだったのだ。

「あの時と前後して、私はあなたに電話したわ。するとあなたはすぐに出て、前の晩は芳賀野村の実家に泊まったと言っていたわね。

でもそれは嘘だったのね。あなたはその時、車で多幸村まで来ていて、幸連館の郵便受けに私宛の警告状を入れておいたのだわ。そしてその日の夕方には村の切り通しまでやって来て、崖の上から私めがけて岩を落とした……」

ひかるは黙ってうつむいていた。それを肯定と捉えた愛子は、なおも迫った。

「黒っぽい車で私を襲ったのもあなたね」

「……けがをさせるつもりはなかったわ。ただ、お姉ちゃんにだけは本当のことを知られたくなかったから、これ以上多幸村に行かないように脅したのよ」

「車は……？　どこで調達したの」

「上田からレンタカーを」

「それであの車は長野ナンバーだったのね」

愛子は得心したが、ひかるはそれには応えずゆっくり長い息を吐いた。

「ねえ、最後にもう一つだけ教えて」

愛子は改まると、話を継ぐ。

「私が進藤さんに会うため役場に二度目の訪問をした際、進藤さんは多幸村の幸福の秘密について何も教えてくれなかったけれど、それでも私の帰り際にね……」

愛子がそこで言葉を切ると、ひかるは興味深そうにこちらに顔を向けた。

「進藤さんはこう言ったわ。『話せる時が来たら話す』と」

言葉の余韻を確かめるようにひかるの顔色を窺うと、互いに目が合う。だがひかるが黙っているので愛子は続けた。

「それはどういう意味だったのかしら」

ひかるはしばし視線を合わせていたが、

「さあ……」

と呟いて目を伏せ、うつむいた。

ひかるからの返答がないと分かり、愛子は諦めたようにまた目を遠くの方に移して黙った。

そうして再びしばしの間があってから、やがてひかるは手のひらの薬剤シートを見つめながら言った。

「お姉ちゃんの言う通り、警察に行く前にこれはしっかり飲むわ」

そしておもむろに面を上げると、今度は姉の顔をちらと見やった。

「ねえ、おねえちゃん……」

続いてひかるはまた真っすぐ前を向き、眼前に広がる高原と点在する森のあたりを遠望しながら呟いた。

「幸福って、何だろうね」

「なによ、いきなり……」

愛子がひかるの顔をのぞき込むと、ひかるはさらに言葉を継いだ。

「みんな違うから誰にも分かんないよね、幸福のことなんて……」

四年前、夫と息子を事故で亡くしてから、愛子の心はずっと一人ぼっちであった。それ以前の幸福な日々、そして一人になった後の、不幸のどん底に落ちた日々……。

愛子は妹と同じ方向にゆっくりと目をやりながら、黙って考える。

幸福な時とは、幸不幸を意識せずに過ごせていた時間をいうのではないか。そして幸福だと思った時から、不幸への転落は始まる……。

「ごめん。お姉ちゃんは今、決して幸福じゃないよね」

ひかるの言葉に自分を取り戻した愛子は、咄嗟にひとこと返した。

「芳賀野村のこれからのことやあなたのことを考えていると、私の中にいた不幸はどこかに隠れてしまうわ」

ひかるは姉の言葉をかみしめるように聞いていた。がやがて彼女は、ぽつりと言った。

「ねえ、お姉ちゃん。私ね……」

「え、何?」

愛子が訊ね返すと、ひかるは下を向いてしばし口を噤んでいた。が、やがて諦めたように、彼女は続けた。

「ううん。いいの、何でもない……」

「なによ。変な子ね」

愛子は不機嫌な顔をしてぼやくと、仕方なさそうにまた前を見た。その後は二人とも黙ったままだった。

幸福とは、一体何なのだろうと、愛子は改めて考える。

最愛の夫や息子が亡くなった時から、少なくともそれ以後の人生、自分は幸福という言葉を口に出したり幸福を感じたりすることはないと、愛子は心の中に刻み込んでいた。

だが不幸を忘れることはできる。それは一瞬の間かもしれないが、何かにしゃにむに突き進んでいる時、他人のために何かを考えそして何かを施している時、そんな時不幸はどこかに置き去りになっている。

それでも、ふと時間に余裕ができたりすると、不幸な気持ちはまた愛子に戻って来るが、それを無理に振り払うのではなく、恐れずに受け入れてみてはどうだろう。そうすれば、これからはきっと、夫や息子の死ともっと真摯に向き合えるのではないか。

それは哀《かな》しくつらいことに違いない。

だがその時はただ哀しみの中に沈むのではなく、夫と息子が心の中にいることに感謝し、そして素直な気持ちで夫と息子の想い出を迎え入れる。もしかしたらそこに、いくばくかの幸せがあるかもしれない。

これまで、最愛の家族の死に真っ向から向き合うことから逃げ続けて来た愛子は、今そんな風に思えた。

6

それから二日後の午前、ひかるは栃木県警に自首して逮捕された。やがて身柄《みがら》は「多幸村役場職員殺害事件捜査本部」のある長野県内所轄署に送られ、その後勾留《こうりゅう》扱いとなった。

ひかるの逮捕のニュースは全国に流れ、愛子は職場や自宅の近所の人たちから心ないことを言われたり、いろいろと嫌がらせを受けたりした。

だが最愛の夫や息子を失った愛子にとって、もはや何も怖いものなどなかった。心配だったのは母のことだが、悲嘆にくれる母に愛子は寄り添い、離れなかった。

その日は母の通院日で、車で母を病院に送ってから、身の回りのものなどを取りに自宅のアパートに寄ると、郵便受けの中に封書が一通入っていた。裏返して差出人名を見ると、ひかるだった。

自首する前に投函したのだろう。

愛子はその手紙を持ってアパートの部屋に入り、キッチンのテーブルの上で封を切ると、立ったままそれを読み始めた。

便箋に十枚。文面は小さい字できれいに書かれている。

確かにひかるの字だった。

そして目で文面を追ううちに、愛子の顔に驚愕と嘆きと悲しみの表情が、みるみる広がって行った。

最後まで読み終わらないうちに、愛子は声をあげて泣いていた。

「ひかる、ごめんね。お姉ちゃんは……お姉ちゃんは……、あなたのことを、何も分かっていなかったわ……。お姉ちゃんを許して、ひかる……」

愛子は、立っていられずキッチンの床の上にくずおれ、床に突っ伏した。

そうしてそのまま、ずっと、ずっと、愛子は泣き続けていた……

お姉ちゃんへ

お姉ちゃん。今度のことでは、お姉ちゃんに大変な迷惑をかけてしまいました。心からお詫《わ》びします。ごめんなさい。

自首する前に本当のことをお姉ちゃんに全部話してから謝ろうと思っていたのだけれど、でも芳賀野村の見晴らしの良い草原でお姉ちゃんと二人きりで話をした時、不意にお姉ちゃんの顔を見たら勇気がなくなって、とうとう言えずじまいになってしまいました。

だから、それを今、手紙に書くね。

それは、お義兄さんと蓮ちゃんのひき逃げ事件のことなの。お姉ちゃんから二人を奪った犯人はまだ捕まっていないけれど、私はその人を知っています。

その人は、二人のひき逃げ事件が起きてから間もなく、農業試験研究所を辞めて他県に移って行きました。そしてそこで移住推進課職員として働き始めたのです。

そう。その人の名は進藤二三代。

もちろん最初は私も、彼女がお義兄さんと蓮ちゃんのひき逃げ犯だったなんて、全く知りませんでした。

私は、進藤が農業試験研究所を辞める前、彼女に突然辞めて行く理由を訊ねました。すると進藤は、セクハラ上司のいるこんな研究所にはもうこれ以上いられない、と言い訳をしていました。

でも私はその時、彼女の態度がどこか私によそよそしいことに気付きました。そして何よりも、そのころまだ同じ農業試験研究所に勤めていたお姉ちゃんに対して彼女は、極力接触を避けるようにしていたのです。

お姉ちゃんは気付かなかったでしょうか。

彼女は恐らく、お姉ちゃんに対してとても後ろめたい、ある意味で恐怖心のようなものを感じていたのだと思います。

また彼女は、あのひき逃げ事件があってから、出勤に車を使わなくなりました。当時はお姉ちゃん家族と進藤、それに私も、おなじ足利市近郊に住んでいましたから、進藤が車で通勤する際、お義兄さんと蓮ちゃんが一緒に歩いて出かける範囲にある県道を使っていたことを、私も知っています。

これらの符合は、「彼女が研究所を辞める深刻な理由が他にある」、と私に確信せしめるに十分でした。

しかしながら、彼女がひき逃げ犯だという直接的な証拠はありませんでした。残念ながらひき逃げ現場に防犯カメラは設置されていなかったのですから。

でもそれからというもの、私は彼女の犯行に間違いないという思いを、ずっと心に秘めていました。

彼女が研究所を退職する際、私は彼女に幼いイエスを抱いた聖母マリアのブロンズ立像をプレゼントしました。実はそのブロンズ像には、私の二つのメッセージが込められていたのです。

一つは、その母子がお姉ちゃんと蓮ちゃんであり、「あなたはその大切な絆《きずな》をその手で引き裂《さ》いたのよ」、というメッセージ。

そしてもう一つは、その母子が進藤とその息子であり、母子の愛がどんなに深いものであるか自分の息子のことを思う時いつも心に浮かべ、そして自分のしたことを反省してほしい、というメッセージです。

進藤は私のメッセージを知ってか知らずか、あのブロンズ像をずっと役場の自分のデスクの上に置いて目にしていたようです。それは、お義兄さんと蓮ちゃんをひき殺した自分の行いへの、罪滅ぼしだったのかもしれません。

私は、彼女が退職してからもその行方を見失わないよう、時々スマホで彼女に電話してみたり、農業試験研究所関係、食物衛生試験所や関連会社の関係、あるいは市町村の役所関係などのＨＰをサーベイしたりしていました。

進藤はなかなか電話に出ませんでしたが、電話が繋がっても、彼女が現在の自分の住所や職場について私に語ることはありませんでした。彼女は私やお姉ちゃんから逃げようとしていたのです。

しかしそうこうしているうちに、私は長野県多幸村移住推進課の職員の中に彼女の名前を見つけたのです。

その時多幸村への移住はあまり進んでおらず、彼女も村の移住推進に難渋しているようでした。そこで私から、β－エンドルフィンプラスミド遺伝子導入ブドウ球菌の話を進藤に持ちかけてみました。私の目的は、それを機に彼女に接触してひき逃げ犯としての彼女の罪状を暴くことでした。

もちろん、研究者として私が作ったβ－エンドルフィンプラスミド遺伝子導入ブドウ球菌の作用を臨床で確かめたかったこともあるし、さらには進藤から私の研究費や私用のためのお金をせしめるのも目的の一つでしたけれどね。お姉ちゃんの大事な旦那さんと蓮ちゃんを殺した奴《やつ》からお金を巻き上げるくらい、神様も許してくれる。私はそんな風にも思いました。

ともかく、ひき逃げ事件のことは胸中に秘めたまま、私はβ－エンドルフィン産生ブドウ球菌を作製し、その菌体を懸濁させた凍結培地とニコチン酸粉末を彼女に渡し、その見返りに彼女からお金をもらいました。

恐らく進藤は、私が彼女のことをひき逃げ犯と疑っていたなんて、知らなかったと思います。彼女も移住推進課職員として、確かな実績がほしかった。そのことが強く彼女の心中にあったので、彼女は私からのβ－エンドルフィン産生ブドウ球菌で村人を幸せにするという提案を、一も二もなく受け入れたのでしょう。

もう大体のことはお姉ちゃんにも分かってもらえたかなと思いますが、もう一つだけ、多幸村でのあの雪の晩、私と彼女との間に何があったかを述べておきます。

進藤は、私たちの計画の成功があまりに全国的にも有名になって行って、しかもβ－エンドルフィン産生ブドウ球菌が原因で死亡したと思われる二つの事件が起きてしまったことに、恐れを抱くようになりました。自分であのブドウ球菌に感染してみて、その作用が思いのほか強力でコントロールが困難なことにも、驚きおののいていました。

彼女は私に対し、全てを世に公表して許しを請いたい旨、開き直っていました。でもそれは、β－エンドルフィン産生ブドウ球菌を村民の同意なく広めてしまったことに対する反省であって、お姉ちゃんの大事な陽貴さんと蓮ちゃんをひき殺したことへの悔恨からくる懺悔《ざんげ》ではなかったのです。

今後のことについて彼女に相談を持ち掛けられ、あの雪の晩に多幸村役場に行った時、とうとう私は自分の本当の目的を、全て彼女にぶつけてやりました。

「陽貴さんと蓮ちゃんをひき殺し、そのまま逃げたのはあなたでしょう」、と。

もちろん、はじめ進藤は否定していました。

でも私が、前に述べたような傍証を並べ立てると、彼女は開き直ってとうとうそれを認め、言い訳めいたことを語り始めました。

「二人をひいてから、すぐに一一九番と警察に連絡しようと思った。でもその時、息子の真翔のことが頭に浮かび、連絡を断念してその場を去ってしまった」、と。

お姉ちゃんも知っているかもしれないけれど、彼女の一人息子の真翔さんは、当時引きこもりがちで、もし母親がいなくなったら恐らく状況は悪化したでしょう。

私が、「それはあなたの独りよがりであって、ひき逃げの罪を拭えるものではない」旨反論すると、進藤はさらに逆切れして私にこう迫って来たのです。

「β－エンドルフィン産生ブドウ球菌で村人を幸せにする詐欺まがいの計画立案と、それに見合う金の要求をしたのは全てあなたであり、自分はいわば従犯であるばかりか、むしろ被害者だ。

次年度の栃木大学講師への栄転を無効にしたくないなら、ひき逃げ事件のことは黙っていなさい。あなたがその約束を守れば、私もβ－エンドルフィン産生ブドウ球菌による計画と金銭贈収賄の件は黙っている」

でもそれは彼女の勝手な言い分です。あまりにも身勝手な主張に、私もとうとう自分の感情を抑えきれなくなりました。

その時私もβ－エンドルフィン産生ブドウ球菌に感染していたので、β－エンドルフィンの作用に背中を押されたのかもしれません。私は咄嗟に、進藤のデスクの上にあった、私が以前進藤にプレゼントしたあのブロンズ立像を手に取ると、それで彼女の左側頭部を殴りました。

進藤はそのまま床にくずおれました。それでも怒りを収められない私は、デスクの上のPCについていた接続コードを外すと、気を失っている進藤の首をそれで絞めたのです……

お姉ちゃん。あの晩のことについては、もうこれ以上思い出したくはありません。こんなことになる前に、もっと早くお姉ちゃんに相談していればよかったのにね。

でも、進藤が陽貴さんと蓮ちゃんを殺したひき逃げ犯だということを知れば、きっとあなたは進藤を殺しに行ったでしょうね。私には、むしろそのことの方が怖かった。

こんなこと、言い訳にはならないね。

ごめんね、お姉ちゃん……

ところでこれは蛇足かもしれませんが、この間芳賀野村の高原でお姉ちゃんから訊かれたことについて、あの時は言えなかった私の考えを書いておきます。

進藤はお姉ちゃんに、「話せる時が来たら話す」と言っていたそうですね。

これは私の想像ですが、進藤はお姉ちゃんにひき逃げ犯としての自分の罪を全て告白したうえで、謝罪したかったのではないでしょうか。

お姉ちゃんが多幸村役場へ初めて進藤を訪れた時、彼女の心中にはお姉ちゃんに対する不安や恐怖感と共に、謝罪の気持ちが生まれた。でも、息子の真翔さんに迷惑がかかることを考えると、それをすぐには言い出せずにいた。

彼女がそれを「話せる時」とは、「身の回りを整理してから自首する決心をつけた時」だったのではないでしょうか。

私は心からそう思いたい……

最後に一つだけ、お姉ちゃんにお願いがあります。

お母さんのこと、これからもよろしくお願いします。私の分も親孝行してあげてください。

私が殺人容疑で逮捕されたなんて聞いたら、それこそお母さんの心臓が止まってしまうかもしれないから。

ずっとお母さんのそばにいてあげてください。それが、私からの最後のお願いです。

ごめんなさい、お姉ちゃん。こんなことになってしまって、本当に、本当に、ごめんなさい……

ひかる

この作品は書き下ろしです。

※この物語はフィクションです。
実在するいかなる個人、団体、場所等とも一切関係ありません。

参考文献

書籍

『珈琲一杯の薬理学』　岡希太郎　医薬経済社　二〇〇七年

『コーヒーの処方箋』　岡希太郎　医薬経済社　二〇〇八年

Immunosuppression and immune monitoring after renal transplantation. Martin S. Zand.
Semin Dial. 18(6):511-9; 2005. doi: 10.1111/j.1525-139X.2005.00098.x.

ウエブサイト

「ナイアシンの働きと1日の摂取量」　健康長寿ネット　公益財団法人　長寿科学振興財団

「β－エンドルフィン」　e－ヘルスネット　厚生労働省

平野俊彦　ひらの・としひこ

１９５６年栃木県出身。東京薬科大学卒業後薬剤師となり、薬学博士を取得。

元東京薬科大学薬学部臨床薬理学教室教授。

古今東西のミステリーを愛読し、２０１６年より著作活動をはじめ、２０２０年、『幸福の密室』で島田荘司選　第13回ばらのまち福山ミステリー文学新人賞を受賞。

著者　平《ひら》野《の》俊《とし》彦《ひこ》
発行者　鈴木章一
発行所　株式会社講談社
〒112-8001　東京都文京区音羽2-12-21
電話　出版　03-5395-3506
販売　03-5395-5817
業務　03-5395-3615

本文データ制作　講談社デジタル製作
カバー印刷所　千代田オフセット株式会社
印刷所　豊国印刷株式会社
製本所　株式会社国宝社

幸《こう》福《ふく》の密《みつ》室《しつ》

2021年9月14日　第1刷発行

ISBN978-4-06-524630-6
N.D.C.913　310p　20cm

KODANSHA

The
closed room
of
Happiness